Teil I

Das Erwachen der Schneefrau

Prolog

Andächtig hievten sie sich aus dem Boden. Wanden sich wie Schlangen aus der Erde, umgeben von schwarzem Rauch. Der Nebel des Todes. Die Stellen, an denen er ihre Gesichter vermutete, leuchteten. Gierig auf ihre neue Chance, sogen sie das Leben ein.

Die Gefahr, die von ihnen ausging, zog durch seinen Körper wie ein eiskalter Wind durch zu dünne Kleidung. Die Bäume standen umher wie schweigende Beobachter, als würden sie kahlen Hauptes *ihre* Wiederkunft erwarten.

Das Strahlen des goldenen Herzens versiegte. Es hörte auf zu pochen, färbte sich blutrot und wurde warm. Die Macht erlosch und das Herz starb.

Eines der Wesen schloss die Regeneration ab.

Siegessicher und stolz wartete er sein weiteres Vorgehen ab.

»Wer hat uns zurückgeholt?« Er hörte die Stimme direkt in seinem Kopf. Das Wispern der Hölle.

»Das war ich«, antwortete er in seinen Gedanken, ohne den Mund zu öffnen. Klappte es?

»Verstehe.«

Tatsächlich. Die Kommunikation funktionierte. Für einen Moment zögerte er, fasziniert von diesem Phänomen, dann setzte er schnell nach:

»Ich ganz allein.«

Knochige Hände streckten sich aus dem Rauch.

»Sag, wie lange wurden wir aufgehalten?«

Nervös verlagerte er sein Gewicht von einem Fuß auf den anderen. Die Blätter und Zweige unter ihm knirschten und unterstrichen seine Angespanntheit.

»Es ist 2016«, sprach er laut aus und zuckte beim Klang seiner eigenen Stimme zusammen.

Die Wut des Wesens fuhr durch ihn wie ein Stromstoß. Als er nichts weiter hinzufügte, schien der schwarze Nebel zu erkennen, dass es ernst gemeint war.

Dann glaubte er, der Teufel selbst wäre in ihn gefahren. Es ging rasend schnell. Sein Arm fing von innen Feuer, blähte sich auf und platzte an einigen Stellen. Der Schock lähmte ihn für einen kurzen Moment, dann schottete er schnell sein Bewusstsein von dem ab, was mit seinem Körper geschah. Er musste verhandlungsfähig bleiben, um jeden Preis. Lava triefte aus den Wunden, und er sah wie ein Unbeteiligter zu, wie sein Arm zu Boden fiel und verglühte. Schwindel erfasste ihn, der Schmerz, der überwältigend sein musste, schaffte es, zu ihm durchzudringen. Er fiel auf die Knie und schrie aus vollem Halse.

Niemand würde ihn hier hören. Denn genau darauf hatte er geachtet: Abgeschiedenheit.

Sein Gegenüber, das fremde Geschöpf, verschloss seinen Armstumpf mit sengender Hitze und feuerte den unmenschlichen Schmerz aufs Neue an. Ohne den endlosen Hass in seiner Seele, der ihn aufrecht hielt, wäre er jetzt ohnmächtig geworden.

Das Gebrüll verlor sich in einem ekelhaften Gurgeln. Speichel und Erbrochenes rannen aus seinen Mund und Tränen aus seinen Augenwinkeln. Die Wesen, die sich nun vollständig vor ihm aufreihten, nahm er verschwommen wahr.

»Wo sind wir hier?«

Er hörte die Frage wie aus weiter Ferne. Seine Zunge hing aus seinem Mund. Erschöpft zwang er sich zu antworten. Nicht auszudenken, was sie mit ihm taten, sollte er ihnen die Auskunft verweigern.

»Irland.« Selbst in Gedanken klang seine Stimme bedauernswert.

»Warum?«

Er sammelte seine Kräfte für die Antwort. Rotz von seiner Nase sammelte sich an seiner Oberlippe. Schmeckte salzig.

»Weil es hier das Herz einer Schneefrau zu holen gibt. Wie das jener, die ich tötete, um euch zu holen.«

Dann kam das Feuer zurück und er ging.

Ein Herz aus Eis

»Ich sterbe«, hauchte ich.

Der Atem gefror, wurde sichtbar wie ein Geist, der sich bei meinem Anblick in Luft auflöste.

Meine Augenlider flatterten und ich betrachtete die Welt wie unter Stroboskoplicht. Der menschenleere Korridor zog sich ins Unendliche. Ich schwankte von einer Wand zur anderen.

Warum hast du das getan, Caspara?

An einem Fenstersims fand ich Halt. Der erste Versuch, meine Augen geöffnet zu halten, misslang. Sofort verschwamm das Karomuster des Bodens zu einer türkis-weißen Spirale. Oder waren es zwei? Alles doppelt und dreifach zu sehen, hatte einen Vorteil: Ich wusste, mit meinem Körper stimmte etwas nicht. Mal wieder.

Selbst bei geschlossenen Lidern sah ich nicht schwarz, sondern ein Kaleidoskop an Farben, das mich noch mehr um den Verstand brachte.

Ohne Vorwarnung knickten meine Füße weg, ich fiel auf die Knie und stützte mich mit meinen Händen ab. Wie ein Bühnenvorhang fielen meine langen schwarzen Haare um mich. Doch die Aufführung ging gerade erst in den nächsten Akt über. Ein kalter Schweißfilm bedeckte meine Stirn. Meine Fingerkuppen kribbelten, als würden Hunderte Fliegen darin eine Party feiern.

Warum konntest du dich nicht beherrschen?

Der Boden unter mir wurde zu Eis.

Nein! Warum hört es nicht auf?

Obwohl ich mich schon öfter in diese Lage gebracht hatte, keimte in mir ein Gedanke. Ein böser Gedanke. War es dieses Mal zu viel gewesen?

Ein Schweißtropfen machte sich bereit, um sich von meiner Nasenspitze fallen zu lassen. Er wurde zu einem Eiszapfen.

Hör doch endlich auf!

»Reiß …« Ich unterbrach mich und holte tief Luft. »… dich zusammen, Caspara.« Langsam hob ich meinen rechten Arm, verlagerte mein Gewicht auf den linken. Für einen Moment spürte ich das Fensterbrett an meinen Fingerspitzen. Fast hätte ich es erwischt, als mich meine Kräfte verließen. Noch bevor ich seitlich auf dem Boden aufschlug, verlor ich mein Bewusstsein.

Der ermahnende Duft von Zigaretten und Kaffee wurde penetranter. Während ich mich fragte, was dieser Geruch zu bedeuten hatte, hörte ich das Kratzen eines Kugelschreibers die Stille durchbrechen. Mein Kopf dröhnte. Schlagartig wurde mir bewusst, wo ich lag, und ich versuchte krampfhaft, nicht aufzuwachen. Weiterhin die schlafende Eisprinzessin zu mimen.

»Ich weiß, dass du wach bist, Caspara«, sagte sie, wobei ich den strengen Unterton wahrnahm. Mürrisch drehte ich mich um. Die Hoffnung, ich könnte sie überlisten, währte nicht länger als der musikalische Erfolg von Lindsay Lohan.

Die kurz andauernde Stille wurde von einem »Steh auf! Jetzt!« ausgelöscht. Eliminiert. Nach ihrem Tigergebrüll schreckte ich hoch.

»Was zum …« Erst jetzt dachte ich darüber nach, warum ich eigentlich hier war.

»Sollte ich nicht in der Uni sein?«, fragte ich schlaftrunken. Ein Schwindelanfall überraschte mich. Mit ihm kamen die Erinnerungen. Sie prasselten auf mich ein wie ein irischer Regenschauer.

»Ah. Da war ja etwas«, gab ich zu und räusperte mich dann. Schneller als in jedem Beauty-Tutorial zog ich mein Haarband von meinem Handgelenk und formte meine Haare zu einem hohen Zopf. Die Ledercouch quietschte, als ich meine Beine von ihr herabschwang und mich erhob.

»Bis später, Oma. Ich …« Ein Zischgeräusch stoppte mich. Die Zigarette landete in einem mit Wasser gefüllten Gurkenglas. Seufzend stand sie auf. »Caspara.«

Ich kratzte mich am Hinterkopf und vermied jeglichen Blickkontakt. Plötzlich weckte jeder Gegenstand im Raum mein Interesse. Hauptsache, ich musste meine Großmutter nicht ansehen. Lange hielt ich es nicht aus. Ihr Blick, ebenso schwarz wie meiner, brannte sich in mein Gesicht und ich sah zu ihr auf.

Sie schnalzte mit der Zunge. Ich hustete. Es war wie in einem Western. Wer zog zuerst den Colt und feuerte? Wer fiel zuerst?

»Okay, das war's jetzt.« War das ein Erdbeben oder zitterte ich vor Angst?

»Was hast du dir dabei gedacht, deine Kräfte einzusetzen? Was verstehst du an den Worten: *Du wirst sterben, wenn du sie einsetzt,* nicht?« Fassungslos schüttelte sie ihren Kopf. Ihr Blick verlor sich.

»Ich … er … es …«, stotterte ich vor mich hin.

»Was ist denn passiert?«, hakte sie nach.

»Ein Typ in der Uni. Er hat …«, begann ich. Wo waren die richtigen Begriffe? Hatte ich meinen Wortschatz verloren?

»Was? Er hat dir eine Athame in deinen Brustkorb rammen wollen, um dir deine Kräfte zu stehlen?« Natürlich erhoffte sie sich diese Antwort. Alles andere wäre kein Grund gewesen, meine Fähigkeiten zu verwenden.

»Fast genauso schlimm. Er meinte, dass Doctor Who doof ist und dann habe ich den Boden vor ihm vereist.« Nervös spielte ich mit meinem Zopf. »Nur ein ganz kleines bisschen. Er sollte nur ausrutschen. Woher sollte ich wissen, dass mich das so dahinrafft?« In meinem Kopf hatten die Ausflüchte besser geklungen.

Entrüstet runzelte sie die Stirn.

»Normalerweise machen mir derartige Kleinigkeiten …«

Hektisch riss meine Oma ihre Hände in die Höhe, um mich auszubremsen.

»Normalerweise?«, wiederholte sie und ihr Tonfall ließ keinen Zweifel zu, dass dies kein Spaß mehr war.

»Ähm.«

»Caspara, du bist kein Teenager mehr! Wieso fehlt es dir in dieser Hinsicht an jeglicher Ernsthaftigkeit?«, fragte sie und wirkte streng, aber auch ehrlich interessiert. Resigniert ließ ich mich auf das Sofa zurückfallen.

»Du hast recht und es tut mir auch leid. Ich dachte, ich kenne meine Grenzen.« Eigentlich vermieden wir dieses Thema und schwiegen mein *kleines Problem* tot. Dabei tat es gut, darüber zu sprechen.

»Wenn ich könnte, würde ich dir diese Last von den Schultern nehmen, aber es geht nicht anders. Deine Urgroßmutter hat als Schneefrau …« Der perfekte Zeitpunkt für mich, ihr ins Wort zu fallen.

»Ich weiß, ich weiß …« Wahrscheinlich war Totschweigen die beste Lösung. Bevor wir unsere Diskussion fortführen konnten, verließ ich das Zimmer und sie hielt mich nicht auf. Ja, in diesem Moment benahm ich mich wie ein kleines Kind. Sehr zum Leidwesen meiner Großmutter, aber ich wollte sie nicht weiter beunruhigen.

Die Lösung, meine Kräfte nie wieder zu verwenden, war zu simpel. Denn seit einigen Monaten bemerkte ich, dass mein Körper ebenso dagegen rebellierte, wenn ich sie nicht einsetzte.

Als ich die Tür zu meinem Zimmer zuschlagen wollte, entschied ich mich dafür, mich wieder wie eine Erwachsene zu benehmen. Deshalb biss ich mir in die Unterlippe, drückte die Klinke vorsichtig hinunter und schloss sanft die Tür.

Wie eine verzweifelte Frau in einer dramatischen Komödie, rutschte ich mit meinem Rücken die Tür entlang, bis ich am Boden saß. Dass ich dabei mit dem meinem Hinterkopf über eine Holzverzierung der antiken Tür rattern würde, vergaß ich. Jedoch erinnerte mich dieses Stück Holz wieder an meine Kopfschmerzen.

Selbstverständlich hatte auch die Schneefrau in mir noch eine Überraschung auf Lager. Unbemerkt vereiste der Boden unter mir und breitete sich aus wie eine Pfütze. Gerade als ich mich fragte, warum mein Arsch fror, glitt ich vorwärts. Mit einem lauten »Uaaahh!« bettete sich mein Kopf auf die Eisfläche. Hallo, Migräneschub!

Meine Hände ertasteten die Kälte und ich blieb liegen. »Was willst du eigentlich von mir?«, rief ich in mich. »Scheiß Schneeweib.« Während das Eis unter mir allmählich den Aggregatzustand von fest zu flüssig änderte und es aussehen musste, als hätte ich mich angepisst, dachte ich darüber nach, wie ich meine Situation ändern konnte.

Schließlich musste es einen Grund geben, warum die Eismagie in mir von Woche zu Woche intensiver und der Drang, sie anzuwenden, unerträglich wurde. Die einzige Lösung, die mir einfiel, war: eine Bibliothek aufzusuchen. Nein, Spaß. Ich googelte natürlich.

Yuki-Onna

Mit meinen zweiundzwanzig Jahren kam mir die Idee zu recherchieren natürlich nicht erst jetzt. Meine Mutter hatte ich nie kennengelernt und nachdem mein Vater das Land verlassen hatte, verbrachte ich ganze Nächte damit, herauszufinden, wie ich mich von dieser Krankheit heilen konnte.

Leider war es unmöglich und das hatte meine Großmutter mir ständig versucht einzubläuen. Ihre Uroma war selbst eine Schneefrau gewesen. Es lag meiner Familie im Blut. Vor ihr hatte es in unserer Familie seit Jahrhunderten keine aktive Schneefrau mehr gegeben. Selbst wenn, hatte sie keine Probleme gehabt, da die Feinde der Yuki-Onnas längst ausgestorben waren.

Der einzige Vorteil daran war, dass meine Großmutter über all das Bescheid wusste. Wir besaßen sogar ein *Book of Snow and Ice.* Darin stand alles, was eine Schneefrau wissen musste. Okay, es war ein dünnes Schulheftchen, das sie führte, aber so klang es cooler.

Blöd nur, dass nirgends auch nur mit einem Wort erwähnt wurde, dass es jemals eine Frau – ja, wir waren ein dominantes Matriarchat – gegeben hatte, deren Kräfte auch verrücktspielten.

Warum gerade meine irische Familie O'Mahony davon betroffen war? Keine Ahnung. In unserem Buch stand: *Sobald eine Schneefrau in die Blutlinie deiner Familie eingekehrt ist, wird sie auf ewig weitervererbt.*

Das bedeutete nicht, dass jede weibliche Person auch eine Schneefrau war. Natürlich durfte ich dieses Glück mein Eigen nennen.

»Hallo, ich bin eine Schneefrau und meine Eiskräfte spielen verrückt. Hausmittel«, las ich laut vor, während ich in das Suchfeld tippte. Keine Treffer. Die normalen Seiten der Yuki-Onna-Erklärungen brachten mich auch nicht weiter, da der Großteil der niedergeschriebenen Mythen nicht stimmte. Dieser ganze Quatsch mit den Kindesentführungen.

Magische Kräfte im Ungleichgewicht, tippte ich. Es konnte nicht schaden, es mit Ernsthaftigkeit zu versuchen. Tatsächlich erschienen Seiten, die sich mit diesen Dingen beschäftigten.

»Yin und Yang im Ungleichgewicht. Die Lebensenergie – der Qi-Fluss – im Ungleichgewicht. Magische Kräfte fließen lassen.« Schockiert legte ich eine Hand auf meinen Mund und schüttelte den Kopf.

Ich fühlte mich wie eine Irre.

Da ich viel Zeit damit verbrachte, mein Schneefrauendasein zu unterdrücken, kam mir dieses Magiegeschwafel verrückt vor. Zu verlieren gab es nichts. Ich klickte brutal auf einen Link.

Die Seite wurde schwarz, bis sich eine Sekunde später eine himmelblaue Website öffnete und mein Gesicht wieder erhellte.

»Der Wunsch nach Veränderungen, die man nicht zulässt, blockiert die Magie.« Das Rädchen der Maus glühte förmlich, als ich weiter hinunterscrollte. »Baut man sich innerliche Blockaden gegen die eigenen Zauberkräfte, wird das eigene Gleichgewicht gestört, was sich in zunehmenden Krankheitsanzeichen äußert.« Auf diesen Hokuspokus-Seiten zu surfen fühlte sich falscher an, als Erotik-Websites zu öffnen.

»Das Qi bleibt als Lebensenergie, die alles Leben durchdringt, nur im Gleichgewicht, wenn …« Mir wurde es zu blöd. Mit ALT+F4 verabschiedete ich mich vom Internet und stieß ich mich von meinem Schreibtisch ab. Langsam rollte ich gegen meine Zimmertür und hielt dort an.

»Ich soll also meine Magie als einen Teil von mir annehmen. Aha, dann soll ich frostfröhlich herumzaubern und dann daran verrecken?«, jammerte ich.

Die fancy Wesen mit übernatürlichen Kräften in Serien konnten ihre Fähigkeiten verwenden, aber ich selbstredend wieder nicht. Ich fiel in Ohnmacht. Seit Wochen schwirrte in meinem Kopf dieselbe Frage: Warum war es das oberste Gebot der Schneefrauen, ihre Eismagie nicht einzusetzen, weil sie daran starben, wenn mein Körper ebenso litt, wenn ich sie *nicht* anwandte?

Auch meine Großmutter versicherte mir, dass ihre Uroma ihre Fähigkeit nur ein einziges Mal eingesetzt habe. Um zu beweisen, dass sie nicht log. Was stimmte nicht mit mir?

Schlagartig kehrte dieses Gefühl in mir zurück. Die eisige Kälte, die drohte, aus mir herauszuplatzen. Hektisch krallte ich mich an die Lehnen meines Stuhls. Gefrorener Atmen stieg in die Luft. Mein Körper bäumte sich auf und ich wünschte mir, es wäre ein Orgasmus und nicht die tobende Schneefrau in mir.

Der Stuhl kippte und ich war kurz davor, erneut an diesem Tag auf dem Boden aufzuschlagen. Doch einen Fingerbreit vor dem Parkett blieb ich in der Luft hängen. Ein Schneesturm presste sich aus all meinen Poren und federte meinen Sturz ab.

»Was zum …«, flüsterte ich.

Einem Nasenbruch entging ich. Stattdessen machte mein Kreislauf wie erwartet schlapp. Wenige Augenblicke bevor sich mein Bewusstsein verabschiedete, formte der Schnee sich zu einem Gesicht. Obwohl ich alles verschwommen wahrnahm, verengte ich meine Augen zu Schlitzen und fokussierte meinen Blick. Die Erkenntnis darüber, wer diese Person war, blieb mir verwehrt. Stattdessen wurde alles um mich schwarz. Schon wieder.

Meine Wange klebte am Boden und ich wusste nicht, ob ich gesabbert hatte oder geschmolzenes Eis um mich herum fröhliche Zustände feierte. Meine Hände schafften es nicht, mich hochzustemmen, also blieb ich liegen und gähnte so ausgiebig, dass ich dachte, mein Unterkiefer würde abfallen.

Das Schneegesicht blitzte vor mir auf. Komischerweise erinnerte ich mich nicht daran, etwas gehört zu haben. Doch das Bild in meinen Gedanken bewegte den Mund. Als würde die pure Kälte zu mir flüstern.

Über die Jahrzehnte hatte ich mir eine harte Schale zugelegt. Hatte eine abgebrühte Maske entwickelt, die selten Furcht zeigte.

Vor was sollte ich mich fürchten? Im Ernstfall konnte ich jede Pistolenkugel einfrieren, jeden Messerstecher ausrutschen und jedes Auto einschneien lassen. Aber diese Entwicklung in meinem Körper und meiner Fähigkeiten gefiel mir nicht. Zumindest in der Theorie.

Nun überkam mich zum ersten Mal in meinem Leben eine Form von Todesangst. Natürlich abgesehen von jener Furcht, dass ich sterben könnte, sobald ich Eismagie anwandte.

Jemand klopfte an meine Zimmertür.

»Caspara, willst du nicht endlich herauskommen? Es gibt Essen.«

Oma! Die Lebensgeister – mein Qi, wie Google sagen würde – fanden bei dem Wort *Essen* zurück zu mir. Mit einem Satz war ich wieder auf den Beinen und riss die Tür auf, hob sie beinahe aus den Angeln. Meine Oma zuckte zusammen und hielt sich schützend ihre Arme vors Gesicht.

»Übertreib noch mehr, Oma. Als würde ich dich zusammenschlagen. Eine alte Frau.« Ich schlenderte an ihr vorbei.

»Was heißt hier *alte Frau?* Ich bin achtundfünfzig!«, rief sie mir hinterher und nahm dann die Verfolgung auf.

»Ah, ja? Und wie lange bitte schon?«

Als ich den riesigen dunkelbraunen Tisch erspähte, konnte ich mit Sicherheit sagen, dass das Wasser in meinem Mund nicht von meinen Eiskräften stammte. Alles war darauf zu finden. Okay, kein James Lafferty, aber sonst wirklich alles. Pancakes mit Ahornsirup, Butter und unserer O'Mahony Geheimzutat: Baileys!

Weiter ging das Festmahl mit Stew – einem Eintopf, den meine Großmutter noch zusätzlich mit roter Bete machte – und so vielen anderen Köstlichkeiten.

»Was ist denn hier passiert? Hat dich der Geist von Mary Poppins überfallen? Oder Bree Van de Kamp?«, erkundigte ich mich.

»Ich bin keine verzweifelte Hausfrau. Trotzdem wollte ich dich nach deiner Ohnmachtsattacke ein bisschen verwöhnen und mich entschuldigen. Ich darf dich nicht ständig bevormunden.« Sie knetete ihre Finger.

Sofort tat sie mir leid, trotzdem verschwieg ich meinen aktuellsten Schneefrauen-Kollaps. Ihr weinrotes, langes Pulloverkleid fühlte sich vertraut an, als ich sie umarmte und über ihren Rücken streichelte. Dieses Kleid besaß sie in allen Farben. Mehrmals.

»Mir tut es auch leid. Teenager war noch untertrieben. Ich habe mich benommen, als wäre ich gestern eingeschult worden«, gab ich zu. Trotzdem behielt ich meine Sorgen zunächst für mich. Diesen Abend wollte ich uns nicht versauen.

»Wie hast du das überhaupt so schnell gezaubert?«

Kurz schürzte sie ihre Lippen und reckte eine Augenbraue in die Höhe. »Auch ich habe meine Oma-Magie.«

Wir prusteten beide laut los, warfen die DVD von Grand Hotel ein und setzten uns. Die heißblütigen spanischen Bediensteten in der Serie sollten meine Eisprobleme für heute Nacht im Zaum halten.

Eisige Kosmetik

Beim Umblättern der Buchseite überkam mich ein unbehagliches Gefühl. Der Blick der Aufseherin brannte in meinem Nacken. Sie hielt mich mit ihren Falkenaugen gefangen. Apropos gefangen. Mein Buch von Foucault *Discipline and Punish – The Birth of the Prison* hellte meine Stimmung nur bedingt auf.

Wenn es etwas gab, auf das ich im Moment verzichten konnte, war es das Recherchieren für meine Abschlussarbeit. Viel zu sehr beschäftigte mich mein unausgeglichener Magie-Haushalt. Außerdem machten mir die Streitigkeiten mit meiner Großmutter Sorgen. Wir stritten uns viel zu häufig. Was auch an meinen Lügen und unbesonnenen Handlungen lag. Ich musste aufhören, meine Kräfte einzusetzen. Aber der Grand Hotel-Abend hatte der Stimmung zwischen uns ein Upgrade verpasst, das immer noch nachwirkte. Das sollte ich jetzt tunlichst nicht wieder zerschlagen.

Erschöpft lehnte ich mich zurück und beobachtete die Studentengruppe auf dem violetten Sofa. Sie tuschelten, kritzelten auf ihre Notizblöcke und schrieben sich Nachrichten über das Smartphone. Gedanklich poppten Sprechblasen über ihren Köpfen auf und ich konnte mir bildlich vorstellen, was sie sich schrieben.

Wann treffen wir uns heute Abend?

Bei mir? Wir könnten vortrinken!

Ich dachte, das machen wir längst! In meiner Flasche ist Wodka.

☺

Beobachtet uns die komische Caspara?

Hastig schüttelte ich meinen Kopf. Nicht nur, dass ich Gesichter im Schnee sah, jetzt mobbte ich mich auch noch selbst. Unerwartet stand einer von der Truppe auf, schmiss seine Hefte hin und stampfte aus dem Raum. Warum so aggressiv?

Leider konnte unsere Bibliothek nicht mit antikem Harry-Potter-Charme punkten. Dafür mit einigen neongrünen Bücherregalen.

Für heute beschloss ich, mein Studium Studium bleiben zu lassen und klappte das Buch zu. Ständig fragte ich mich, warum ich Soziologie studierte, wenn ich die Personifikation von *Socially Awkward* war. Lieber würde ich mir helfen anstatt anderen Menschen, aber darüber konnte ich mir nach meinem Studium den Kopf zerbrechen.

Der Stuhl knarrte, als ich zurückrutschte. Mit einer Größe von einem Meter achtzig passierte es mir des Öfteren, dass ich beim Aufstehen mit meinen Beinen gegen den Tisch stieß. Das machte sich nie gut in einer Bibliothek, in der es leiser war als in einer Leichenhalle.

Es kam, wie es kommen musste. Die Kälte kehrte zurück. Meine Kehle schnürte sich zu, als das Eis meinen Hals emporkroch. Es fühlte sich an, als würde meine Lunge einfrieren. Einige Millimeter tapste ich vorwärts. Eine Hand an meinem Hals. Die andere klammerte sich schützend an meinen weißen Hoodie.

Ein Gurgeln kam aus meinem Mund. Die Aufmerksamkeit der anderen war mir gewiss. Rasch presste ich meine Lippen zusammen.

»Alles klar, Cass?«, fragte ein Mädchen, die mein Migrations-Seminar besuchte. Ein Nicken schaffte ich noch. Tief ein- und ausatmend nahm ich meine Hand vom Hals und ballte sie zur Faust. Dann erschien es wieder. Das Schneegesicht.

Augenblicklich ging es mir wieder besser. Es war an der Zeit, der Sache auf den Grund zu gehen. Das hatte oberste Priorität. Schnellen Schrittes hastete ich aus dem Raum in die Frauentoilette. Zuerst blickte ich mich um, dann machte ich auf der Stelle kehrt und vereiste die Türklinke samt Schloss. Dicke Eiszapfen hingen nun daran.

Dieser kleine Zauber genügte, damit der kalte Druck in mir verschwand. Anschließend blickte ich unter die ersten beiden Kabinen, um sicherzugehen, dass niemand hier war. Kurz vor der dritten materialisierte sich das Schneegesicht im Spiegel.

»Was willst du von mir?«, fragte ich und biss dabei die Zähne zusammen, um nicht loszubrüllen.

»Vorsicht«, flüsterte die Kälte.

Eine Million Fragen explodierten in meinem Kopf. Schwindel überkam mich. Nicht aufgrund der Schneefrau in mir, sondern wegen diesem sonderbaren Moment.

Eine Toilettentür schwang auf. Meine zur Faust geballte Hand öffnete sich wieder. Die Finger hielt ich gespreizt, als hätte ich meine Krallen ausgefahren. Statt Krallen hafteten kleine Eisspitzen an meinen Fingernägeln.

»Wer ist da?«, rief ich hysterisch. Die verdammte letzte Kabine wurde mir zum Verhängnis. Ich durfte mich nicht wundern, wenn jemand auf einer öffentlichen Toilette war.

Eine junge Frau trat heraus. Eine rothaarige Asiatin. Sie wirkte, als würde sie gleich losheulen. »W-was ist das auf deinen Fingern?«

Mein Mund öffnete sich mehrmals, doch eine Antwort verwehrte ich ihr. Was hatte ich mir dabei gedacht? Warum eröffnete ich keinen Blog, damit alle bezüglich meiner Eismagie auf dem Laufenden waren. Ich Idiotin!

»Ach, das!«, entgegnete ich ihr, deutete auf meine Eiszapfen-Fingernägel und lachte so laut, dass ich mich am liebsten selbst mit diesen Dingern aufgespießt hätte.

»So ein neuer Trend aus Japan. Fingernägel aus Eis. Habe es ausprobiert, aber Blödsinn. Die schmelzen ja«, fuhr ich fort. »Na ja, die spinnen eben – Die Japaner, nicht wahr?« Ich schlug mir auf den Oberschenkel.

»Ich komme aus Tokio«, antwortete sie mit einer leisen, aber hohen Piepsstimme.

»Ich auch.« Etwas Besseres fiel mir beim besten Willen nicht ein. Ihre gepiercte Augenbraue sauste hoch.

»Selbst wenn, ist deine Aussage als Soziologin höchst unprofessionell«, konterte sie und war drauf und dran, die Frauentoilette zu verlassen.

»Warum ist das zugefroren?« Rotschopf deutete auf die Türklinke.

Meine Hände begannen zu schwitzen. Zögerlich zeigte ich mit meinem Eiszapfen zum Spülbecken. »Warum liegt da Stroh?« Als sie hinsah, ließ ich die Erfrierung verschwinden.

»Ist doch gar nicht zugefroren«, sagte ich hektisch, riss die Tür auf und verschwand.

Als ich das Gebäude verlassen hatte, bedeckte ich mit der Kapuze meinen Kopf. Mir blieb keine andere Wahl. Meine Großmutter musste eingeweiht werden.

Wovor sollte ich mich vorsehen?

Ratlos passierte ich das Sportfeld. Der Wind toste heute ziemlich stark. Nicht ungewöhnlich für Dublin, aber doch intensiver, als meine Wetter-App vorausgesagt hatte.

»Vorsicht«, wisperte der Wind. Bildete ich mir das ein?

»Vorsicht.« Schon wieder!

Ich schlang die Arme um meinen Körper und zog die Schnüre meiner Hoodie-Kapuze enger. Diese Situation brachte mich um den Verstand. Bald wusste ich nicht mehr, was Realität war und was nicht.

»Vorsicht«, hauchte der Wind in mein Ohr. Als würden unzählige Spinnen meinen Rücken hochkrabbeln, ahnte ich die Anwesenheit einer anderen Person hinter mir.

Wie eine Eiskunstläuferin drehte ich mich blitzschnell um. »Was zum Teufel willst …« Ein Mädchen. Ein rothaariges Mädchen.

Sie grinste mich über ihre Nerdbrille hinweg an. Ich zog meine Augenbrauen zusammen und musterte sie von oben bis unten. Rotschopf drückte ihre pinke Mütze hinunter und strich sich die gelbe Daunenjacke zurecht.

»Ist dir gar nicht kalt?«

»Warum verfolgst du mich?«

Ihre Jacke quietschte beim Gehen, als ihre Arme daran rieben, und ich ging neben ihr her.

»Ich bin Naoko, du?«

Komisches Weib. Was wollte sie von mir? Warnte mich der Schnee vor ihr?

»Caspara. Beantwortest du meine Frage auch noch?«, hakte ich nochmals nach.

»Ich verfolge dich nicht. Ich wohne hier bei Ballsbridge.«

Wahrheit oder Lüge?

»Dich habe ich hier noch nie gesehen.«

Meine hüftlangen Haare peitschten vor meinem Gesicht herum. »Muss bisschen abschalten«, antwortete ich zaghaft.

»Du bist ganz schön abgedreht, Caspara«, kommentierte sie das Offensichtliche. Ihr Blick aus braunen Augen wanderte auf meine Finger. »Keine Eisfingernägel mehr?« Naoko zwinkerte mir zu und kicherte.

Wusste sie etwas?

Ohne auf ihre Frage einzugehen, trotteten wir weiterhin nebeneinander her. Mir war bewusst, dass mein Kälteempfinden nicht stark ausgeprägt war, aber Naokos Kleidung wirkte übertrieben.

»Du bist nicht in Irland geboren, oder?«, lenkte ich ab.

»Nein, wie gesagt, meine Eltern stammen aus Tokio und da bin ich auch geboren. Ich bin nur für ein Austauschsemester hier.«

Mit einem lauten, den Wind übertönenden »Hm« signalisierte ich ihr, dass ich verstanden hatte.

»Hast du von dem Flugzeugabsturz gehört? Schrecklich – mitten über dem Meer. Die Passagiere waren auf dem Weg nach Dublin.«

»Ja, schlimm.« Kurz und knapp. So kam sie nicht an mich ran, das würde sie sicher bis zur nächsten Straßenecke auch gemerkt haben.

»Na gut. Ich muss hier nach rechts. Wollen wir Nummern austauschen?«

Wollte ich das?

»Vorsicht!« Der Wind wurde eindringlicher. Meine Augen weiteten sich.

»Nein danke.« Ich bog nach links ab, spürte ihren Blick aber weiterhin auf mir.

Was war mit diesem Mädchen los?

Mit meinem neuen Lebensabschnittsgefährten – Mr Paranoid – schlenderte ich die Richmond Avenue South zur Straßenbahnstation Milltown hoch. Betont unauffällig legte ich meinen Kopf zur Seite und kratzte mich am Nacken. Meine eigentliche Intention: hinter meine Schultern blicken, um potentielle Mörder zu entdecken.

Sobald ich jemanden sah, blieb ich stehen, richtete meine Schuhe, holte etwas aus meiner Tasche oder suchte andere Gründe, um die Menschen an mir vorbeigehen zu lassen.

Nach dem grauen Mülleimer mit dem gelben Graffiti bog ich zur Luas-Haltestelle ein. Dies durfte kein Dauerzustand werden. Inständig hoffe ich, meine Großmutter hätte die passende Lösung parat. Auf keinen Fall wollte ich sie umsonst beunruhigen.

Als der graue, gelbe Blitz – die Bahn – eintraf, zog ich meine Studentenkarte aus der Tasche und näherte mich der Straßenbahn. An der Schwelle zwischen Bahn und Haltestelle hörte ich es wieder.

»Vorsicht.«

Bilder, in denen die Straßenbahn entgleiste, erschienen vor meinem geistigen Auge. Kurz überlegte ich, ob ich einen Rückzieher machen sollte. Kopfschüttelnd entschied ich mich dagegen.

Du bist nicht bei Final Destination, Caspara. Die Tür schloss sich hinter mir und die Fahrt begann.

XXL Neuzugänge

»Hallo, Oma. Ich glaube, ich verrecke nicht nur, wenn ich meine Kräfte verwende, sondern auch, wenn ich sie nicht einsetze. Gibt es da einen Tee für?«, verkündete ich an mein Spiegelbild gewandt.

Nachdem ich die Fahrt nach Hause überlebt hatte, überlegte ich, wie ich meine Oma am besten einweihen sollte. Dieser Weg fühlte sich nicht richtig an. Die Warnungen aus der Bahn machten mir immer noch Angst.

»Hallo, Oma. Es gibt Neuigkeiten …« Ein Schatten hinter mir.

»Ich höre?« Warum konnten sich Großeltern so gut anschleichen?

»Also … ich …« Sie verschränkte ihre Arme vor der Brust. »Bin schwanger! Party!« Grinsend schüttelte ich imaginäre Pompons.

»Caspara O'Mahony.« Sie hatte mich durchschaut. Was nicht schwer war, wenn man meine Tenniefilm-Ansprachen-Probe-vor-dem-Spiegel bedachte.

»Setz dich lieber«, sagte ich vorbereitend.

Eine kleine Kette an ihrem goldenen Gürtel wackelte. »Ich bevorzuge es, stehen zu bleiben.«

Schwierige Geburt. »Meinem Körper wird nicht nur Kraft entzogen, wenn ich meine Eismagie anwende, sondern auch, wenn ich sie nicht einsetze«, erzählte ich ihr ganz ruhig.

Die Kette rasselte noch heftiger, als sie einen Schritt zurückmachte und mit ihrer Hand nach einer Sitzmöglichkeit tastete.

»Seit wann … wie … woher …« Noch nie hatte ich sie so aufgebracht erlebt. Selbst als meine Fähigkeiten zum Vorschein kamen, war sie gefasst gewesen.

Einige Schritte taumelte sie noch zurück, ehe sie sich auf mein Bett fallen ließ. Als würde ihr senfgelbes Pulloverkleid sie erdrosseln, zog sie sich den Kragen vom Hals.

»Was ist denn los? Weißt du etwas?«, überfiel ich meine Großmutter.

»Besser wäre: Wie lange weißt du das bereits?«, antwortete sie mir mit einer Gegenfrage. Misstrauisch verengte ich die Augen. Mein Zögern verriet mich.

»Wie lange!« Es war keine Frage mehr, sondern eine Aufforderung.

»Nicht so lange. Zwei, drei Tage.« Ich räusperte mich. »Wochen.« Der erwartete Sturm kam nicht. Was blieb, war Schweigen, und das verhieß nichts Gutes.

»Ich wollte dich nicht beunruhigen. Außerdem stand nichts in deinem Buch darüber.« Ob ich die Situation damit rettete?

Längst hatte meine Großmutter ihr Gesicht von mir abgewandt. Wie immer, wenn sie nervös war, umklammerte sie mit ihrer faltigen Hand die Brosche über ihrem Herzen.

»Oma?« Schlagartig fixierte mich das Schwarz ihrer Augen wieder.

»*Oma* mich nicht!« Laut seufzend erhob sie sich.

»Jetzt sag mir, was du weißt«, wiederholte ich mich. Einen Moment lang sah sie mich an, als würde sie mit einer Entscheidung ringen, dann gab sie mir einen Wink, ihr aus dem Zimmer zu folgen, und ich trottete hinter ihr her. Sie öffnete die beiden Türen zu unserem kleinen Balkon aus Beton und lehnte sich draußen gegen das verrostete Geländer.

Tief sog sie die kalte Luft Dublins in ihre Brust.

»Du erinnerst dich an die Feinde der Schneefrauen, von denen ich dir erzählt habe?«, begann sie ihre Geschichte und ich wusste, worauf dieses Gespräch hinauslaufen sollte. Schließlich las ich an die hundert Bücher im Jahr.

»Nein, das ist unmöglich. Du hast gesagt, sie wären ausgelöscht.«

Ohne sich umzudrehen, fuhr sie fort.

»Das dachte ich auch. Meine Urgroßmutter hat mir davon erzählt. Wahrscheinlich ahnte ich es nach deiner ersten Ohnmachtsattacke.« Während sie die richtigen Worte suchte, gesellte ich mich zu ihr.

»Ich wollte es nicht wahrhaben.« Sie ließ den Kopf hängen.

»Sie sind wieder da?«, sprach ich aus und es fiel mir unsäglich schwer, diesen Satz über meine Lippen zu bringen. Sie nickte.

»Ein Gesicht aus Schnee verfolgt mich seit zwei Tagen und warnt mich. Nur ahnte ich nicht, wovor.« Jetzt wusste ich es. Diese Information schockierte meine Großmutter nicht mehr.

»Aber ich verstehe es nicht«, nuschelte sie mehr zu sich selbst als zu mir. Mein Blick fiel auf ihre Hände, die sich krampfhaft an das Geländer klammerten. Die Adern traten hervor.

»Dein Körper warnt dich vor ihnen. Dennoch ist es mir ein Rätsel, wie sie zurückkehren konnten. Es ist … Es sollte unmöglich sein.«

Ich fasste an ihre Schulter, doch sie riss sich los.

»Wer sind diese Feinde? Du hast mir nie Genaueres von ihnen erzählt. Diese Nekrinos?«

»Nekromanten.« Es kostete sie viel Überwindung, dieses Wort auszusprechen. Das spürte ich. »Oder Höllenhunde.«

»Wenn es mich auch gibt, wie kann es dann unmöglich sein, dass diese Nekromanten lebendig sind?«, hakte ich nach. Bei dem Wort *lebendig* kicherte sie. Endlich drehte meine Oma sich zu mir um.

»Das ist es ja. Nekromanten sind Geister, die Tote beschwören und von ihrer Energie leben. Du als Trägerin einer Schneefrau bist eine gewaltige Quelle der Macht für diese Wesen«, erklärte sie. Da ich selbst übernatürliche Kräfte hatte, sollte es für mich normal sein, solche Dinge zu hören. Dennoch klang das alles merkwürdig.

»Sie wurden damals ausgelöscht von einer Gruppe Schneefrauen. Allesamt opferten sie ihre Leben. Damit brachten sie genug Energie auf und gewannen. Und da Nekromanten selbst Geister waren, wurden sie vollkommen beseitigt. Ein Geist, der stirbt, wird nicht wieder zu einem Geist. Er ist … Er sollte für alle Zeiten verschwunden sein. Sollten sie …«

Mir ging ein Licht auf, weswegen ich ihren Gedanken beenden konnte.

»Sollten sie einen Weg gefunden haben, zurückzukehren, wären sie unbesiegbar.« Großartig. Gegen Unsterblichkeit hatte selbst meine Eismagie keine Chance.

Eine Welle der Verzweiflung kam auf, schwappte von meiner Großmutter zu mir und überrollte mich unvorbereitet. Die Todesangst, die seit Tagen in mir aufkeimte, war in voller Pracht erblüht, schlug ihre Wurzeln tief in mir und verankerte sich fest in meinem Herzen.

»Warum steht so was Wichtiges nicht in unserem Buch?«, hakte ich nach.

»Weil sie als nicht mehr existent galten. Seit vielen Jahrhunderten. Meine Urgroßmutter hat sich darüber keine Sorgen mehr gemacht, Caspara.« Sie umfasste meine Unterarme. »Du musst weg von hier! Du musst dich verstecken!« Panik glühte in ihren Augen.

Meine Gedanken überschlugen sich. »Was? Nein! Wohin sollte ich auch gehen? Und wenn ich einen Weg finde, wie ich sie besiegen kann?«

Ihre Finger verschränkten sich ineinander. Begann die größte Atheistin der Welt zu beten?

»Diese Schneefrauen besiegten die Höllenhunde, indem sie ihre Eiskräfte aus ihren Herzen befreiten und starben. Außerdem waren es mehrere und du bist allein«, wiederholte sie.

»Das war also die selbstlose Tat der Schneefrauen, von der du ständig gesprochen hast. Sie ließen ihr Leben für das Leben der Menschen und erhielten als Geschenk die ständige Wiedergeburt.«

Mussten diese Viecher ausgerechnet jetzt wieder aus ihren Löchern gekrochen kommen wie Take That? Nein, sie tauchten auf, weil ich hier war. Selbstverständlich taten sie das.

»Was machen wir jetzt?«

»Ich weiß es nicht, mein Schatz. Ich weiß es nicht.«

Meine Kamera funkelte mich böse an, ehe ich die Verschlusskappe auf das Objektiv packte und mich wieder meinem Laptop zuwandte. Meinen Blog hatte ich die letzten Tage schleifen lassen, dabei war ich in der Buchbloggerszene kein unbeschriebenes Blatt. Wenn man außer Acht ließ, dass man in Dublin schnell kein Unbekannter mehr war, wenn man überhaupt irgendwas außer der Reihe machte.

Bevor ich meinen Blogbeitrag mit den passenden Hashtags ausstattete, beendete ich noch die letzten Sätze:

Schreibt mir gerne, wie euch »Written in Red« von Anne Bishop gefallen hat. Leider ist die Reihe bisher total an mir vorbeigegangen, aber zum Glück kann ich das jetzt aufholen. Zu den anderen Büchern, die bei mir eingezogen sind, könnt ihr gerne auch Kommentare schreiben.

Eure Cass-TheBookMess

PS: Falls jemand von euch eine Schneefrau ist und mir helfen kann, die Nekromanten auszulöschen, meldet euch.

Den letzten Satz löschte ich selbstverständlich wieder. Kein besonders guter Blogartikel, aber besser als nichts. Ein Klick auf *veröffentlichen* und er war online. Sichtbar für all die Bücherfreunde da draußen. Sofort ereilte mich die Benachrichtigung über meinen ersten Kommentar.

»Erster«, las ich laut vor. Ich rollte mit den Augen und meldete mich von meinem Server ab. Das Licht meiner goldenen Schreibtischlampe wurde von der grünen Abdeckung darüber gedimmt und stimmte mich müde.

Nach stundenlanger Diskussion mit meiner Großmutter kamen wir beide auf keine Lösung meines Problems. Obwohl mich ihre Sorgen, die sie sich um mich machte, mehr beschäftigten. Umso glücklicher war ich, als ich sie nach dem Duschen schlafend vorfand.

Wenigstens überraschten mich heute keine neuen Schwächeanfälle mehr. Ich schaltete das Licht aus, verkroch mich unter meine Bettdecke und hoffte, eine Überdosis an Baldrian-Tabletten würde mich die Nacht durchschlafen lassen.

Mein Körper wurde schwer, die Muskeln entspannten sich und zuckten mehrmals, erleichtert, die Last des Tages überstanden zu haben. Leider kam sie mit dem Morgengrauen zurück.

Ich sehe was, was du nicht siehst, und das ist kalt

Mit meinen Fingern hielt ich meine Augen auf, um nicht einzuschlafen. Als in mir der Gedanke aufblitzte, die lustige Schneefrau in mir könnte meine Augäpfel vereisen, ließ ich von ihnen ab.

Die Existenz meiner geschwollenen Tränensäcke spürte ich deutlicher als die Aggression gegenüber dem langweiligsten Menschen auf Erden: meinem Professor, der das Migrations-Seminar leitete.

Nachdem ich mich viermal vertippt hatte, öffnete ich die Notizzettel-App und schrieb: Keine Überdosis Baldrian mehr.

Bald bin ich fertig mit dem Studium. Bald bin ich fertig mit dem Studium. Dieses Mantra half mir, nicht verrückt zu werden.

Außer ich sterbe noch vorher und habe unzählige, gendergerechte Hausarbeiten umsonst geschrieben.

Nach der siebzehn – nicht fünfzehn, nein, siebzehnminütigen Pause, die uns Professor Hazel gewährt hatte, stolzierte er in den Raum. Allerdings war er nicht allein. Zum ersten Mal in seiner Laufbahn erweckte er das Interesse seiner Studenten.

»Ein Junge«, hörte ich jemanden hinter mir tuscheln.

»Wie ihr seht, bin ich nicht alleine zurückgekommen. Ich habe einen fleißigen und strebsamen Austauschstudenten mitgebracht: Wyatt Chris Atkins. Er ist zwar mit seinem Soziologiestudium fertig, muss aber noch einige Kurse besuchen, um auch bei uns weitermachen zu können.«

Komischerweise hätte ich schwören können, dass ich diesem Typen bereits auf den Straßen Dublins begegnet war. Irgendwann war man jedem Menschen in Dublin begegnet. Da er aber nicht von hier stammte, musste ich mich täuschen.

»Stelle dich doch kurz vor, Wyatt«, forderte Hazel den Neuen auf.

»Okay.« Seine Stimme klang samtweich, begleitet von einem rauen, gebieterischen Unterton. Eine merkwürdige Kombination. Wie Popcorn mit Schokolade – ein freudige Überraschung. Zwar nicht für jeden, aber für mich. Dennoch passte sie nicht zu seinem Äußeren, das wiederum nicht zu seiner Geschichte passte. Ein Austauschjahr in Irland. Das bedeutet, er war nicht von hier. Gleichzeitig sah er aus wie ein Klischee-Ire.

Verwuscheltes orange-rotes Haar umrahmte mitsamt dem Bart seine Augen, die das satte Grün der irischen Pflanzenlandschaft in sich trugen. Selbst den muskulösen Körper zierte ein Holzfäller-Hemd. Er wirkte wie das Bild eines Comic-Zeichners, der einen Iren darstellen wollte. Einzig sein perfekt getrimmter Bart über Wange, Mund und Kinn fiel aus der Reihe und wirkte gegen den Wildwuchs-Trend an.

Wyatt zog seine schwarze Mütze zurück und räusperte sich. Beinahe schüchtern schweifte sein Blick oberflächlich über die Seminarteilnehmer.

»Meinen Namen kennt ihr ja. Ich bin fünfundzwanzig Jahre alt und komme aus Bar Harbour, stamme aber eigentlich aus Irland. Meine Großeltern wanderten nach Amerika aus und jetzt wollte ich wieder zurück zu meinen Wurzeln«, stellte er sich vor.

Daher sein Aussehen. Er versuchte, so irisch wie möglich zu wirken.

»Bisher liebe ich mein Herkunftsland«, betonte er und reckte stolz das Kinn seines kantigen Gesichts hervor. Seinen Worten lauschend stützte ich meinen Ellbogen am Tisch ab und bettete meinen Kopf auf meine Faust. Irgendwas störte mich an ihm.

Ebenso unerwartet wie Wyatt prasselten die Schmerzen auf mich ein. Meine Augen verlernten das Fokussieren. Stellten Wyatt scharf, obwohl ich meine Finger betrachten wollte. Ließen den Hintergrund verschwimmen, als ich den Ausgang suchte.

Angestrengt kniff ich die Augen zusammen und hoffte, dass der Anfall vorüberging, auch ohne Komplikationen. Der Druck in meinem

Kopf ließ nach und ich öffnete meine Lider wieder. Es dauerte einen Moment, doch dann entdeckte ich es.

Das Schneegesicht formte sich an der Tafel neben Wyatt.

»Verschwinde«, zischte ich, nur für meine Ohren bestimmt. Tatsächlich hatte ich die Aufmerksamkeit aller Studenten gewiss. Auch die Wyatts.

Dann erkannte ich es. Darum kam mir Wyatt bekannt vor. Als er mich direkt anblickte, fragte ich mich, warum es mir nicht gleich aufgefallen war.

Er war mein Schneegesicht. Beide starrten sie mich höhnisch nebeneinander an. Unkontrollierbare Wut kroch meine Kehle empor. Mit einem lauten Ruckeln schob ich den Stuhl zurück, als ich mich erhob.

»Was willst du von mir?«, fragte ich, die Hand zur Faust geballt. Eiskrallen schlichen sich scheu aus meinen Fingern, drückten gegen meine Haut.

»Sie kennen sich?«, fragte Hazel nach. Das wäre die naheliegendste Erklärung für mein Verhalten gewesen.

Wyatts Mimik verriet seine Verwirrtheit, während das Schneegesicht mich verspottete. Endlich fiel mir ein, dass sich die Fratze der Kälte nur mir zeigte.

»Ich … Nein. Also, …« Mein Kopf war völlig leer. Ich seufzte lediglich und setzte mich. Es hatte ja doch keinen Sinn, mich zu erklären. »Fehlalarm«, setzte ich nach, doch da war ich schon wieder vergessen. Schließlich war ich sowieso die merkwürdige Caspara mit den langen schwarzen Haaren und dem geraden Pony, der bis über meine Augenbrauen reichte.

Wyatt klärte uns weiter über seine Person auf, ließ mich dabei jedoch nicht aus den Augen. Ungeniert starrte, nein, glotzte ich zurück. Dass er attraktiv war, stritt ich nicht ab, doch hierbei ging es um mein Leben. Warum erschien sein Abbild, um mich zu warnen?

Die Frostmaske löste sich schmatzend von der Tafel und setzte sich selbst Wyatt auf. Dieser Mistkerl provozierte mich, während ich tatenlos zusehen musste. Trotzdem beherrschte ich mich. Zweimal innerhalb eines Tages unangenehm auffallen lag zwar im Mittelfeld meiner normalen Quote, aber ich versuchte trotzdem, mich ansatzweise am Riemen zu reißen.

Nach seinem unendlich langen Monolog machte er einen Schritt vorwärts, als er überlegte, wo er sich hinsetzen wollte. Innerlich jubelte ich, da ich sein Antlitz los war. Ein kalter Schauer sauste über meinen Rücken. Meine Kräfte trugen keine Schuld. Es war Wyatt, der mich abermals angaffte.

Nein … wage es nicht!

Er wagte es. Holzfäller-Typ näherte sich mir und setzte sich neben mich. Und neben mir waren fünf Plätze frei. Generell war der ganze verdammte Hörsaal frei. Am liebsten wäre ich im penetrant blauen Linoleumboden versunken.

Ein Blick zu ihm genügte, um zu bemerken, dass er mich nicht aus den Augen ließ. Natürlich wusste er etwas. Sein Blick brachte mich zum Schwitzen und Hitze breitete sich über mein Blut in meinem Körper aus.

Einer dieser seltenen Momente, in denen meine Eismagie sich belustigt zurückzog und beobachtete, wie meine menschlichen Instinkte mir genug zu schaffen machten. Dennoch durfte ich nicht verdrängen, dass er eingeweiht war. Wyatt spielte den Unschuldigen. Auffällig unauffällig beugte ich mich zu ihm.

»Wir treffen uns nach dem Seminar vor der Tür«, flüsterte ich. Keine Antwort. Die brauchte ich auch nicht. Natürlich würde er da sein.

Genervt trommelte ich mit meinen Fingernägeln auf dem Tisch, bis der letzte Student den Raum verließ.

»Komm herein«, rief ich.

Rotschopf Nummer zwei betrat den Hörsaal erneut.

Erst Naoko, dann er. Bin ich nur von Rothaarigen umgeben?

Unsicher zupfte er an seinem Hemd. *Tu nicht so unschuldig.*

Selbstsicher und ein bisschen erotisch wollte ich auf ihn zuschreiten. Einen Fuß vor den anderen. Das war der Plan. Im Endeffekt quietschte der Boden und ich stolperte an dem Gummistreifen am Treppenrand.

Brust raus, Schultern zurück. Hektisch pustete ich meinen Pony zurecht. Ich lehnte mich gegen den Schreibtisch, an dem Professor Hazel gesessen hatte.

»Also?«, fragte ich und hob erwartungsvoll eine Augenbraue.

»Ich muss gleich ins Sekretariat.« Mit seinem Daumen zeigte er hinter sich. »Also … habe ich nicht so viel Zeit.«

»Dann lassen wir die Floskeln weg und kommen direkt zur Sache«, sagte ich kühl und war über meine eigene Gelassenheit überrascht.

»Ähm. Na gut«, entgegnete er und knetete verlegen seine Unterlippe. Seine Boots hallten im Saal, als er sie zeitgleich mit seinem Hemd auszog. Meine Augenbrauen zogen sich stark Richtung Nase zusammen.

»Was denkst du, was du hier tust?«, fragte ich entrüstet. Er stoppte, als wäre er erstarrt. Sein offener Gürtel klimperte hin und her.

»Was denkst du, was wir hier tun?«, hakte er nach. »Ich dachte, wir schieben eine schnelle Nummer.« Er schürzte die Lippen.

»Ich dachte, du bringst mich um.« Ich deutete einen Stich ins Herz an.

»Was?« Hysterisch bedeckte er seine offene Hose.

»Was?« Ich fuchtelte wild mit meinen Armen herum.

Hatte er tatsächlich keine Ahnung, warum ich ihn sprechen wollte? Den aufkeimenden Gedanken, seinen Körper eindringlich zu mustern, verschob ich. Wyatt kleidete sich rasch an. Mit offenen Schnürsenkeln stellte er sich vor mich.

»Wie kommst du auf den Gedanken, ich wollte dich umbringen?« Sollte ich lügen oder die Wahrheit sagen?

»Keine Ahnung. Du bist Amerikaner«, log ich.

»Warum dachtest du, ich will mit dir hier herumvögeln?«, fügte ich hinzu, um ihm keine Möglichkeit zu geben, fortzufahren.

»Keine Ahnung. Ich bin Amerikaner.« Seine Antwort überraschte mich so sehr, dass ich lachen musste. Ich wischte mit meinen Händen über sein offenes Hemd und nahm dann meine Sachen, um abzuhauen. Bevor ich den Raum verlassen konnte, hielt er mich auf. Schwungvoll drehte ich mich um. Meine braune Fake-Lederumhängetasche knarzte.

»Was hast du an mir abgewischt?«, wollte er wissen.

»Die Hoffnung, dass du kein Arschloch bist.«

Wyatt zog eine Schnute, schien schwer beleidigt zu sein.

»Ich sehe was, was du nicht siehst und das ist kalt«, sang er beinah.

»Deinen Pimmel?«, erwiderte ich. Geräuschvoll zog er den Reißverschluss hoch.

»Nein, dich!«

»Damit hast du sogar recht, Möchtegern-Ire.« Kurz vor der Tür hielt ich inne.

»Ich sehe was, was du nicht siehst und das ist rot«, gab ich zurück und verließ den Saal.

So witzig dieser Schlagabtausch, der perfekt in einen Jugendroman passen würde, auch war, musste es einen Zusammenhang zwischen Wyatt und dem Schneegesicht geben. Die Helligkeit meines Smartphones schraubte ich runter, damit man hinter mir das Display nicht mehr erkannte. Wie eine Top-Spionin schaltete ich dann die Frontkamera an und hielt sie leicht über meine Schulter. Niemand folgte mir.

Erleichtert stöhnte ich und steckte das Handy weg. Nichts war schlimmer als die Tatsache, nicht zu wissen, was hier vor sich ging. Es fühlte sich an, als wäre ich inmitten eines riesigen Puzzles und es fehlten nur noch wenige Teile, deren Plätze offensichtlich waren. Jeder sah, wohin sie gehörten. Ich jedoch nicht. Ich stopfte sie immer tiefer in die falsche Position.

Quickie

Klatschnass bog ich in die William Street ein und sprintete zu Dylan Bradshaw. Unter dem schwarzen Stoffdach fand ich Schutz vor dem Regen. Der Schauer hatte mich überrascht. Dieses Mal störte mich das auch gar nicht. Denn Dylan Bradshaw war ein zauberhafter Friseur hier in Dublin.

Beim Thema Haare mutierte ich zur Diva. Bei den Friseuren Dublins fürchtete man mich mehr als zehn J.Los. Nach außen hin besaß meine Frisur den Wow-Faktor eines Steins, trotzdem ließ ich nicht jeden ran. Mein größtes Problem waren Friseure, die sich an den Köpfen der Menschen verwirklichen wollten. Ich erinnerte mich an meinen blauen Bob von vor vier Jahren. Diese Vorstellung genügte.

Nach dem Öffnen der Glastür nahm mir eine Frau meine Jacke ab. Es war Jacky. Sie kannte mich und begleitete mich zum Waschbecken. Gewaschen waren meine Haare mittlerweile, aber eine Kopfmassage ließ ich mir nicht entgehen.

»Gut so, Caspara?«, fragte Jacky, die ihre Haare trug wie ich. Nur in blond. Eine weitere Kategorie schlimmer Hair-Stylisten: Frauen oder Männer, deren Haare selbst so wirkten, dass man sich dachte, so will man auf keinen Fall aussehen.

Gekonnt massierte sie mir das Shampoo ein, spülte es aus, packte die Spülung darauf und ich genoss die kurze Verschnaufpause.

»Hallo, Cass.«

Betonung auf kurz.

»Nein«, antwortete ich genervt und wagte es nicht, die Augen zu öffnen.

»Nicht so unfreundlich«, raunte er.

Krampfhaft besann ich mich auf die ruhige Hintergrundmusik. Lauschte den Klaviertönen, dem sanften Rauschen des Wasserhahns, und saugte den Duft des Orangen-Shampoos auf.

»Ist das auch eine Spülung für rote Haare?«, fragte er nach.

»Die sind doch nicht gefärbt«, entgegnete der Typ, der ihm zugewiesen war. Armer Kerl.

»Sind sie auch nicht. Wollte es nur wissen.« Ich hörte das Grinsen auf seinen Lippen. Konnte es deutlich vor mir sehen.

»Musstest du mir unbedingt folgen, Cass?« Hatte ich vergessen, dass ich mich ihm vorgestellt hatte, oder verdrängte ich es?

»Wir sind fertig«, sagte Jacky und überhörte unsere nicht vorhandene Konversation.

»Wir auch.« Machten die beiden gemeinsame Sache?

Dass wir auch nebeneinander saßen, war mir klar.

»Steht dir gut. Die Haare aus dem Gesicht«, kommentierte er, während er mich in seinem Spiegel beobachtete.

»Wyatt«, zischte ich.

»Caspara.«

Dieser Typ brachte mir zur Weißglut. Von allen Läden in Dublin verschlug es ihn hierher. Wäre ich eine Marionette in einem bizarren Puppenspiel, würde ich sofort die Fäden durchtrennen und abhauen.

»Kannst du dir nicht die Haare schneiden lassen, ohne mich zu nerven?«

Wollte er mich veräppeln, bevor er mich umbrachte? Was verlangte er von mir? Mich ihm anzuvertrauen, obwohl er etwas mit dem Schneegesicht zu tun hatte?

Ich würde mich selbst belügen, wenn ich nicht zugäbe, dass mir seine Aufmerksamkeit schmeichelte, aber nicht so, nicht er.

Jacky bürstete meine Haare durch. Mein Kopf wurde leicht zurückgerissen. Mehrmals checkte sie im Spiegel die Länge der Strähnen, zog sie glatt und schnitt die Spitzen.

»Ein Mittelscheitel würde dir gut stehen. Bisschen kürzer, Stufen und wilder. Eine schwarze Löwenmähne«, schlug er vor. »Eine Panthermähne, sozusagen«, fügte er hinzu und lachte über seinen eigenen Witz.

Jacky grinste und ich bemerkte es. Böse funkelte ich sie an und ihr Lachen gefror. Ohne Zutun meiner Eismagie.

»Dir würde eine Guillotine stehen.«

Ich wünschte, mit der schwarzen Einrichtung des Ladens zu verschmelzen, bis er verschwand.

»Du bist langweiliger als eine Oma.« Da kannte er Oma Grace nicht.

»*Du* bist langweiliger als eine Oma«, gab ich einfallslos zurück.

»Meine Oma ist tot.« Mit vier Worten wurde die Stimmung geplättet und sogar mir fiel kein angemessener Kommentar ein. Die beiden Hair-Stylisten blickten sich kurz an.

»Das tut mir leid. Ich wusste nicht. Also, …«

Toll gemacht, Caspara.

»War nur ein Spaß. Sie strickt mir wahrscheinlich gerade eine Mütze«, löste er auf und lachte in seinen Bart.

Holzfäller-Typ benahm sich unfassbar. Leider war das genau mein Humor, doch ich versteckte es. Da interessierte sich jemand für mich und das nur, weil er mich töten wollte. Wie schmeichelhaft.

Endlich erlöst, kümmerte ich mich nicht mehr um meine Haare und bezahlte. Draußen wartete Wyatt.

»Bring mich doch einfach um«, seufzte ich resigniert.

»Ist das irgendein Code in Dublin?«, fragte er interessiert und rieb sich sein Kinn. Er hielt seine Fassade aufrecht. Hier konnte er mir nichts tun, mitten unter all den Menschen. Hoffte ich. Blöderweise war auch ich hier machtlos. Na gut – wäre ich auch überall sonst.

»Morgen bin ich im Zentrum für Angewandte Sprachen, also falls du Lust auf einen Kaffee hast.«

Am Schild von Dylan Bradshaw bildete sich das Schneegesicht und verharrte dort. Es musste mich nicht daran erinnern, vorsichtig zu sein.

»Ich werde nicht da sein«, gab ich ihm zu verstehen.

»Bis morgen, Sonnenschein«, verabschiedete Wyatt sich und tapste durch den Regen. Fröhlich und ausgelassen.

Ich holte mein Smartphone hervor und startete eine Sprachnachricht: »Hallo, Jacky. Ich werde nie wieder zu euch in den Laden kommen, um mir die Haare schneiden zu lassen. Bin traumatisiert. Vielleicht rasiere ich sie mir ab und mache auf Miley Cyrus, die auf Britney Spears macht.«

Zufrieden ließ ich den Knopf los, steckte das Handy wieder ein und öffnete den Regenschirm, den ich geklaut hatte. Ein älterer Mann mit Gehstock trottete in die Richtung des Salons und schlug mit seinem Stock den Mülleimer um. Das metallische Geräusch hallte durch die Gasse, als er am Boden aufschlug. Die Menschen wurden von Tag zu Tag aggressiver.

Ich ging in die entgegengesetzte Richtung und riskierte einen Blick über meine Schultern.

Darauf hatte Wyatt nur gewartet. Er winkte mir breit grinsend zu und hopste um die Ecke. Warum hatte ich das getan? Trotzdem erwischte ich mich beim Grinsen.

Bücherfreunde

Frühmorgens schlich ich mich aus der Wohnung. Huschte vorsichtig wie ein Reh, das dem Jäger entkommen wollte, zur Wohnungstür.

»Caspara.« Eine Großmutter war immer früher wach als ihr Enkelkind. Wahrscheinlich ein längst vergessenes Naturgesetz.

»Grace«, sagte ich und spürte sie hinter mir zusammenzucken. Meine Oma hasste es, wenn ich sie beim Vornamen nannte.

»Wo willst du hin?« Wo war der Tarnumhang, wenn man ihn brauchte?

»In die Uni?« Dass ich so selbstbewusst klang wie ein Sack Reis, bemerkte nicht nur ich.

»Das ist kein Spaß. Du darfst dich nicht in Gefahr bringen. Was hattest du vor?«, wollte sie wissen.

Mein Pony wackelte hin und her vom verneinen ihrer Aussage. »Nein, Oma. Ich weiß, es ist kein Spaß. Denkst du, ich nehme das auf die leichte Schulter? Lass mich meine Nachforschungen anstellen, okay? Es bringt nichts, wenn ich dich da mit hineinziehe.« Zwar hatte ich nicht gelogen, wich ihr aber trotzdem aus.

»Soll ich hier sitzen und stricken, während du in dein Verderben rennst?«

Stöhnend zog ich die Essstäbchen aus meinem Dutt und meine Haare flogen wie ein Wasserfall hinunter. Sie fielen, fielen und fielen.

»Was …« Ihre Augen weiteten sich.

Staub wirbelte vom Boden auf, als meine Haare das dunkle Parkett erreichten. »Deine Haare …« Mehr brachte sie nicht hervor.

»… sind arschlang. Wobei das noch untertrieben ist. Ich kann sie als Kleid tragen oder als Tischtuch für die Ritter der Tafelrunde verwenden. Ich muss etwas unternehmen!«

Sie biss Teile ihres orangenen Nagellacks ab, zu dem sie farblich passend ein Pulloverkleid aus ihrer Endloskollektion gewählt hatte.

»Warum sagst du mir das nicht!«, schrie sie.

»Was würde das denn bringen? Dass du an deinen Sorgen erstickst?«, gab ich ebenso laut zurück. Natürlich verstand ich sie. An ihrer Stelle würde ich auch informiert werden wollen.

»Ich könnte mich mit meinen eigenen Haaren ausstopfen und als Schneefrau in einem Hexen-Museum ausstellen.« Einen Lacher schenkte sie mir, bevor sie sich wahrscheinlich in die Innenseite ihrer Wangen biss, um den Ernst der Lage aufrechtzuerhalten. Das tat sie immer, wenn sie nervös war. Zumindest hatten wir denselben schwarzen Humor. Sie klatschte ihre Hände zusammen und legte sie auf ihr Dekolleté.

»Pass bitte auf dich auf. Schneefrauen haben laut den Überlieferungen lange Haare. Es ist nicht gut, dass du diesem Bild immer näher kommst.« Meine Großmutter gab tatsächlich nach. Der Rucksack knallte auf den Boden, als ich zu ihr sauste und ihr in die Arme fiel.

»Ich habe Angst, Oma«, gestand ich. »Aber ich schaffe das. Vertrau mir.« Ich ließ sie los und küsste sie auf die Wange, ehe ich losging. Vor der Tür blieb ich stehen, die Klinke in der Hand. Schweißüberzogene Hände machten es mir schwer, nicht abzurutschen.

»Letztens haben sich kleine Eiszapfen wie Krallen auf meinen Fingern gebildet. Ich wusste gar nicht, dass ich das kann.« Das Schneegesicht behielt ich noch für mich, aber es tat ihr gut, wenn ich sie ein wenig einweihte.

»Du hast die Seele einer Schneefrau in dir. Quasi einen zweiten Menschen. Sie weiß, was sie kann. Du brauchst es nicht zu lernen. Doch wenn du zulässt, dass sie die Überhand gewinnt, stirbst du. Als Mensch bist du eine Fehlkonstruktion. Du besitzt die Seele einer Schneefrau, die ihre Macht einsetzen will. Doch deine fleischliche Hülle ist nicht dafür gemacht, diese Anstrengungen zu überleben!«

Noch während sie mir ihre Sicht der Dinge erklärte, nickte ich, weil ich es bereits selbst geahnt habe.

»Ich werde jetzt meinen Schnaps holen«, erwähnte sie urplötzlich. Nun drehte ich mich doch um und neigte den Kopf fragend zur Seite. »Ach, Schätzchen. Kein Alkohol ist doch auch wirklich keine Lösung.« Dann verließ sie den Flur. Grinsend öffnete ich die Tür und verfolgte meine Pläne.

Ganz gelogen hatte ich nicht. Vor dem kleinen angelegten See inmitten der UCD saß ich auf einer Holzbank und blickte auf das Zentrum für Angewandte Sprachen. Bis hierher hatte ich Wyatt verfolgt. Sollte er mich erwischen und ich mich wieder blamieren, musste ich wohl wirklich mit ihm schlafen, um ihm nicht erklären zu müssen, warum ich glaubte, dass er Unheil brachte.

Eine Studentin, Briana hieß sie, starrte mich verdächtig auffällig an. Merkte sie, dass ich jemanden beschattete? Unmöglich. Ihr Gesichtsausdruck veränderte sich, wurde wütend.

»Glotz nicht so!«, zischte Briana und warf ihren angebissenen Apfel nach mir, der mich weit verfehlte. Schnaubend hetzte sie in das Gebäude.

Entweder verlor ich den Verstand oder alle Menschen, die mir begegneten, hatten ernste psychische Probleme. Es konnte auch sein, dass Briana sich gerade mit irgendeinem Unistress herumschlug. Diese Erklärung klang zumindest vernünftig.

Ein schweres Los, das ich gezogen hatte. Ein gut gebautes Los mit kantigem Gesicht und … Wenn man vom Teufel sprach. Wyatt spazierte aus dem Gebäude, Richtung University College Dublin Stadium. Paranoia war nie eine Eigenschaft gewesen, die ich mir zuschrieb, aber langsam zweifelte ich an meiner geistigen Gesundheit.

Wenn ich hier wenigstens Dave Franco gestalkt hätte. Aber Wyatt? Jedoch lag es auf der Hand, dass es einen Zusammenhang zwischen ihm und dem Schneegesicht geben musste.

Fünf Minuten später fand ich mich kurz vor dem Stadium hinter einer Abzweigung wieder. Vorsichtig lugte ich um die Ecke, wie ein Wurm aus einem Apfel.

Plötzlich wandte er sich mir zu und ich schreckte zurück. Fühlte er sich verfolgt? Irrelevant. Entweder jetzt oder nie. Ich musste ihn zur Rede stellen.

»Hey, Guuurl«, flüsterte eine Piepsstimme hinter mir. »Wen verfolgen wir?«

Das Gebüsch erzitterte, als einige Ästchen abrissen. Zu Tode erschrocken drehte ich mich um.

»Naoko! Was stimmt nicht mir dir im Kopf?« Sie schaute über meine Schulter und ich folgte ihrem Blick. Wyatt bog ins Stadion ein.

»Bist du dir sicher, dass ich hier die Merkwürdige bin? Du läufst Wyatt hinterher und versteckst dich hinter Bäumen«, konterte sie.

Angespannt spielte ich an meinem Piercing am Ohr herum. Bis mir eine Gegenfrage einfiel, um vom Thema abzulenken. »Woher kennst du ihn überhaupt?«

»Oh, er besucht meinen Italienischkurs.«

Es fiel mir schwer, den Impuls, ihr die Mütze bis zum Kinn hinunterzuziehen und wegzulaufen, zu unterdrücken.

»Warum lernst du Italienisch?« Konnte Naoko nicht abhauen?

»Warum nicht? Weil ich Japanerin bin?« Die Essstäbchen für meine Haare brannten sich wie ein schlechtes Gewissen durch den Rucksack in meinen Rücken.

»Bist du dir auch sicher, dass du Soziologie studiert hast und keine andere Ideologie?«, fügte sie hinzu und stemmte ihre Hände in die Hüften. Ich war noch nie gut in Smalltalk gewesen. Das änderte sich, als ich das Buch entdeckte, das Naoko die ganze Zeit in den Händen hielt.

»Ich liebe dieses Buch! Hast du den zweiten Teil auch zu Hause?«

Irritiert schien sie abzuwägen, ob ich sie veräppelte.

»Nein, noch nicht«, antwortete Naoko vorsichtig. Wyatt geriet in Vergessenheit und ich war wieder in meinem Element. Wenn ich für etwas brannte, dann für Bücher. Wofür auch sonst? Außerdem konnte ich Rotschopf Nummer eins nicht zusammen mit Rotschopf Nummer zwei verfolgen.

»Ich liebe diese Reihe! Habe sie aber bisher nur als E-Book. Könnte ich mir das Buch ausleihen? Ich habe nämlich einen Bücher-Blog und würde es gerne als Hardcover fotografieren«, redete ich mich in Rage.

Naokos Gesicht erhellte sich, als sie merkte, ich meinte es ernst. »Gern! Aber wir können auch zu mir gehen. Ich mache uns Sushi, wir polieren meine Buddha-Statuen und probieren meine Kimono-Sammlung an.« Wir prusteten beide laut los.

»Das habe ich verdient«, sagte ich lachend. »Tut mir leid. Ich bin komisch bei neuen Leuten«, verteidigte ich mich.

»Kein Problem. Aber wir können gerne zu mir gehen und die Fotos machen. Und …« Sie zog das U lang. »Ich hätte jetzt Lust auf Pizza.«

»Wir werden gute Freundinnen, Naoko.« Wyatt sollte heute Wyatt bleiben und das Schneegesicht bei ihm. Ich sollte mir auch wieder etwas gönnen. Und ein paar neue Freunde würden mir auch nicht schaden.

Eine Verschnaufpause von mir tat meiner Großmutter auch gut.

»Dann auf in deine Wohnung!«

Die in Dublin typischen bunten Haustüren begrüßten mich, als wir aus dem Taxi stiegen. Der Name Pembroke Road klingelte noch in meinen Ohren und ich hatte nicht schlecht gestaunt, als ich hörte, dass Naoko bei Ballsbridge wohnte. Hier kosteten die Apartments bestimmt an die tausend Euro im Monat. Zumindest diese, die ich hier sah.

Wie in einer Endlosschleife blickten mir hellgraue Backsteinhäuser mit französischen Balkonen entgegen. Naoko bemerkte mein Staunen.

»Wo wohnst du denn? In Ballymun?«, fragte sie belustigt. Ich kicherte und verdrehte die Augen.

»Witzig. Lass uns hineingehen.«

Während sie ihren Schlüssel aus der neonpinken Tasche holte, schaute ich dem Taxi hinterher und da war es. Selbst hier fand es mich. Das Schneegesicht.

An der Heckscheibe klebend, wurde es samt schwarzem Taxi stetig kleiner. Böse funkelte ich es an, bis es verschwand. Warum hatten andere einen Hund als ständigen Begleiter und ich ein Schneegesicht, das aussah wie Wyatt?

»Wyatt«, wisperte ich in mich hinein.

»Wie bitte?«, hakte sie nach. Das Klimpern des Schlüsselbundes holte mich endgültig aus meinen Gedanken zurück.

»Nichts, nichts.«

Naoko öffnete die Tür und hielt sie mit ihrem Rücken auf.

»Immer hereinspaziert. Die Treppe hoch«, lud sie mich in ihr Heim ein. Die Beine überkreuzend verbeugte ich mich leicht.

»Vielen Dank. Sie sind zu gütig«, sagte ich und trat ein.

Licht ins Dunkle

Lichtblitze schwirrten durch den Raum, in raschen Zickzack-Bewegungen sprang ich auf und ab, bis ich feststellte, endlich wieder in meinem Element zu sein.

Das Buch hatte ich bestimmt Hunderte Male abgelichtet, aber es fühlte sich fabelhaft an, wieder zu fotografieren. Zum Glück hatte ich die Kamera mitgenommen. Auch wenn ich damit Wyatt festhalten wollte, beklagte ich mich nicht darüber, Aufnahmen vom Buch gemacht zu haben.

Zufrieden hing ich mir die Spiegelreflex um und drapierte die Dekoration rund um das Buch neu. Sämtliche Lampen und Lichter, die beweglich waren, hatte ich um das Buch ausgerichtet.

»Du machst das richtig professionell, Caspara«, sagte Naoko an den Türrahmen gelehnt. Der feine Dampf des heißen Tees stieg empor.

»Danke. Fotografie ist zwar ein Hobby, kommt aber viel zu kurz.« Unverhofft bahnte sich eine Bekanntschaft an, von der ich hoffte, sie würde zu Freundschaft werden.

»Wird wieder. Hier dein Tee. Ich hoffe, du magst grünen Tee mit Erdbeergeschmack?« Nickend nahm ich die zartgrüne Tasse mit den weißen Punkten entgegen.

Während ich den ersten Schluck nahm, platzierte ich mich wieder vor das Buch und drehte Naoko den Rücken zu. Irgendein Teil der Dekoration war zu viel. Machte das Bild unstimmig.

»Wir könnten morgen frühstücken gehen. In der Innenstadt gibt es einen Laden, der ein tolles Buffet hat«, sprach ich in die Tasse hinein.

»Könnten wir, aber ich bin froh, dich in meine Wohnung bekommen zu haben.« Ihre Stimme klang weiter weg. Sie holte wohl ihren Tee.

»Warum denn das? Pizza und Bücher. Wer kann dem widerstehen?« Ich lachte, wobei der Tee blubberte. Ein heißer Tropfen spritzte auf meine Wange.

»Weil ich nicht gedacht hätte, dass du sofort mitkommst. Obwohl ich dir das Buch vor die Nase gehalten habe.« Naokos Piepsstimme kam wieder näher, klang aber tiefer.

»Wolltest du mit deiner tollen Wohnung angeben?« Konzentriert schob ich die silberne Kette zur Seite, die zwar perfekt zum Buchcover passte, aber leider zu lang war.

»Nein, aber hier kann ich dich besser umbringen«, offenbarte Naoko mir. Belustigt und verwundert zugleich schnaubte ich. Dass sie auch noch meine Art von Humor teilte, wunderte mich.

»Du bist ja ein …« Schlagartig bemerkte ich, wie sich vor mir ein Schatten auftat und ich machte auf der Stelle kehrt.

Entweder es war kein Witz oder es war ein sehr, sehr schlechter Witz. Dunkler Nebel sprühte aus Naokos Poren, Augen, Mund, Nase und weiß Gott aus noch welchen Öffnungen. Der Rauch schloss sie vollkommen ein. Als Letztes erspähte ich ihr dämonisches Grinsen und die vollkommen weißen Augen.

Ein überdimensional lauter Knall und ein Brennen an meinem Unterschenkel rissen mich aus meiner Erstarrung. Die Teetasse war am Boden zerschellt und heißer Tee war an mein Bein gespritzt.

»Naoko, was …« Doch das war nicht Naoko. Ich lebte schon zu lange mit meinen magischen Fähigkeiten, als dass ich nicht begriff, was hier vor sich ging.

»Du miese Sau! Ich wusste doch, mit dir stimmt etwas nicht!«, brüllte ich ihr entgegen. Statt einer Antwort platzte eine enorme Druckwelle kreisrund aus Naoko und schleuderte mich auf den Wohnzimmertisch, der unter meinem Gewicht einbrach.

Das Buch presste sich in meinen Rücken und die Dekoration breitete sich neben mir aus. Mit einem jammernden »Auuuua!« quälte ich mich hoch.

Eine Hand legte ich auf seitlich auf meinen Rücken, während ich mit schmerzverzerrtem Gesicht die Stücke des Tisches wegkickte.

Die schwarze Wolke mit weißer Fratze und Skeletthänden schwebte fröhlich vor mir. Endlich wusste ich, was es bedeutete, wenn Beine sich wie Pudding anfühlten. Mein Unterkiefer zitterte und das Schlagen meines Herzens hörte ich lauter denn je. Mein Feind kam näher.

»Bleib mir ja vom Hals, du Möchtegern-Dementor!«, protestierte ich. Aus mir unerklärlichen Gründen hörte er nicht auf mich und schwebte seelenruhig näher. Selbst wenn mein Kontrahent blind gewesen wäre, hörte er mich auf alle Fälle, da ich auf sämtliche Gegenstände am Boden trat, während ich rückwärts stolperte.

Moment! Ich habe doch diese beschissenen Eiskräfte, warum setze ich sie nicht ein?

»Also gut, Eislady«, begann ich und ließ meinen Kopf kreisen. Es knackte. »Zeig uns, was du kannst. Jeden Tag willst du dich ausprobieren. Jetzt darfst du.« Die warnende Stimme meiner Oma ignorierte ich. Entweder ich starb, weil meine Kräfte mich töteten, oder weil die Wolke mich umbrachte.

Blitzschnell rieb ich meine Handflächen aneinander, bis sie warm wurden, und reckte sie dann dem Übeltäter entgegen.

»Stirb!«, schrie ich. Meinen Kopf neigte ich nach rechts und schloss die Augen. Dann passierte es: Nichts. Genau. Es passierte selbstverständlich nichts!

»Willst du mich verarschen?«, kreischte ich schrill. Ich drängte mich in die Ecke des Wohnzimmers, gefolgt von dem Monster.

»So sehr habe ich mich auf diesen Augenblick gefreut«, hörte ich eine Stimme in meinem Kopf. Tränen flossen über meine Wange und ich spürte jeden Millimeter, den sie auf meiner Haut zurücklegten.

Nicht-mehr-Naoko zeigte mit einem knochigen Finger auf mich. Noch ehe ich mich fragen konnte, was das bedeutete, begann mein Arm innerlich zu brennen. Ein leichtes Stechen wie Nackenschmerzen, die sich zu Kopfschmerzen steigerten. Langsam fühlte es sich an, als hätte jemand eine Herdplatte in meinem Arm eingeschaltet.

»Los, jetzt!«, flehte ich durch meine zusammengebissenen Zähne. Der langersehnte Kältestoß kam, löschte das Feuer und explodierte aus meinen Händen. Ein gigantischer Eisstrahl quoll wie bei einem geplatzten Wasserhydrant aus mir.

Die Freude über diese Power währte nicht lange. Spätestens als kein Widerstand von meinem Feind kam, merkte ich, dass ich die Kontrolle verlor. Die Schneefrau in mir saugte mich aus, nährte sich von meinem Leben. Es fühlte sich an, als würde alles aus meinem Körper gezogen werden und meine Haut sich an meine Knochen schmiegen.

Das vorher grüne Zimmer hüllte sich in weißen Schnee. Die Fenster zogen sich zu, erst mit wirklich hübschen Eiskristallen, dann rissen sie und zerfielen zu Tausenden winzigen Scherben. Brachte ich mich gerade um? Es hieß doch, ich könnte diese Wesen nicht besiegen. Doch die Schneefrau gab mich nicht frei. Sie kostete jede Sekunde aus, in der ich meine Kräfte einsetzte.

»Stopp!«, schrie ich mit letzter Kraft und zwang mich, meine Augen zu öffnen, aber der Schnee strahlte so hell, dass ich nicht mehr als ein Blinzeln zustande brachte. Schemenhaft erkannte ich eine dunkle Gestalt und fürchtete, dass die Wolke zurückgekehrt war.

Es blieb keine Einbildung. Das schwarze Etwas näherte sich seitlich und ich schaffte es nicht, meine Arme zu steuern, geschweige denn meine Kräfte.

Das Wesen sprang auf mich zu, riss mich zu Boden. Mein Kopf schlug ungebremst auf und die Realität wich einem Wirbel aus Schatten.

Als ich mich selbst wieder wahrnahm, dauerte es nur eine Sekunde, bis ich merkte, dass ich noch lebte, und mich fragte, wo ich war.

Geräuschvoll atmete ich ein und setzte mich auf. Mein Kopf dröhnte und pulsierte. Ich strich mir sämtliche Haare aus dem Gesicht und massierte meine Schläfen.

Wo bin ich?

Der Raum kam mir ebenso bekannt vor wie die Formel zur Berechnung des Flächeninhalts eines Irgendwas. Leise schwang ich mich aus dem Bett und stand auf. *Nur keinen Mucks von mir geben,* beschwor ich mich gedanklich. Im selben Moment verließen mich meine Kräfte und ich stürzte auf den Teppich.

»Danke auch, Beine«, nuschelte ich. Erst jetzt kam mir der Gedanke, dass ich den Angriff von Naoko überlebt hatte. Es musste also eine Möglichkeit geben, meine Feinde zu überlisten.

Noch etwas erweckte mein Interesse. Mein Körper. Ein paar Kratzer hatte ich davongetragen, aber ansonsten sah ich keine weiteren Wunden.

Hat mich die Schneefrau geheilt?

Schritte kamen näher. Die Tür wurde aufgerissen und ich sah zu dem Mann hoch.

»Wyatt.« Sein Anblick schockierte mich und wunderte mich gleichzeitig aber auch nicht.

»Jetzt bist du doch noch in meinem Bett gelandet«, sagte er grinsend. »Und auf meinem Teppich.«

Das musste ein schlechter Scherz sein. Träumte ich noch? Bitte! Warum konnte ich nicht tot sein.

»Wie komme ich in deine Wohnung?«, fragte ich, während er mich in einem Ruck hochzog. Wie eine Betrunkene torkelte ich zurück in sein Bett und ließ mich fallen. Wyatts Miene verfinsterte sich. Sein weißes Unterhemd bebte an der Stelle, an der sich sein Herz befand.

»Du warst in dieser Wohnung. Ich habe dich zwischen pulverisierten Fenstern unter einem Schneehaufen entdeckt.« Ob er gesehen hatte, dass der Schnee und das Eis aus mir gekommen waren?

Erst jetzt bemerkte ich das Chaos in seinem Zimmer. Überall lagen Socken, Unterwäsche und T-Shirts verstreut. Die dunkle Tapete ließ den Raum noch kleiner wirken, als er ohnehin war.

»Wie hast du mich gefunden? Oder noch interessanter: Wieso hast du mich überhaupt gesucht?«, hakte ich weiter nach. Auch hier druckste er wieder herum. Er kratzte sich den Hinterkopf.

»Habe ich nicht. Es war wie ein Gefühl, dass ich in diese Wohnung gehen musste.«

Komischerweise erwartete ich diese Antwort. Dieses Schneegesicht, das Wyatt glich, nein, er war, musste etwas bedeuten. Leider fehlte mir auch hier der Geistesblitz, damit ich die Verbindung erkannte.

Ein Blick aus dem Fenster zeigte mir, dass es draußen hell war. »Wie spät ist es?«

»Nächster Tag, 11:30 Uhr.«

Hysterisch sprang ich erneut aus dem Bett und suchte panisch mein Smartphone.

»Wo ist mein Handy?« Fragen über Fragen. Wyatt deutete auf meine Hose über seinem Stuhl und ich schnappte sie mir.

»Ich muss meiner Großmutter Bescheid geben. Sie macht sich bestimmt Sorgen«, sagte ich mehr zu mir selbst als zu ihm. Er nickte und ließ mir meine Privatsphäre.

»Caspara?«, brüllte sie ins Telefon.

»Ja, ich bin es. Mir geht es gut«, beantwortete ich ihre nächste Frage.

»Wo bist du? Warum hast du dich nicht gemeldet? Ich dachte, du bist tot!« Es tat mir unendlich leid, ihr solchen Kummer bereitet zu haben.

»Ich war bei einem Jungen.«

Wer ist Naoko?

»Doch noch mehr Fragen wirft die Identität des Mädchens auf. Angeblich soll die junge Frau Naoko Takeshi gewesen sein. Nur wurde niemals eine Naoko Takeshi in Dublin registriert, die zu den Angaben und Fotos der Verstorbenen gepasst hätte«, berichtete die Nachrichtensprecherin. Der Wind peitschte ihr die Haare ums Gesicht und ihre langen Ohrringe schlugen bis zu ihrer Wange aus.

»Wer war Naoko Takeshi? Und warum wurde ihre Wohnung verwüstet? Und vor allem: Wie konnte man das gesamte Zimmer einfrieren? Gibt es einen Zusammenhang mit der steigenden Anzahl der Gewaltverbrechen? Wir halten Sie auf dem Laufenden. Nur hier bei RTE News.«

Das Bild wurde schwarz und spiegelte Wyatt und mich wider. Länger konnte ich das nicht ertragen.

»Das darf doch nicht wahr sein«, kommentierte ich fassungslos die Nachrichten. Noch immer hoffte ich, dass Wyatt nicht mitbekommen hatte, dass ich für das Eis-Wohnzimmer verantwortlich zeichnete.

»Zum Glück hat der Mörder dich nicht auch noch erwischt. Soll ich mit dir zu Polizei gehen?«, fragte er fürsorglich und streichelte meinen Oberarm. Ein bisschen süß war er ja. Ein bisschen. Wie ein Glas Nutella mit Schokosauce, Karamell und Marshmallows. Trotzdem durfte ich mich nicht ebenfalls von ihm täuschen lassen. Eine zweite Naoko brauchte ich so wenig wie ein zweites Album von Paris Hilton.

»Ich werde nicht zur Polizei gehen.«

Schlagartig stoppte er und zog seine Hand weg. Anscheinend hatte er nicht bemerkt, was aus meinen Händen kam, aber Polizei brauchte ich auch keine.

»Was soll das heißen?«, erkundigte er sich und ich hörte seinen vorwurfsvollen Unterton.

»Die Polizei soll mich da nicht mit hineinziehen. Naoko – oder wer sie auch war – ist tot und mich hat niemand gesehen. Was soll ich großartig machen?« Meine Frage unterstrich ich mit einem Schulterzucken. Schmerzen sausten wie ein glatter Pfeil durch mein Schlüsselbein. Wenn ich dieses Monster nicht getötet hätte, würde ich es noch mal suchen und es umbringen.

»Du bist aber sehr abgebrüht. Andere Frauen würden durchdrehen und hätten Angst, erneut Opfer eines Angriffs zu werden.« Seine Falten auf der Stirn zeigten seine Sorgen.

»Sehe ich aus wie jede andere Frau?«, korrigierte ich ihn und grinste. Er lächelte und sein Grübchen an der rechten Wange war die fehlende Kirsche. Das Topping auf meinem Glas Nutella.

Vagina an Gehirn. Bitte einschalten! Er ist das Schneegesicht und eine Wolke mit Skeletthänden wollte dich töten.

Ich hasste es, wenn mein Gehirn das tat.

»Hast du zufällig Kopfschmerztabletten?«, lenkte ich ab und ruinierte gekonnt die knisternde Stimmung.

»Nein, tut mir leid.« Seine Schnute zeigte seine Enttäuschung. Gut, ich konnte solche Schicksalsschläge leichter verdauen, da meine Eismagie mich abhärtete, aber er? Vielleicht nahm es ihn nicht mit, weil er als Amerikaner solche Gefahren kannte? Wenn man bedachte, dass Irland sonst ein ruhiges Fleckchen war …

»Sonst irgendwelche Tabletten? Eine Chemotherapie?«

»Gegen Magenschmerzen?« Wyatt zog sich seine zu große Pyjamahose hoch, auf der er mit den Füßen stand, um nicht den kalten Boden zu berühren.

Ich hielt einen Daumen nach oben. »Nehm ich auch.« Endlich verließ er den Raum. Nichts wäre unangebrachter, als ihm zu vertrauen. Hektisch warf ich meinen Rucksack über die Schulter, die von dem Kampf mit Naoko noch schmerzte, und hechtete aus der Wohnung, verlor dabei aber leider einen meiner Chucks, in die ich nur hineingerutscht war.

Wie eine asoziale Cinderella.

»Caspara O'Mahony, ich bringe dich um!«
Oh nein! Seit wann sah meine Oma wieder fern? Die Medien hatten sie informiert. Ich war erledigt.

»Es tut mir leid, ich …« Sie warf mir einen Plüschwolf entgegen. War ich jetzt bei der Ghetto-Großmutter von Rotkäppchen gelandet?

»Du sollst dir zwar einen süßen jungen Mann angeln und keine Nonne werden, aber vorher würde ich gerne davon erfahren, kleine Lady. Sonst läufst du ja auch alleine herum«, rief sie aufgebracht.

Die Nase des Kuscheltieres klackerte, als ich den Wolf wegkickte und er gegen den Wandspiegel prallte.

»Ähm, ja. Wie gesagt: Es tut mir leid«, gab ich zurück. »Außerdem hatte ich bereits einige Freunde, die du nicht kanntest!« Wie beleidigend ihre Worte für mich waren, wurde mir erst jetzt bewusst. Als wäre ich ein graues Mäuschen aus einem New Adult Roman. Wobei ich nichts gegen einen Millionär hätte.

»Du bist über Nacht geblieben!« Ihre gefärbten Augenbrauen wackelten übertrieben wie bei einem Twitter-GIF.

»Schuldig«, sagte ich entwaffnend und hielt meine Hände abwehrend vor mich. Ich überließ ihr diesen Sieg ungern. Aufregen wollte ich sie auch nicht.

Wie ein kleines Mädchen hüpfte sie kurz auf und ab, ehe sie wohl merkte, dass ihre Gelenke nicht darauf standen.

»Ich gehe jetzt duschen. Wir reden später.« Bevor wir meine letzte Nacht vertiefen konnten, hob ich die Badezimmertür leicht an und stieß sie zu. Jemand sollte sie endlich reparieren. Schuldbewusst gab ich zu, dass wir handwerklich so geschickt waren wie Fische.

Erleichtert legte ich meine Kleider ab und stellte die Dusche an. Statt sofort hineinzusteigen, setzte ich mich nackt auf den Wäschekorb, der unter mir knarrte. Der Spiegel beschlug nach einigen Minuten, doch erst jetzt erspähte ich mich in der klaren Mitte. Kratzer und Blutergüsse prägten meinen Körper.

Nachdem ich mich gemustert hatte, stand ich erschrocken auf, wischte über die Fläche und verschmierte dadurch die Wassertropfen auf dem Glas. Ungläubig tastete ich meinen Körper ab. Mir war bewusst, dass ich durch die Wohnung geschleudert worden war, trotzdem hatte ich nicht mit derartigen Blessuren gerechnet.

Tief in mir säuselte die Stimme der Schneefrau. Für sie war es keine Überraschung, dass ich angegriffen wurde. Durch sie konnte ich auch zu hundert Prozent sagen, dass das alles erst der Anfang gewesen war. Dennoch war ich ganz gut davongekommen. Unter meinen Wunden fühlte ich Kälte. Als kühlte die Schneefrau meine Verletzungen von innen, damit sie schneller heilten. Ich war dadurch nicht unbesiegbar, aber es stellte sich als Vorteil heraus. Die blauen Flecken wurden zusehends heller und würden bald verschwunden sein.

Ich schnappte mir seufzend meinen Duschschaum mit Kirschduft und sprang unter die Dusche. Das heiße Nass brannte an meinen Wunden, heilte dafür die Schäden an meiner Seele. Zumindest für eine Weile. Noch immer fühlte ich mich ausgelaugt von dem Kampf mit Naoko.

Unter Schmerzen, die sich jetzt immer deutlicher meldeten, hob ich meine Haare vom Nacken und ließ das Wasser darauf plätschern. Der Kirschdampf vernebelte nicht nur den Raum, sondern auch meine Gedanken.

»Nur ein bisschen abschalten«, hauchte ich gegen die Glasscheibe der Dusche. Mit meinen Fingern zeichnete ich Wyatts Gesicht stümperhaft nach. Ein Fehler. Denn kurz darauf sausten kleine Schneekörner aus dem Nichts auf mein Bild und formten das Schneegesicht. Hitze schien ihm nichts auszumachen.

Mit meiner Hand unterdrückte ich einen Aufschrei. Ich fühlte mich wie in der Duschszene in Psycho. Ein Schlag auf Wyatts Abbild genügte und das Gesicht verblasste. Kurz spürte ich noch die Kälte des Schnees, die binnen Sekunden verschwand.

Hat man hier nie seine Ruhe?

Meine Zukunft war ungewiss und jeder Tag machte mir Sorgen. Wie sollte ich mich aus dieser ausweglosen Situation hinausmanövrieren? Der einzige Lichtblick war, dass ich es geschafft hatte, Naoko auszuschalten.

Nachdem das Shampoo den Weg in den Abfluss gefunden hatte, stieg ich aus der Dusche, warf mir meinen Bademantel über und watschelte aus dem Badezimmer.

Winzige Wasserpfützen hinterlassend, blieb mir der Wunsch nach Ruhe abermals verwehrt. Auf halber Strecke zwischen Bad und meinem Zimmer rief mich meine Großmutter.

»Ich eile, Grace Kelly.«

Im Wohnzimmer angekommen, lagen ihre Beine auf einem Plüschhocker und zwischen ihren Zehen steckte Watte, damit sie ihren Nagellack besser auftragen konnte.

»Schnuckel Llorenç González oder Süßer Josh Dallas?«, fragte sie mit einem Löffel Vanilleeis, übergossen mit selbst gemachtem Schnaps vom letzten Jahr im Mund. War ich hier die junge Frau, die leben sollte wie in Sex and the City, oder meine Großmutter?

»Ich wollte weder Grand Hotel noch Once upon a time weiterschauen. Eigentlich hat mich gerade mein Bett angerufen. Mein Kissen braucht mich. Dringend.«

Ihr seidiges Nachthemd glitzerte im Duftkerzenschein, während sie mich musterte. »Du bist doch gerade erst gekommen.« Da wir seit über zwei Jahrzehnten nur uns beide hatten, waren wir Mutter-Tochter, Großmutter-Enkelin und beste Freundinnen geworden. Deswegen musste ich mitkichern, selbst wenn der Spaß auf meine Kosten ging.

»Komm schon! Alleine darf ich nicht weitergucken.« Ihrer traurigen Schnute, gepaart mit dem süffisanten Grinsen, weil sie wusste, sie hatte mich, konnte ich nicht entkommen.

»Meinetwegen, Granny«, sagte ich und legte mich neben meine Großmutter, mit den Füßen auf ihrem Schoß.

»Sesam öffne dich«, rief sie und machte Netflix an. So was wie ihr Ersatzmann und mein Ersatzopa.

»Wie geht es mit deinen Kräften?«, fragte sie und schlagartig verdüsterte sich die Stimmung und ich merkte ihre Angespanntheit.

»Bisher nichts passiert. Keine Vorkommnisse«, versuchte ich gezwungen gelassen zu antworten.

»Okay«, war ihre Reaktion. Selbstverständlich ahnten wir beide, dass der andere log, doch wir kamen nicht mehr darauf zu sprechen und beschlossen stillschweigend, den Tag zu genießen.

Gerade wir beide mussten lernen, die Zeit, die man miteinander hatte, zu schätzen und zu nutzen. Zu früh ließen unsere Lieben uns alleine. Und das, was blieb, sobald jemand starb, war das schlechte Gewissen, sich nicht öfter gesehen zu haben.

»Also? Welche Serie?«, erkundigte sich meine Oma nochmals.

»Von Märchen habe ich heute genug. Nehmen wir Grand Hotel!« Zum Glück hatte sie mir als Kind Spanisch beigebracht. Der Traum meiner Großmutter, nach Spanien zu ziehen, erfüllte sich nicht, aber eine Sprache mehr konnte später nützlich sein. Im Job. Falls ich so lange lebte.

Muffinkrümel

Ehe meine Großmutter die Tageszeitung durchblättern und die Sache mit Naoko entschlüsseln konnte, hatte ich die Wohnung Richtung Drury Street in der Innenstadt verlassen. Dort in der Nähe des Trinity College gab es eines meiner Lieblingscafés Dublins – Das Kaph.

Von Weitem erkannte ich das pechschwarze Äußere, linste durch das große Schaufenster und trat dann ein. Der knallrote Hocker quietschte, als ich ihn zurückschob und mich an die Bar vor der schwarzen Wand setzte. Ich verlor jedes Interesse an der düsteren Ausstattung angesichts der verheißungsvollen Kekse direkt vor mir.

»Was darf es sein, Para?«, fragte mich ein Hipster mit goldener Brille, dem mein Spitzname Cass zu gewöhnlich war, weil alle ihn benutzten.

»Euren stärksten Kaffee und einen Schokomuffin.«

Hipster zwirbelte seinen Bart und hob den Zeigefinger. »Habe das Richtige für dich.«

Ich benutzte meine Finger als Kamm und strich mir meine Haare zurück. Zum Glück waren sie mittlerweile wieder normal lang. Einen Plan, wie ich Wyatt überführen konnte, hatte ich nicht, aber eine Ahnung, wie ich meine Ohnmachtsanfälle eindämmen konnte.

Um mein Ungleichgewicht wieder ins Lot zu bringen, musste in beide Waagschalen dasselbe sein. Im Moment war der Mensch in mir deutlich übergewichtiger und meine Schneefrau abgemagert. Lernte ich aber, wie ich meine Eiskräfte lediglich ein bisschen entfesselte, konnte ich die Wogen glätten. Eventuell. Vielleicht. Wahrscheinlich nicht, aber über einen anderen Einfall verfügte ich nicht.

»Hier, für dich. Das ist eine neue Sorte, die wir probieren. Das besondere …« Hipster laberte noch, als mein Bewusstsein auf Standby schaltete. Was es mit dieser Kaffeebohne auf sich hatte, interessierte mich ungefähr so viel wie die Frage, warum es den Fetisch gab, sich einen Katheter legen zu lassen.

Irgendwann verschwand Hipster und ich trank meinen Kaffee aus, der es tatsächlich in sich hatte.

»Hey, Caspara.« Das durfte nicht wahr sein. Ich vollführte eine perfekte hundertachtzig Grad-Drehung mit meinem Hintern, wobei mir die Schmerzen in den Rücken schossen. Der Kampf zeigte immer noch seine Nachwirkungen.

»Wyatt.«

Er grinste mich breit an. »Du verschwindest aber schnell. Dabei hatten wir gar keinen Sex«, sagte er spitzbübisch.

Schmunzelnd widmete ich mich wieder meiner Tasse. Das verstand er als Einladung, sich zu setzen.

»Bist du irgendwie auf mich geprägt oder so? Oder warum bist du hier?«

»Geprägt?«, fragte er nach. Er legte seinen Arm auf den Holztresen und zerdrückte meine Muffinkrümel. Ganz sanft berührte sein Unterarm meinen.

»Twilight«, fasste ich mich kurz. Wyatts »Aahh!«, zeigte mir, er wusste, wovon ich sprach.

»Bullshit. Ich mag dich einfach, du trauriger Emo«, neckte er mich und pikte mir mit seinem Ellbogen in die Seite. Warum musste ausgerechnet sein Gesicht das Schneegesicht sein?

»Aber was machst du dann wirklich hier?«, erkundigte ich mich nochmals und spielte mit der Gabel für meinen Muffin auf dem leeren Teller. Ich hatte sie natürlich nicht benutzt. Wer aß Muffins mit Gabel?

»Das Café hat mich irgendwie angezogen. Weiß nicht. Sah cool aus. Ich musste herkommen.«

Genau vor dieser Antwort fürchtete ich mich, doch er lieferte sie mir. Als würde er mich überall finden, wie das Schneegesicht.

Reflexartig blickte ich mich um und wartete auf Wyatts Gesicht aus Schnee. Glücklicherweise blieb ich verschont.

»Verstehe.«

Wyatt bestellte einen Café Latte mit Karamellsirup, was ihn sympathisch machte. Manchmal wirkte er wie ein kleiner verspielter Junge, wenngleich sein Äußeres sich bemühte, ihn als harten Kerl zu verkaufen.

»Gehst du noch zur Uni? Wir könnten zusammen hingehen.«

Warum in Schneefrauens Namen wollte er mich unbedingt kennenlernen? Energisch öffnete ich meinen Mund, als mir eine Idee kam. Wie konnte ich ihn besser überführen, wenn nicht in seiner Nähe?

»Gerne«, stimmte ich zu. Verdutzt drehte er seinen Kopf zu mir. Wyatts überraschtes Gesicht wirkte so ehrlich. Wie wäre es wohl, wenn wir uns unter anderen Umständen kennengelernt hätten? Wenn ich mich ihm öffnen könnte? Rasch schüttelte ich den Gedanken ab.

»Gehen wir? Habe den Kaffee zum Mitnehmen bestellt.«

Ich nickte. Mochten die Spiele beginnen.

Wie zwei schweigende Leichen spazierten wir nebeneinander zum Busbahnhof beim Trinity College.

»Warum musst du eigentlich Seminare bei uns nachholen, obwohl du mit deinem Studium fertig bist?« Mit meiner Frage schnitt ich die Stille entzwei.

»Hier in Dublin wird mein Studium ein bisschen anders gewertet. Deswegen muss ich ein paar Seminare, die in eurer Uni unabdingbar sind, ich aber nicht explizit hatte, nachmachen, um meinen Titel auszuweiten«, erklärte er mir. Ich merkte, wie sich die Stille wieder zusammenfügte. Es blieb mir ein Rätsel, warum er mit mir zusammen zur UCD fahren wollte, um dann kein Wort zu reden.

Darüber musste ich mir später den Kopf zerbrechen. Die Menschenmasse um uns verdichtete sich. Wie eine Katze an ihrem Kratzbaum krallte ich mich an Wyatts Jacke fest. Benommen torkelte ich, als würde ich betrunken auf zwanzig Zentimeter hohen High Heels laufen.

Ich spürte noch, dass Wyatt nach mir griff und auf mich einredete. Seine Worte prasselten an mir ab. Gemeinsam gingen wir zu Boden, als wären wir zwei Kirschen, deren Stiele sich an einem Punkt verschmolzen hatten und nun zusammen auf das Gras fielen.

Immer mehr Menschen sammelten sich um uns. So musste sich ein Baby fühlen, wenn es von unzähligen Fremden im Kinderwagen begafft wurde. Wie einen alten Freund erwartete ich die Finsternis der Ohnmacht. Eine Woge der Ruhe überkam mich. Doch es passierte nichts.

Als ich meine Augen öffnete, verschwand der undurchsichtige Schleier und ich strotzte vor Kraft. Stirnrunzelnd richtete ich mich mit der Hilfe der Passanten auf.

»Alles in Ordnung, danke«, sagte ich.

Besorgten Blickes gingen sie wieder ihrer Wege.

»Zieh hier nicht so eine Show ab!«, rief eine Frau aus der Ferne. Was war ihr Problem?

»Bist du wirklich okay?«, informierte sich Wyatt.

»Ja.« Vorsichtshalber tastete ich meinen Körper ab. Gewöhnte sich mein Körper an die Strapazen der Schneefrau?

»Willst du lieber nach Hause?«

Wollte ich das? Meine Großmutter müsste bei ihren Freundinnen sein. Eventuell konnte ich ihn so aus der Reserve locken. Wie Naoko, sobald wir alleine waren.

»Wahrschein ist das besser. Kommst du mit? Damit du mich beschützen kannst, falls ich wieder umkippe«, fragte ich zuckersüß und klimperte mit den Wimpern.

Kurz rieb ich meine Zunge an meinem Gaumen, um zu erkennen, ob ich Kotze erschmecken konnte. Es hätte mich nicht gewundert bei meinem Süßholzgeraspel.

»Also, auf was wartest du?«, sagte ich und wirbelte einmal um meine eigene Achse, als Wyatt die Tür hinter sich geschlossen hatte. Der Teppich unter meinen Füßen drehte sich eine Runde mit. Wut stieg in mir auf. Sie überkam mich in letzter Zeit so schnell, dass ich im Nachhinein oft darüber nachdachte, ob sie tatsächlich gerechtfertigt gewesen war.

»Deine Sexanspielungen nerven, wenn dann nichts passiert.« Vertrautheit flackerte auf wie die Flamme eines Feuerzeugs, das nicht mehr funktionierte. Es spielte mit der Hoffnung, noch ein letztes Mal aufzuflammen, ehe es ausging, doch dann verreckte es endgültig.

Denn gleich darauf erschien das Schneegesicht auf dem altrosa Mantel meiner Großmutter. Ein lächerlicher Anblick. Trotzdem half er mir, mich zu besinnen. Bittersüßer Zorn verdrängte jeden weiteren Gedanken daran, er könnte es ernst meinen.

»Ich weiß genau, was du vorhast. Warum sollte mich sonst ein Schneegesicht verfolgen, das aussieht wie du?«

Seine Augenbrauen gruben sich immer tiefer in sein Gesicht. Mit einer Hand schlug ich gegen den Schuhschrank.

»Aua! Ich hasse dich«, fluchte ich und leckte wie ein Tier über meinen Kratzer an der Handrückseite.

»Du kennst mich doch gar nicht«, protestierte Wyatt.

»Nicht dich, den Schrank.« Mit meinen Füßen befreite ich mich von meinen Schuhen und feuerte sie gegen die Tür. »Aber dich auch.«

»Was ist denn hier los!«, schimpfte eine Stimme aus dem Wohnzimmer und meine Oma watschelte zu uns. Das durfte nicht wahr sein. Warum nur? Warum?

»Oma?« Diese völlig unnötige Frage stellte ich zwischen meinem Gedanken, wie eine Psychopathin aus American Horror Story zu lachen oder meine Großmutter umzubringen, um Wyatt die Arbeit abzunehmen.

Panik schwoll in mir an wie der Hals meiner Tante nach einem Bienenstich.

»Was machst du hier? Heute solltest du doch bei deinem Schach-Wir-Leben-Unser-Leben-Alte-Frauen-Club sein!«

Ihr knallrotes Pulloverkleid signalisierte mir: Achtung! Wie immer in meinem Leben überging ich die Warnhinweise. Langsam verschränkte sie ihre Arme wie eine Schleife vor der Brust.

»Fertig?«

Ich schaute abwechselnd meine Oma, dann Wyatt an.

»Ja«, nuschelte ich.

»Als du weg warst und wieder dachtest, ich habe dich nicht gehört, war ich zu faul, um in den Club zu gehen. Ende der Geschichte. Wenn du mit deinem Freund alleine sein willst, hättest du mich vorwarnen können. Ich bin übrigens Grace«, schwafelte sie.

Schon bei dem Wort *Freund* bedeutete ich ihr panisch, nicht weiterzusprechen. Ohne dass Wyatt es mitbekam.

»Aber ganz ehrlich, Kinder. Dublin ist so groß. In eurem Alter hatte ich Dutzende Schäferstündchen-Plätze.« Nachdem sie einfach weiterplapperte, gab ich es auf, sie stoppen zu wollen.

»Wir wollten gar nicht.« Mehr musste ich nicht sagen.

»Nicht? Das wirkte aber gerade noch anders«, fiel mir Wyatt in den Rücken. »Worauf wartest du?«, machte er mich nach und drehte sich theatralisch im Kreis. Wäre ich in einem Comic, wäre ich rot geworden.

»Hast du es denn so nötig?«, erkundigte sich meine Oma bestürzt und legte sich besorgt zwei Finger auf ihre Lippen. Die dunklen Möbel leisteten ihren Beitrag, dass ich mich erdrückt fühlte. Wie ein Tier im Käfig suchte ich einen Fluchtweg. Vergeblich.

»Wir sollten gehen«, schlug ich vor. Auch hier fiel sie mir in den Rücken.

»Wollt ihr nicht zum Essen bleiben?«

Genervt benetzte ich meine Lippen, die vor Wut ausgetrocknet waren.

»Nein, wir …«

Als wäre er meine Großmutter in männlich, schaffte auch er es, mich nicht zu Wort kommen zu lassen. »Gerne. Ich habe lange nichts Warmes mehr gegessen. Ich bin ganz alleine hier und kann nicht so gut kochen. Ich bin übrigens Wyatt«, erklärte er sich verlegen und kratzte sich am Nacken.

Dieses miese Schwein. Jetzt spielt er die kleine-Jungen-Karte aus. Er sollte derjenige sein, der rot wird. Wie seine Haare.

Sie blickte mitleidig zu ihm. Fehlte nur noch, dass sie ihm den Bauch streichelte.

»Meinetwegen.« Ich kapitulierte. Meine Oma ging in die Wohnküche und wir hinter ihr her.

»Du hast ihr gesagt, ich sei dein Freund?«, flüsterte er mir ins Ohr. Hatte die Welt sich gegen mich verschworen? Gar nichts zu erwidern, erschien mir am sinnvollsten.

Das Sitzkissen unter mir verdeutlichte meine Gefühlslage eins zu eins: platt gedrückt und am Arsch.

Mit drei Tellern, drei Gläsern und einer Salatschüssel bewaffnet, balancierte sie das Essen zu uns. Fehlte nur noch das Einrad, mit dem sie auf einem Seil fuhr. Sei es ihre langjährige Erfahrung als Kellnerin oder der Oma-Instinkt, aber verschüttet hatte sie noch nie etwas.

Heute schwappte ein bisschen der Sauce über den Tellerrand, färbte die Tischdecke braun. Sie wirkte verdutzt. Als wäre es ein böses Omen. Hastig wandte sie sich von dem Fleck ab und setzte sich. Glück für meine Oma, dass sie noch Essen von gestern übrig hatte, sonst hätte sie ihren Plan nicht umsetzen können.

»Du hast gesagt, ihr studiert beide an der UCD?«, forschte sie nach und trank einen Schluck Weißwein.

»Ich habe gar nichts gesagt.« Verwirrt beobachtete Wyatt die wellenartigen Bewegungen des Weins. Oma und ihre Spielchen.

»Aber ja, wir tun es. Also miteinander. Also studieren«, verhaspelte er sich und hustete laut, sodass die Pfeffersauce herumspritzte. Grinsend massierte ich die Stelle zwischen meinen Augen.

Meine empathische Ader zwang mich, mich mit ihm zu schämen. Die ganze Situation wäre peinlich-süß gewesen – Wäre er ein verliebter Junge, der seine Schwiegeroma beeindrucken wollte. Die Tatsache, dass er das Gesicht des Schnees war, das mich penetrant verfolgte, war makaber.

Allerdings wurde das alles in den Schatten gestellt von dem schwarzen Rauch, der unter dem Türspalt hindurchquoll. Sie hatten mich gefunden.

Schlechte Ideen haben? Kann ich!

»Pass auf!«, alarmierte ich meine Oma, sprang auf den Tisch und auf der anderen Seite wieder hinunter. Geschockt starrte sie erst auf die nun verschmutzte Tischdecke, dann auf mich.

Wyatts Stuhl schlug geräuschvoll am Boden auf, als er aufstand. Ich riss die Tür derart heftig auf, dass ich Angst hatte, mir dabei die Schulter auszukugeln.

»Caspara! Was ist los?«, donnerten mir beide entgegen.

Nichts. Nichts verbarg sich hinter der Tür. Der Nebel war verschwunden.

»Cass?« Dieses Mal war es Wyatt.

Was geschah mit mir? Änderte sich mein Geisteszustand schleichend in paranoid um? Das Schneegesicht, das nur ich sehen konnte und Wyatt glich, jetzt der Rauch, der nicht existierte. Hatte ich mir Naoko lediglich eingebildet? Hatte ich sie umgebracht, obwohl sie mir kein Haar gekrümmt hätte?

Ich hyperventilierte, hockte mich hin, hielt mir die Haare aus dem Gesicht und fühlte die Hitze und Kälte gleichzeitig in meinen Kopf schießen.

Hundertprozentig war ich nicht mehr ich selbst und die anderen waren alle jemand anderes. Innerlich fühlte ich mich tot in der Kälte. Zurückgelassen im Eis. Erfroren im Schnee. Vier Hände fanden ihren Weg auf meine Schultern.

Panisch richtete ich mich auf, spreizte meine Arme weit von mir weg, ließ meinen Kopf in den Nacken fallen und schrie. Ständig zeigte mein Verstand mir dieselben Bilder. Wie eine sich endlos wiederholende Diashow.

Das Schneegesicht. Wyatts Gesicht. Naoko als Schattenwesen mit Skeletthänden und weißen Augen. Nebel, der unter der Tür hervorkroch. Und Kälte. Überall Kälte.

War das alles nicht real? Wollte ich nur etwas Besonderes sein? Spielte meine Großmutter ein perfides Spiel, um mich bei Laune zu halten?

Vor mir erblickte ich Weiß. Gleißendes Licht erfüllte die Welt. Zwei Augenpaare, ohne Gesicht, erkannte ich vor mir. Allmählich bildeten sich die Lippen dazu. Dann erkannte ich einen Hals.

Automatisch packte ich den Hals und drückte. Eine Eiswand nach der anderen formte sich, bis sie mich einhüllten. Sie alle reflektierten mich und ich erblickte mich selbst. Beobachtete mich dabei, wie ich das Nichts erwürgte.

Als ich geradeaus starrte, spürte und sah ich den Hals wieder. Fühlte den Kehlkopf, die heiße Haut, den Knochen im Nacken und eine Kette. Eine Perlenkette. Weiß wie Schnee. Glänzend wie Eis.

Ich sah hoch zu dem Gesicht. Wyatt als Schneegesicht.

»Hör auf. Vertrau mir«, sprach es. »Vertraust du mir?«

»Nein«, entgegnete ich ihm, ließ aber los.

Weiß wich Schwarz und als die Lichter zurückkehrten, fand ich mich selbst im Flur unserer Wohnung wieder. Ich stemmte mich hoch, fast gegen meinen Willen.

»Caspara«, wisperte meine Großmutter. Sie kniete vor mir, über Wyatt. Er lag in ihren Armen, röchelte und hustete. Sofort erkannte ich die Würgemale an seinem Hals.

»Wyatt!« Ich war sofort an seiner Seite und strich ihm das rote Haar aus der Stirn.

»Es tut …« Bevor ich zu Ende gesprochen hatte, kam er auf die Beine. Ich sah deutlich, dass nur seine Angst ihm die Kraft dazu gab. Wyatt wäre fast gegen die Tür gelaufen, dann riss er sie auf und floh aus der Wohnung. Meine Oma starrte ihm nach, genau wie ich.

»Ich verstehe gar nichts mehr«, sagte meine Oma neben mir. Schuldbewusst kniete ich immer noch, setzte mich auf meine Unterschenkel und schüttelte den Kopf.

»Ich auch nicht.«

Damit konnte ich sie nicht abspeisen. Wenige Momente später saß sie neben mir. »Erzähl mir alles! Sofort!« Ausreden waren jetzt unangebracht.

»Seit Tagen werde ich von einem Schneegesicht verfolgt. Es erscheint vor mir. Überall. Egal wann.« Mein Mund war staubtrocken und es kostete mich Mühe, meine Zunge zu bewegen. »Dann kam Wyatt in mein Seminar. Und sein Gesicht ist ohne Zweifel das Schneegesicht. Jedes Mal sagte es – er – dasselbe: *Vorsicht.* Und dann kam Naoko …«

Ich hörte sie laut ausatmen.

»Ich wusste es.« Meine Großmutter hatte es also gelesen.

»Irgendwie habe ich sie besiegt. Wyatt ist aufgetaucht und hat mich vor meinen Kräften gerettet. Komischerweise kann er mich überall aufspüren. Er spürt, wo ich bin. Ich dachte, er sei der Schlüssel. Er sei das Böse, das ich ausschalten muss«, klärte ich sie auf.

Wie gewohnt behielt sie einen kühlen Kopf. Selbst wenn sie schockiert gewesen wäre, hätte sie mir das niemals gezeigt. Trotzdem sammelte sie sich kurz, ehe sie mich in den Arm nahm.

»Warum bist du nicht sofort zu mir gekommen?«

»Ich wollte dich nicht beunruhigen. Du hast es doch mit dem Herz und wenn ich dich auch noch verliere, bin ich alleine und …«

Ein leises »Shhh« unterbrach mich.

»Hast du daran gedacht, dass der Schnee dein Freund ist? Auch wenn seine Macht dich ohnmächtig werden lässt? Vielleicht ist Wyatt der Schlüssel, ja. Aber der Schlüssel zur Rettung. Womöglich ist er dein Freund.«

Die Weisheit sprach aus ihr. Daran hatte ich noch keinen einzigen Gedanken verschwendet. All das Misstrauen, das ich mir angeeignet hatte, machte mich blind für Gutmütigkeit. Verschloss mir die Augen vor Menschen, die nicht böse waren.

»Was habe ich nur getan«, gestand ich mir selbst ein.

»Es nicht zu spät, mein Schatz. Folge ihm. Er ist genauso verängstigt wie du«, sprach sie mir Mut zu.

Nickend richtete ich mich auf und lief los. Alle Angst zur Seite schiebend, vertraute ich auf das Gute im Menschen und schlagartig überkam mich eine Woge der Erkenntnis. Ich fühlte Wyatt. Zog nicht nur ich ihn an, sondern auch er mich?

Es war wie ein neuer Instinkt, der in mir geboren wurde. Ohne es mir erklären zu können, kannte ich seinen Standort, und er spürte, dass ich ihm auf den Fersen war.

Auch wenn es unmöglich wirkte, aber Wyatt bewegte sich rasend schnell voran, obwohl er nicht viel Vorsprung hatte. Dennoch beunruhigte es mich nicht.

Beinahe rempelte ich einen jungen Mann samt seiner Tochter im Arm um, wich aber gekonnt aus und sauste aus dem Haus. Der Wind tanzte mit meinen Haaren, kleine Regentropfen kühlten mich ab, klärten meinen Verstand. Meine Lunge brannte und meine Beine flogen über den Asphalt.

Mahnte mich das Gesicht zur Vorsicht, um mich zu beschützen? Schickte man mir Wyatt, um auf mich aufzupassen? Anstatt mich um meine Feinde zu kümmern, hatte ich beinah einen Freund umgebracht. Warum hatte ich nicht schon früher daran gedacht? Dieser Groll in meiner Brust, der meine menschliche Besonnenheit verdrängte, drohte mir gefährlich zu werden.

Abrupt blieb ich stehen, als wären meine Füße festgefroren. Ich hörte Wellen. Roch das salzige Meer. Wie konnte Wyatt sich so rasch fortbewegen?

Leuchtturm

»Hallo, Caspara«, begrüßte er mich, ohne sich umzudrehen. Seine graue Mütze tief ins Gesicht gezogen, stand er vor mir und blickte hinaus aufs ungestüme Meer. Das Wasser kämpfte sich die Steine empor wie eine gierige Armee kalter Krieger. Die blassen Würgemale an seinem Hals befeuerten meine Schuldgefühle. Zum Glück hatte die Schneefrau in mir ihn nicht lange in ihrer Gewalt gehabt.

»Warum der Poolbeg Leuchtturm?«, fragte ich ihn.

Mit seinen Händen in den Jackentaschen sah er mich an.

»Dieser Ort neben der turbulenten Stadt erinnert mich an mein Zuhause. Bar Harbour. Hier fühle ich mich, als beobachtete ich mein Meer. Einfach umdrehen und ich sehe meine Heimat«, erzählte er mir.

Wie abscheulich wäre dieses Leben, wenn er mein Feind wäre? Jemand, der so redete, konnte doch nichts Böses in sich tragen. Oder?

»Wyatt, es …« Wieder gelang es mir nicht, meine Entschuldigung auszusprechen.

»Das war keine Einbildung, richtig? Du hast Naokos Zimmer vereist. Aus deinen Händen kam …« Er schluckte. »Schnee und Eis.«

Machte es jetzt noch Sinn, ihn zu belügen? Dass ich mir diese Frage stellte, war Antwort genug.

»Ja.« Ein einfaches Wort mit einer riesengroßen Bedeutung. Wyatt nickte und als ich näher kam, streckte er abwehrend seinen Arm aus. Trotz jeder Angst ging ich zu ihm und er unternahm keinen weiteren Versuch, mich aufzuhalten.

»Es tut mir leid«, entschuldigte ich mich. »Wie bist du so schnell hierhergekommen?«

Wyatt zuckte zusammen. Vor dieser Antwort hatte ich ebenso viel Panik wie er vor meiner.

»Seitdem ich dich kennengelernt habe, passieren merkwürdige Dinge mit mir, Caspara. Ich bin gerannt, ohne Ziel. Bis ich an den Leuchtturm dachte und dann war ich hier«, offenbarte er mir.

In ihm steckte etwas, von dem er nicht ahnte, was es war. Wir waren uns ähnlicher, als ich dachte, und obwohl wir uns nicht kannten, teilten wir das Geheimnis über eine Welt, deren Existenz nicht vielen bekannt sein dürfte.

»Und du hast keine Ahnung, welche …« Ich druckste herum, weil ich noch nie mit einem Gleichgesinnten über diese Dinge gesprochen hatte. »… Fähigkeiten du hast?«

Wie befürchtet, verneinte er das.

Ich stellte mich neben ihn. Wortlosch lauschten wir der Gewalt des Meeres.

Sein Gesicht starrte ausdrucklos auf die Wellen. Erwartete Wyatt eine Antwort von ihnen? Er registrierte kaum, dass ich ihn beobachtete. War er so sehr schockiert? Ich war in Lebensgefahr, nicht er!

»Stell dich nicht so an! Wir sollten meiner Oma sagen, dass du eingeweiht bist, sonst tötet sie dich noch, weil sie denkt, du plauderst unser Geheimnis aus. Dann kannst du Angst haben«, unterbrach ich die Stille und lachte.

Aus großen Augen blickte Wyatt mich erstaunt an.

»Ich wünschte, ich könnte jetzt sagen, dass das nur ein Scherz gewesen ist.«

Er nickte abwesend. »Dann gehen wir lieber zu ihr.« Abrupt stoppte er wieder. »Halt, nein. Was heißt, ich soll mich nicht so anstellen? Ich habe eben erfahren, dass es –« Sofort schnitt ich ihm das Wort ab.

»Gut, ich habe Verständnis für deine Angst, aber dir bleibt nichts anderes übrig, als mir zu glauben. Komm mit mir zu meiner Großmutter und du wirst verstehen. Eine andere Wahl hast du nicht.«

Meine harsche Antwort passte ihm nicht, das merkte ich. Dennoch bejahte er.

Verlegen schritten wir nebeneinander her, entfernten uns vom roten Leuchtturm, der uns einander nähergebracht hatte. In meinen Fingern kribbelte das Verlangen, seine Hand zu halten, doch ich unterdrückte es. Wir lernten uns gerade erst kennen. Es wäre unpassend gewesen. Nicht, dass in ihm ein rassistisches Arschloch schlummerte, das Doctor Who und Bücher nicht mochte.

»Du hast nicht zufällig einen fliegenden Teppich, der uns zu mir bringt?«, hakte ich schmunzelnd nach.

»Nein. Unsere Kalorien müssen wir noch selbst verbrennen.«

Entgeistert guckte ich zu ihm. »Ich dachte, die sammelt man? Da habe ich jahrelang etwas falsch gemacht.« Wir kicherten beide. Kam er doch besser damit klar als gedacht? Oder erlaubte er sich als Mann keine Schwächen mehr?

Wyatt streckte seinen Arm aus. Es ging los. Er war ein Nazi. Ich wartete auf den Gruß.

»Da ist ein Taxi. Wir müssen doch nicht Sport betreiben«, sagte er stattdessen. Erleichtert gingen wir zu dem parkenden Auto und stiegen ein.

»Braithwaite Street, Merchants Quay«, rief ich nach vorne.

»Wie lange dauert das?«

Was für eine Frage. »So fünfzehn bis achtzehn Minuten, wieso?«

»Toilette. Nachdem ich beim Meer gewesen bin, muss ich immer auf die Toilette«, klärte er mich auf.

Wieder kicherte ich und bedeutete ihm ein Okay, indem ich mit meinem Daumen und meinem Zeigefinger einen Kreis bildete.

Wir stiegen neben dem eingezäunten Spielplatz gegenüber meines Wohnhauses aus. Der Fahrer sauste davon und wir machten uns auf meine Großmutter gefasst.

»Oma?«, schrie ich in die Wohnung.

»Bin auf dem Balkon!«

In Windeseile standen wir vor ihr.

»Habt ihr euch wieder vertragen?«, wollte sie wissen und tastete dabei die Schnapsflaschen ab, die sie über Nacht draußen gekühlt hatte.

»Haben wir.«

Meine Großmutter kitzelte die Luft oberhalb der Flaschen, bis sie sich eine herauspickte. Danach starrte sie hinter mich zu Wyatt und ihre Mimik veränderte sich, wurde fragend. Umgehend tat ich es ihr gleich und blickte über meine linke Schulter. Da stand Wyatt, kreidebleich und auf den Boden starrend.

»Meine Güte, Wyatt …« Meine Oma fiel mir ins Wort.

»Siehst du denn nicht, dass er völlig verstört ist? Ich dachte, ihr habt geredet und du hast es ihm schonend beigebracht, Caspara!«

Wie bitte? Meine Oma war auf mich wütend, anstatt Wyatt beizubringen, nicht so zu übertreiben.

»Schon in Ordnung«, nuschelte Wyatt. Als ich seine zerknirschte Miene sah, änderte sich meine Gefühlslage schlagartig.

Wenn ich ihn so sehe, tut er mir wirklich leid. Warum bin ich so fies gewesen?

»Gegen den Schock sollten wir etwas trinken. Komm, mein Junge!«, grölte sie. Erst Lady Grace Kelly, zwei Sekunden später eine Ghetto-Queen.

Zu dritt betraten wir wieder die warme Stube und verschlossen die Tür.

»Wisst ihr, dein Großvater und ich haben uns gestritten, dass es nicht mehr schön war. Wir haben uns alles genannt und Teller geworfen. Bei uns flogen die Würstchen durch die Bude. So ein bisschen würgen ist da gar nichts. Manch einer steht da ja sogar drauf«, faselte meine Oma, während sie edle Schnapsgläser hervorkramte.

»Ja, du und Opa wart anscheinend ein tolles Team«, kommentierte ich ihre Geschichte.

»Zu schade, dass du noch zu jung gewesen bist, um dich an ihn erinnern zu können. Du hättest ihn gemocht, auch wenn er manchmal schwierig war.«

»Was ist das für ein Geschmack?«, fragte Wyatt schüchtern nach, um sich auch am Gespräch zu beteiligen.

»Himbeere!«, rief sie entzückt und reichte uns dann die befüllten Gläschen. Ein Schluck, der es in sich hatte, genügte und der Tropfen verschwand. Wyatt und ich blinzelten einige Male schwer.

»Woah«, säuselte Wyatt.

»Wenn du nichts verträgst, bist du hier an der falschen Stelle. Moment! Dann bist du doch auch kein Ire, oder?« Kein Wunder, dass ich trotz Soziologie-Studium vor Vorurteilen triefte.

»Nein, ich bin Amerikaner«, antwortete er.

Meine Oma fauchte wie ein Vampir, der ein Kreuz, Knoblauch und die Sonne zugleich erspähte.

»Aus Bar Harbour«, fügte er hinzu, als ob es das besser machen würde.

»Oh, Bar Harbour kenne ich. In Maine, oder?« Meine Oma wechselte übergangslos in einen schwärmerischen Tonfall.

»Genau, Grace.« Wyatt sprach ihren Namen vorsichtig aus.

»In Bar Harbour war ich mit deinem Großvater. Er nannte es damals das Irland Amerikas. Deshalb mag ich es. Ein bisschen übertrieben, wenn ihr mich fragt. Nichts gegen dich, Wyatt.«

»Schon okay.«

»Was wir dir jetzt eigentlich erzählen wollten«, startete ich, »ich habe Wyatt gesagt, dass ich diese Eiskräfte habe.«

Nicht wirklich überrascht wartete sie, ob noch etwas kam. Und das tat es.

»Und Wyatt hat, seitdem er in Irland ist, bemerkt, dass in ihm auch etwas vorgeht, aber er kann nicht erklären, was«, beendete ich meinen Erkenntnisbericht.

Als hätte sie einen Geist gesehen, musterte sie Wyatt eindringlich. Ihr Blick drückte keine Verwunderung aus, sondern Furcht. Sie begann, unverständliche Wortfetzen zu murmeln und ging mit ihrer Flasche wieder auf den Balkon, gefolgt von Wyatt und mir.

»Wo gehst du hin?« Wyatt tippte mir auf die Schulter. Ich zuckte, um ihm zu verdeutlichen, dass ich selbst keine Ahnung hatte, warum sie so reagierte. Draußen machte sie auf der Stelle kehrt und sah uns beide an.

»Vielleicht wäre es besser gewesen, wenn ihr nicht wieder hier …«, begann meine Großmutter, als hinter ihr Dampf aufstieg. Ich musste sie aufhalten.

»Oma!«, schrie ich, und mein Leben änderte sich binnen weniger Sekunden grundlegend. Sie bemerkte meinen Blick auf das, was hinter ihr war, und drehte sich um.

Schwarzer Rauch formte sich zu einer Wolke. Sofort verstand sie und sah mir in die Augen. Sie öffnete weit den Mund. Wyatt griff sich an die Brust und gab einen gequälten Laut von sich. Ich begriff erst gar nichts.

»Caspara! Geh hinein! Du musst …«

Meine Ohren rauschten und ich hörte nichts mehr. Die Wolke vergrößerte sich, begann sich zu drehen und zu verdichten. Ein schwarzes, unendlich tiefes Loch. Ich fühlte mich, als wäre ich nicht ganz bei mir. Stand neben mir, beobachtete mich selbst in einem Film. Bis ich spürte, dass ich abhob.

Wyatt sprang auf mich zu, drückte uns in die Wohnung und stieß mit seinem Fuß die Tür zu. Mit dem Rücken prallte ich auf hartes Parkett. Es drückte mir die Luft aus dem Körper. Einen Moment lang schaffte ich es nicht, zu atmen.

Nichtsdestotrotz holte der Aufprall mich in die Realität zurück. Wieder auf den Beinen, sah ich meine Oma durch die Glastür. Sie hing an der Stange unseres Balkons und versuchte, nicht eingesaugt zu werden.

Gerade als ich die Tür öffnen wollte, fror sie rundum zu. Als würde die Schneefrau in mir mich beschützen wollen. Wyatt bemerkte das nicht und hielt mich zusätzlich zurück.

Lauthals schrie ich, brüllte, kreischte und strampelte in Wyatts Armen. Ich drehte im wahrsten Sinne des Wortes durch. Jegliches Maß an Vernunft fiel von mir ab, weggeblasen wie die zarten Schirmchen einer Pusteblume.

»Oma!« Sie schwebte zwischen Balkon und der dunklen Wolke. Kurz hob sie ihren Kopf und sah mir in die Augen. Einen Augenaufschlag später war sie weg. Verschluckt wie von einem Staubsauger. Mit ihr verschwand auch der Nebel.

Der Schock lähmte mich. Mit offenem Mund stand ich da, mein Verstand begriff nicht, was hier passiert ist. Ich sah das Blut am Geländer und sonst nichts.

Meine Großmutter, mein Leben, wurde mir entrissen und ich konnte sie nicht beschützen. Die Schuld nagte an mir wie eine riesige Ratte. Als wäre jegliche Chance, jemals wieder fröhlich zu sein, mit meiner Oma aus meinem Dasein herausgesaugt worden. Es herrschte keine Leere in mir, denn dieses Loch in mir füllte sich mit Hass, Wut, Trauer und Abscheu vor dem Existieren.

Sie ist weg.

Dieser Gedanke machte mich rasend, drehte das Rad meiner Verzweiflung, bis es überhitzte und mich verrückt machte. Seit zwei Jahrzehnten rechnete ich damit, dass die Magie mich irgendwann einholen würde. Ich dachte, ich wäre vorbereitet gewesen. Jetzt belehrte man mich eines Besseren.

Eben hatten wir noch Schnaps getrunken und jetzt verpuffte sie vor mir – einfach so. Vorhin hatten wir noch gemeinsam gegessen und jetzt starrte ich ins Leere. Nein. *Nein,* kam mir als Erstes in den Sinn. Es war mir unbegreiflich, wie sie nicht mehr hier sein konnte.

Wyatt umarmte mich noch von hinten. Ich kotzte mir schamlos vor die Füße und kreischte wieder los. Wie eine Banshee. Wären die Scheiben geplatzt, hätte es mich nicht gewundert. Mir dröhnten die Ohren, meine Lunge krächzte und mein Herz weinte.

Ich sprengte seinen Griff und drehte mich dann zu ihm um. Sabber lief aus meinem Mund und mein hochroter Kopf starrte mir aus einem silbernen Tablett entgegen, das an der Wand lehnte.

»Caspara« flüsterte er. Wyatt wusste wohl nicht, wie er jetzt mit mir umgehen sollte. Und wer konnte es ihm verdenken. Ich konnte selbst nicht mehr mit mir umgehen. Vielleicht nie mehr.

»Du«, hauchte ich. »Ich wusste es! Du bist der Feind.« Verrückt. Mit großer Geste wischte ich mir den Sabber vom Mund.

»Was zu viel ist, ist zu viel«, sagte ich und öffnete die Balkontür.

Frostige Illusion

»Gebt sie mir zurück!«, schrie ich zum Himmel hinauf. Mit meiner Faust trommelte ich auf die Eisenstange, dabei schnitt ich mich an irgendwas und mein Blut vermischte sich mit dem meiner Großmutter.

»Ich will sie jetzt wiederhaben!« Zwischen den Schreien atmete ich tief ein und aus. Ich war kurz davor, zu explodieren. In meiner Brust staute sich ein Druck und drohte, sich seinen Weg zu bahnen. Wie ein Damm kurz vorm Brechen.

Wyatt trat heraus.

»Cass«, sagte er behutsam und näherte sich meiner Schulter. Ich konnte seine Worte nicht ertragen. Nur seinetwegen hatten sie zu uns gefunden. Warum hörte ich nicht auf meinen Instinkt?

»Du bist schuld! Du alleine!«, schimpfte ich, reckte ihm meinen Arm entgegen und beförderte ihn mit einem Schneesturm in die Wohnung zurück. Etwas zerbrach drinnen. Klang wie eine Vase.

Die Schneefrau wohnte in mir, es war ein Instinkt und ich fühlte ihn stärker denn je. Langsam fanden wir zusammen, kämpften nicht gegen- sondern miteinander. Sie nährte mich mit ihrer Kraft und ich hielt sie mit meinem Körper am Leben. Zwar war ich eine Fehlbildung, ein Geschöpf, das so nicht existieren durfte, aber im Augenblick dankte ich meinen Fähigkeiten. Es war wie eine Sportart. Das Einsetzen meiner Kräfte laugte mich aus, aber je mehr ich sie trainierte, gewann ich auch an Kondition. Es brauchte nur Zeit.

Die rote Flüssigkeit in den Schnapsflaschen meiner Oma blinkte mir im Augenwinkel entgegen. Der Schmerz kehrte noch heftiger zurück.

»Spuckt sie wieder aus!« Nein, so nicht. Wofür verbarg ich meine Gabe, setzte sie klug ein, wenn dies der Preis dafür war?

Vereiste Tränen hingen in meinem Gesicht. Der Balkon engte mich ein, erdrückte mich. Schnee sammelte sich unter mir, hob mich hoch und erschuf eine Brücke vom Balkon zur Straße.

Vor dem Asphalt sprang ich ab. Wyatt schwang sich auf die Rutsche und sauste hinab. Ich ließ das Ende der Schneerutsche verschwinden und er knallte auf den harten Untergrund.

»Bist du verrückt geworden?«

Ausdruckslos starrte ich ihn an, verspürte kein Mitleid.

Eine Frau bog um die Ecke und merkte sofort, dass hier etwas nicht stimmte. Diese Sorge bekräftigte sie mit einem: »Alles okay?«

Mein Kopf drehte sich in ihre Richtung. Mein Arm zeigte auf sie. Ein Speer aus Eis quetschte sich aus meiner Handfläche. Ehe sie begriff, wie sehr sie zur falschen Zeit am falschen Ort war, durchbohrte das spitze Eis ihren Körper. Mit einem lautlosen Schrei auf den Lippen fiel sie um. Das Eis zerbröckelte, schmolz und wurde eins mit dem Boden.

»Caspara!«, fauchte Wyatt mich an. »Was tust du? Was kann sie für den Tod von Grace?« Wieder fiel mein Blick auf ihn.

»Ich bin keine Heldin aus einem Roman, die sich alles und jedem unterordnet, stets mutig und vernünftig ist. Mir bedeutet das alles nichts mehr. Was soll ich hier, ohne meine Großmutter? Der Nebel wird auch mich holen. Sie wollen mich. Die Schneefrau.«

Meine Augen brannten wie Feuer. Ich kniff sie zusammen, strich mir die Haare aus dem Gesicht, als ich spürte, wie sie sich bewegten. Wie ein schwarzes Knäuel, das sich öffnete und weiter ausrollte, schlängelten sich meine glatten Haare auf dem Gehweg.

»Deine Augen«, stotterte Wyatt. Panisch fischte ich mein Smartphone aus der Hose und stellte die Frontkamera an.

Eisblau. Wie ist das passiert?

»Caspara! Du veränderst dich, lass …« Wyatt erstarrte mitten im Satz. Ich fror ihn ein und stellte mich vor ihn. »Vielleicht war das die ganze Zeit über das Problem. Ich hätte mich viel früher vollständig mit der Schneefrau in mir vereinen sollen«, erläuterte ich der Eisskulptur meine Ausführungen.

Neben mir setzte sich ein Brocken aus vielen kleinen Eissplittern zusammen, pendelte neben mir und wartete auf meinen Befehl. Einige Sekunden legte ich meinen Zeigefinger an meine Lippen und begutachtete sein Gesicht. Dann bewegte ich den Finger auf ihn und der Eisbrocken zerstörte Wyatt. Tötete ihn.

Ungerührt ging ich zur Hauptstraße, breitete meine Haare rund um mich aus und stellte mich in den Verkehr. Quietschende Reifen, Flüche, Gebrüll und wutentbrannte Menschen nahm ich wahr. Sie winkten mich von der Straße weg oder bedeuteten mir, ich solle zur Hölle fahren.

In mir staute sich so viel Zorn, dass ich selbst die Hölle hätte einfrieren können. Aus jeder meiner Haarsträhnen kam der Schnee. Fror sie allesamt ein. Ließ sie im Eis zurück. Ihnen gönnte ich keinen schnellen Tod. Sie sollten erfrieren. Leiden wie meine Großmutter. Nein, ich war keine Romanfigur, die alle beschützte. Rache war mein Preis.

Meine Haare schlangen sich um mich wie Freunde. Zusammen schlenderten wir seelenruhig die Straßen entlang. Laute Geräusche näherten sich mir. Ähnlich Ventilatoren mit gigantischen Flügeln.

Die Laute kamen von oben. Mit meinen blauen Augen guckte ich hoch und sah sie, erkannte die Helikopter, als einer von ihnen kurz die Sonne verdeckte. Der Anblick des Chaos unter ihnen musste die Piloten verstören.

Weit lehnte ich mich zurück wie bei Matrix und sah etwas, das mich schockierte. Die Rotorblätter verlangsamten sich und blieben stehen. Die Helikopter blieben dennoch in der Luft.

Was passiert hier?

Panisch sah ich mich um und bemerkte, dass sich nichts mehr bewegte. Selbst der Wind kam zum Stillstand. Vor mir erschien eine weiße Krawatte. Blaues Licht umgab sie, bis auch der passende Anzug dazu erschien. Zu guter Letzt standen drei Männer mit Glatzen und generell ohne Haare, weder an den Augenbrauen noch in Form eines Bartes, vor mir.

»Was wollt ihr?« Meine Stimme klang nicht mehr nach mir, eher so, als würde ich singen.

»Du hast uns keine andere Wahl gelassen, Schneefrau«, sprach einer der aristokratisch wirkenden Aliens.

»Wovon sprecht ihr? Was seid ihr?«

»Normalerweise zeigen wir uns niemandem. Wir sind die neutralen Beschützer der magische Sphäre.«

»Sphinx?«

Die Männer rollten mit den Augen.

»Sphären!«, wiederholte der Typ ganz außen laut, besann sich dann jedoch wieder darauf, seine Contenance zu wahren.

»Dann bringt mir meine Großmutter wieder!«, beharrte ich.

Die Haarlosen warfen sich gegenseitig Blicke zu.

»Was war das? Warum habt ihr euch so verliebt angeschaut?« Keine Antwort. »Raus jetzt mit der Sprache, ihr inzestuösen Brüder!«

»Wir sind die Desillusionaten und löschen Erinnerungen an Magie aus, aber nur bei denjenigen, die nichts von der Existenz unserer Welt wissen dürfen. Da die Magie fortschreitend erlischt, hatten wie nie ein Problem damit, deine …« Ein anderer Meister Proper aka Mr Clean fuhr fort. »Aussetzer haben wir toleriert und ausgebessert. Seitdem du ein Baby bist. Doch hier und jetzt bist du zu weit gegangen.«

»Das heißt, immer wenn jemand zaubert und es sein könnte, dass die Magie auffliegt, kommt ihr aus dem Nichts und löscht die Erinnerungen daran aus?«

»Das haben wir gerade gesagt.«

»Und was bedeutet, ich bin zu weit gegangen? Wollt ihr mich jetzt auslöschen?«, fragte ich und verschränkte lachend die Arme vor meiner Brust. Sie antworteten nicht und ich kicherte weiter. Als noch immer nichts kam, erstickte mein Lachen.

»Ihr wollt mich doch verarschen, oder? Und was ist mit diesen Nebelschwadenfürzen? Die zählen nicht?«

»Wie gesagt, wir sind neutral. Außerdem verhalten sie sich unauffällig.«

»Was ist mit Naokos Wohnung?«

»Da hast im Grunde auch du das Interesse der Öffentlichkeit darauf gelenkt. Somit bist da auch du die Schuldige.« Sie verschwiegen mir etwas. »Ihr habt Angst vor ihnen«, sprach ich meine Vermutung aus. Keine Antwort war auch eine Antwort.

»Neutral am Arsch!«, protestierte ich.

»Ich habe einen Vorschlag«, gab der in der Mitte nach. Seine Brüder packten ihn am Arm.

»Es gibt keine Kompromisse. Die gab es noch nie!«

»Das hier sind besondere Umstände und sie hat recht. Das wisst ihr genauso gut wie ich.«

Ich machte eine antreibende Handbewegung.

»Wie ist der Vorschlag?«

»Deine Großmutter, Grace, lebt noch. Wir drehen die Zeit zurück, bevor du dich hast gehenlassen. Somit hast du die Chance, Grace zu retten. Löschen wir dich jetzt aus, stirbt sie.«

Seine Brüder stöhnten genervt. Ergab das Sinn? Würde ich es schaffen, sie zu retten? Ich musste das Angebot nutzen. Meine Feinde waren hinter mir her und benutzten meine Oma als Geisel.

»Also gut, ich willige ein«, stimmte ich zu und reichte ihnen die Hand. Verdutzt blickten sie meine Hand an.

»Macht man das bei euch nicht so? Einen Deal besiegeln?«

»Nein. Du hältst dich einfach daran. Tust du es nicht, erfahren wir es und töten dich.«

Sonnige Gemüter, die drei.

»Einverstanden. Ich halte mich an eure Regeln«, versprach ich.

»Vergiss nicht: Wir sind die Hüter der Magie, nicht deine Gehilfen! Du kannst nicht erwarten, dass wir dich aus solchen Situationen retten. Irgendwann erntest du, was du säst.«

Sie lösten sich auf, die Krawatte bleib allein zurück, bis auch sie im blauen Licht erlosch. Sofort explodierten Schuldgefühle in mir. Ich hatte Menschen getötet. Meine Großmutter tauchte vor meinen Augen auf. Noch mal würde ich ihr Verschwinden nicht verkraften.

Trotzdem bedankte ich mich still für diese neue Chance. Es musste geschehen. Es war die einzige Möglichkeit, sie zu retten.

Während sich die Zeit blitzschnell zurückdrehte und ich wie ein Fremdkörper zusah, musste ich an Wyatt denken. Was war ich für ein Scheusal gewesen.

Meine Gabe brachte große Gefahren mit sich. Ich war imstande, Menschen umzubringen. Ich löschte Leben aus, hinterließ Familien denselben Schmerz, den die Nekromanten mir aufhalsten, als sie meine Oma entführt hatten.

Die Schneefrau in mir drängte mich dazu, harsch und rücksichtlos zu sein. Das musste sich ändern. *Ich* musste mich ändern. Meine Großmutter hatte mich geliebt um meinetwillen und andere waren mir oft egal gewesen. Doch nicht Wyatt.

Alles würde besser werden.

Rewind

Sie schrie laut auf, als sie in die schwarze Wolke gezogen wurde. Der schwarze Rauch verpuffte mit ihr. Zwei Vögel zwitscherten auf dem Baum des Spielplatzes, friedlich, als wäre alles wie immer. Für alle anderen Menschen verlief der Tag auch wie gewohnt. Nur für mich nicht. Für mich war es der Weltuntergang. Diese Qual erneut durchzumachen, konnte an Grausamkeit kaum überboten werden.

Meine Knie schlotterten, mein Körper bebte und mein Versuch, ruhig zu atmen, wurde ständig von lautem Aufschluchzen gestört.

Meine Oma lebt noch. Oh, danke schön! Ich muss mich zusammenreißen. Die Schneefrau darf mich nicht wieder zur Massenmörderin machen und Besitz von mir ergreifen, sobald ich meine Gefühle nicht mehr unter Kontrolle hatte.

»Was ist hier passiert?«

Wyatt! Meine Arme ausbreitend, sauste ich zu ihm und umarmte den Rotschopf. Es tat so unendlich gut, ihn zu sehen. Bei dem Gedanken daran, ihn zertrümmert zu haben, erkannte ich mich selbst nicht wieder. Die Umarmung gab mir ein Gefühl von Geborgenheit. Ich bekam eine neue Chance und diese musste ich nutzen. Wyatt war wieder vollständig. Wie konnte ich mich derartig überrumpeln lassen und zu diesem Monster werden.

»Die Nekromanten haben sie geholt.« Endlich traute ich mich, ihren Namen auszusprechen.

»Ich habe keine Ahnung, wovon zu sprichst, und ich muss jetzt auch eure Toilette aufsuchen, um zu untersuchen, ob ich mich angepisst habe, aber es tut mir so unendlich leid, Cass«, tröstete er mich. Seine Stimme zu hören tat so endlos gut und eine Woge der Dankbarkeit überraschte mich. Die Zeit war gekommen, um die Sache selbst in die Hand zu nehmen. Wir mussten eine Lösung finden, die Nekromanten zu erledigen.

»Ich schaffe das. Setzen wir uns, ich erkläre dir alles«, schlug ich vor.

»Okay, aber zuvor hole ich dir noch etwas zu trinken und checke meine Unterwäsche.«

Im Esszimmer herrschte immer noch das Chaos. Am Boden lagen an einigen Stellen noch Essensreste. Meine Nase nahm den Geruch von Pfeffer wahr. Ich roch ihr Parfüm. Es war, als wäre meine Oma noch hier.

Oh Gott, ich fühlte mich so unvorbereitet auf ein Leben ohne meine Großmutter. Der Schmerz, sie bei diesen Ungeheuern zu wissen, fühlte sich an wie eine Operation am offenen Herzen – ohne Narkose.

Ein Klirren drang an mein Ohr und ich warf einen Blick aus dem Fenster. Unten lagen Porzellanscherben, wie von einem Teller. Wer warf denn Teller aus dem Fenster? Außer meiner Großmutter, aber selbst die hatte die Teller benutzt, um sie nach meinem Opa zu schleudern.

Wieder überkam mich die Trauer. Ich setzte mich und verfluchte all die Gegenstände, die mich an sie erinnerten. Die Menschheit drehte wohl mit mir durch. Ohne Grund warf man doch kein Geschirr auf die Straße, oder? Zum Glück kam Wyatt mit zwei Gläsern Wasser zurück.

»Und jetzt erzähle ich dir meine Geschichte«, sagte ich.

»Nur verstehen wir bis heute nicht, wie die Nekromanten wieder zurückkommen konnten«, beendete ich meine Ausführungen. Wyatt wusste nun mehr über mein Schneefrauen-Dasein als die Menschheit über Kim Kardashian.

In einem Zug trank er sein Glas Wasser leer. Das grüne Trinkglas stellte er zurück, genau auf eine Paprika, die noch am Tisch klebte.

»Das ist schwer zu begreifen. Erst recht, wenn ich daran denke, dass ich selbst irgendwelche Kräfte haben soll.« Ungläubig inspizierte er seine Hände.

»Genau deshalb wäre es wichtig«, sagte ich und nahm das Glas von der Paprika herunter, »dass wir herausfinden, was du kannst und ob du mir helfen kannst, meine Großmutter zu befreien.«

Das Grün seiner Augen vibrierte vor Angst. Ich überforderte ihn und darauf musste ich endlich mehr Rücksicht nehmen. Er blieb stark, soweit sein Verstand es ihm erlaubte, aber darauf musste ich achten.

»Ich verstehe es natürlich, falls du das nicht willst. Du kennst mich und meine Familie kaum und anscheinend ist hinter dir niemand her«, fügte ich rasch hinzu.

Forsch ergriff er meine Hand und Hitze floss durch meinen Körper.

»Du kannst auf mich zählen. Es sollte so kommen. Meine irischen Wurzeln, meine Auslandsreise hierher, das Gefühl, zu wissen, wo du bist, und diese Fähigkeit, die in mir schlummert.« Der Ausdruck auf seinem Gesicht beeindruckte mich. Er wollte mich beschützen. Mich!

Auch wenn er Sicherheit versprühte, schwitzte er an seinen Händen. Wyatts Nervosität stand im Raum wie schlechte Luft. Gerade deshalb schätzte ich seine Worte.

Die Nässe seiner Hand machte ich mir zunutze und rutschte mit meiner Hand aus Wyatts.

»Komm mit in mein Zimmer«, sagte ich und ging los.

»Ich habe dir meine Unterstützung zwar nicht angeboten, um dich flachzulegen, aber yolo«, rief er mir nach und dackelte mir hinterher. Er überdeckte seine Unsicherheit mit schlechten Witzen. Das erinnerte mich an jemanden – mich selbst.

»Idiot!«, erwiderte ich und öffnete die Tür. Hinter mir blickte er über meine Schultern in mein Zimmer.

»Boah, du hast ja fast so viele Bücher wie ich«, staunte er.

»Ich weiß, ich habe lange gesammelt und lese schon …« Wie ferngesteuert drehte ich mich zu ihm um.

»Was soll das heißen? Fast so viele?«, informierte ich mich bestürzt.

»Oh, na ich habe mindestens noch ein Regal mehr, aber ich lese viel. Die wenigsten lesen so viel und …«

Das war mein Stichwort.

»Nein, nein, mein Schatz. Niemand liest so viel wie ich. Ich bin Buchbloggerin. Und … warte mal. Du liest gerne?« Mein Kopf und mein Herz schrien: *Sex! Sex!* Mein Stolz brüllte: *Nein!*

Konzentration war angesagt. Wir mussten investigativ vorgehen und eine Lösung finden, auch wenn ich jeder Ablenkung grundsätzlich zugeneigt war. Das Verschwinden meiner Oma raubte mir immer noch den Atem.

»Meine Eltern haben einen Buchladen in Bar Harbour«, offenbarte er mir. Meine Beine wurden schwach. Würde ich ihn heiraten und seine Eltern umbringen, wäre ich Besitzerin einer Buchhandlung. In meinen Gedanken schwamm eine Comicfigur von mir á la Lizzie McGuire in Büchern und lachte dreckig.

»Cool«, sagte ich stattdessen. »Das erklärt natürlich alles.« Gespielt gelassen trat ich mit ihm in mein Zimmer ein und holte das Book of Snow and Ice hervor – also das Schulheftchen meiner Oma.

»Das ist das Book of Snow and Ice – frage nicht, meine Oma bestand auf den Namen«, log ich und klappte es auf.

»Vielleicht finden wir hier drinnen etwas über dich.« Wyatt gesellte sich zu mir, stellte sich hinter mich. Sein Atem in meinem Nacken machte mich verrückt. Dennoch wollte ich meinen animalischen Sinnen nicht nachgeben, bevor ich nicht wusste, wie er menschlich tickte. Außerdem machte er zwar Andeutungen, aber ob er mich tatsächlich mochte, konnte ich unmöglich sagen.

Als Jugendliche hatte ich damit weniger Probleme gehabt. Ich hatte mir beim Feiern genommen, was ich wollte. Doch mit Wyatt musste ich zusammenarbeiten. Abgesehen davon, dass ich ihn kennenlernen wollte.

»Und?«, hakte er nach, während ich durchblätterte.

Ich schüttelte den Kopf. »Nichts.« Seufzend setzte er sich auf mein Bett und ich mich im Schneidersitz auf meinen Teppich.

»Du hast mir doch bei dem Aufklärungsgespräch über Magie gebeichtet, dass du Naoko umgebracht hast. Vielleicht findest du darüber etwas. So unbesiegbar können die dann ja nicht sein, oder?« Dasselbe hatte ich mir auch gedacht, aber noch nicht verfolgt. Er hatte recht.

»Gute Idee! Aber eigentlich müsste ich das Buch auswendig kennen.« Zwar machte ich mir keine großen Hoffnungen, blätterte dennoch durch.

»Hast du schon nach Hinweisen abseits der Kapitel geschaut, in denen du sonst liest?«

Wyatts Einwand konnte ich nicht nachvollziehen. Was sollte mir das bringen? »Wie meinst du das?«, wollte ich wissen.

»Ich meine: Naoko war kein schwarzes Nebelmonster wie das bei deiner Großmutter. Ich habe sie doch selbst in Seminaren gesehen. Findest du darüber etwas?«

Daran hatte ich tatsächlich nicht gedacht. Zu verbissen hatte ich mich auf die Nekromanten fixiert. Manchmal half es, jemandem zu fragen, der das nüchterner betrachtete. Das Rascheln des Papiers beim Umblättern erfüllte den Raum. Irgendwie mussten wir eine Möglichkeit finden. Auf einer Seite klebte alter, eingetrockneter Nagellack meiner Großmutter. Behutsam strich ich darüber.

Nicht jetzt traurig sein!

Ausgerechnet auf dieser Seite, als hätte meine Oma sie markiert, entdeckte ich etwas. »Hier!«

Wyatt horchte auf. »Hast du etwas?«

»Eine Kleinigkeit. Nekromanten können nur mit der Energie meines Schneeherzens besiegt werden. Wodurch ich sterbe. Aber hier steht, dass magische Wesen, die im Körper eines Menschen oder Tieres stecken, auch ihre Regeln annehmen. Das heißt: Naoko konnte besiegt werden, weil sie in einem menschlichen Körper steckte.« Unmittelbar danach klappte ich das Heft zu und setzte mich zu Wyatt.

»Das ist ein Fortschritt. Sehr gut gemacht«, lobte er mich.

»Ein Fortschritt, ja. Aber die Nekromanten in ihrer Reinform können nur durch meinen Tod ebenfalls ausgelöscht werden.« Anstatt zu antworten, grübelte Wyatt und kaute auf seiner Unterlippe. Worüber dachte er nach?

»Damals!«, platzte es aus ihm, sodass ich zurückzuckte. Mit einem »Hm?«, bedeutete ich Wyatt, dass ich nicht verstand.

»Das ist nur eine Vermutung, aber die Erklärungen sind doch für die Nekromanten von damals. Jetzt sind sie wiedererweckt worden. Wie die Schneefrau in dir.« Langsam erkannte ich, worauf er hinauswollte. Seine neuen Denkweisen lösten Blockaden in meinen Gedankengängen, an denen ich festhing.

»Stimmt. Wenn wir Glück haben, änderten sich ihre Eigenschaften. Sie dürften nicht vollständig sein und dann würde es reichen, wenn ich nur ein Teil meiner Kräfte preisgebe, um sie zu bekämpfen. Dann müsste ich nicht …«

Wyatt beendete meinen Satz. »Sterben. Aber das wirst du nicht! Nicht, solange ich bei dir bin.«

Erleichtert legte ich mich zurück auf meinen Teppich. Das könnte ein Ansatz sein, wenngleich das Ausprobieren unserer Hypothese gefährlich wäre, sollten wir falschliegen. Aber für heute genügte das. Dieses Fünkchen Hoffnung, das uns weitermachen ließ.

»Wir hatten noch gar keine Zeit, uns überhaupt kennenzulernen. Wie bist du so aufgewachsen? Wie ist das Leben in Bar Harbour?«

Wyatt lehnte sich ebenfalls zurück. Wo er wohl mit den Gedanken war?

»Das Leben ist ziemlich ruhig. Eigentlich kommen die Menschen zu uns, um sich zu erholen. Ich lebe dort. Wir sind nur ein paar Tausend Einwohner – jeder kennt jeden. Ein typisches langweiliges Leben, ohne Zwischenfälle. Leider wäre ich kein spannender Buchcharakter«, erzählte er mir und seine Geschichte faszinierte mich mehr als jede Besonderheit, die er mir jetzt hätte offenbaren können.

Diese Zufriedenheit, die er ausstrahlte, sobald er Bar Harbour hörte, machte ihn nahbar. Außerdem verglich er sich mit Buchcharakteren wie ich.

»Wie sieht es mit deiner Kindheit aus?« Witzigerweise hatte mich noch nie jemand nach meiner Kindheit gefragt, sodass ich überlegen musste.

»Ich war lebhaft, aber meine Oma stoppte mich ziemlich früh. Sie hatte Angst, ich würde andere Kinder vereisen oder umbringen. Da war sie ziemlich penetrant, was ich auch verstehe. Na ja – im Nachhinein zumindest. Dann lebte ich zurückgezogen, war aber nie schüchtern. Als Jugendliche bin ich oft weggegangen, auch alleine, freundete mich mit den Menschen der Nacht an und verlor sie am Tage wieder. Das störte mich nicht. Es war eine Vereinbarung, die eine Nacht dauerte«, plapperte ich vor mich hin.

Gedankenversunken legte ich mich auf den Teppich und starrte auf meine Sternenhimmel-Decke.

»Quasi eine One-Night-Stand-Freundschaft«, fasste Wyatt zusammen.

»Das und auch die normalen One-Night-Stands«, entgegnete ich wohl zu ehrlich.

Was denkt der denn jetzt von mir? Oh Mann, Cass.

»Da bin ich mehr der One-Life-Stand-Typ«, erwiderte er.

Meine Augen weiteten sich. Ich schwankte zwischen: Das war so süß, dass ich kotzen musste, und: Wie süß! Ich will ihn knuddeln! Obwohl es mir nach seinem Verhalten in der Uni anders vorkam. Geschweige denn seine zweideutigen Anspielungen.

»Aber du bist doch keine … Dings.« Ich räusperte mich.

»Nein, nein. Ich bin langweilig und kein Mauerblümchen aus einem New Adult Roman.«

Mein Mund klappte nach unten. Sprach ich gerade mit der männlichen Version von mir? Je älter ich wurde, desto mehr vertrieb ich meine Oma aus meinem Leben und jetzt wünschte ich mir nichts sehnlicher, als ihr von Wyatt zu erzählen. Mein einziger Trost war, zu wissen, dass sie noch lebte.

»Denkst du, wir überleben das alles?«, setzte er nach.

»Ich hoffe es«, antwortete ich. Das machte die Sache nicht besser, aber lügen auch nicht.

»Na toll«, entgegnete er.

Ich kicherte. Seine Reaktion passte nicht zu seiner harten Schale. Seine Offenheit war erfrischend. Er spielte keine Spielchen und das tat gut.

Einige Minuten überlegte ich mir Pläne, verwarf sie wieder. Suchte nach Details, die ich übersah, und gab auf. Es fiel mir beim besten Willen keine Idee ein, wie wir weiter vorgehen sollten.

Mühevoll rollte ich mich zur Seite und hievte mich an meinem Bett hoch.

»Mir fällt …«, begann ich, als ich Wyatt entdeckte. Schlafend wie ein Baby, atmete er ruhig. Seine Glieder zuckten, all die Anspannung des heutigen Tages fiel von ihm ab. Den Mund leicht geöffnet, genoss er den Frieden der Traumwelt.

Swimmingpool

Meine Jacke war für einen windigen Abend nicht gedacht, und noch dazu ließ die Straßenbahn auf sich warten. Die Anzeige, die ich besser früher hätte beachten sollen, klärte mich auf: noch zwei Minuten. Genervt setzte ich mich auf die kalte Metallbank, die dabei laut klapperte. Rost rieselte wie rotbrauner Schnee zu Boden.

In meiner Tasche suchte ich nach meiner Wasserflasche und fand dabei die Haarspange von meiner Großmutter. Ich strich über die Edelsteine. Während ich die Erinnerungen an sie verdrängte, verlor und wieder wegschob, kam auch die Straßenbahn an.

Der Vorschlag, die Wohnung zu verlassen, war mir nur gelegen gekommen. Zu Hause erinnerte mich alles an meine Oma und ich musste abschalten. Außerdem war es vielleicht ganz klug, öfter die Location zu wechseln. Schließlich wussten meine Feinde, wo ich wohnte.

Während Dublin an mir vorbeizog und die Lichter der Stadt wie Kerzenlicht im Wind verschwammen, erblickte ich an der Scheibe banale Erinnerungen an meine Großmutter. Wie ein alter Film liefen sie vor mir ab.

Meine Oma spielte die Hauptrolle in meinem Leben. Sie hatte mich im Kindergarten beäugt, nachdem ich den Rucksack eines Mädchens vereist hatte. Glauben hatte dem Mädchen damals niemand geschenkt, aber meine Großmutter hatte es geahnt.

Fahrten mit meinem Opa zu den schönsten Orten Irlands. Ihr bedeutete es viel, dass ich unser Land kennenlernte.

Die Nächte, in denen ich Angst gehabt hatte, die Schneefrau sei ein Monster unter meinem Bett. Und später die nächtlichen Kochsessions. Meine Großmutter hatte unzählige Rührei-Variationen ausprobiert, um mir mein nach Hause kommen nach dem Feiern zu erleichtern.

Eine Frau, die eine abgebrochene Flasche mit der scharfkantigen Seite gegen eine andere Frau presste, holte mich aus meiner eigenen Rückblende. Drehten die Menschen immer mehr durch? Glücklicherweise erkannte ich dadurch, dass ich aussteigen musste.

Draußen angekommen lief ich zum Dame Court und stand vor dem Pub, den Wyatt mir vorgeschlagen hatte: The Stag's Head.

Als würde ich kurz vor einem Bankraub stehen, schaute ich mich um, doch niemand interessierte sich für mich. Ein positiver Aspekt des Stadtlebens.

Ich schnappte mir jeweils eine Strähne neben meinen Schläfen, zog sie zurück und befestigte sie mit der goldenen Spange. Sie entfaltete sofort ihre magische Wirkung und ich fühlte mich unwiderstehlich und selbstbewusst.

Danke, Oma.

»Nur einen Drink«, schwor ich mir, lief über die Straße und betrat die Kneipe. Keine ausschweifende Teenie-Caspara. Nicht heute.

Im Inneren zupfte ich an meinen Klamotten und hatte das Gefühl, als wären sie mit dem Betreten des Pubs um vier Nummern geschrumpft. Ständig verfolgte mich die Befürchtung, Bekanntschaften von früher zu treffen. In meiner *Ich sterbe sowieso bald*-Phase, die als Jugendliche lange angehalten hatte, war das Nachtleben mein bester Freund gewesen.

Gedämpftes Licht schaffte eine mysteriöse Stimmung und das abgesplitterte, dunkelbraune Mobiliar trug ebenfalls seinen Teil dazu bei. Ich schwang mich auf einen Hocker an der Bar und wäre beinahe auf der anderen Seite wieder hinuntergefallen. Etwas pikte mich in den Hintern.

Reiß dich zusammen!

»Was darf es sein?«, fragte mich ein lebendiger Bart auf zwei Beinen.

Ich sprang auf und untersuchte den Sitz. »Nur das Leder der Polsterung, das aufgerissen ist«, sagte ich zu dem Typen und deutete lachend darauf. Als er nicht mitlachte, nahm ich wieder Platz.

Erst jetzt erkannte ich den jungen Mann, der an der anderen Seite stand: Wyatt. Ich winkte den Bart weg und er schlenderte zu Wyatt hinüber. Dieses Schauspiel musste ich mir geben.

»Haben Sie einen *Swimmingpool?*«, fragte Wyatt.

Zwei Typen neben Wyatt musterten ihn skeptisch. Der Barmann strich über seinen Bart an der Stelle, an der sein Gesicht sein müsste.

»Wir sind eine Bar. Das wissen Sie, oder?«, hakte der Barmann bei Wyatt nach.

Die Haarspange brannte auf meinem Kopf. Sie ermahnte mich dazu, eine schlagfertige, urbane, hilfsbereite Frau zu sein, aber es war zu komisch, also ließ ich Wyatt leiden.

»Das ist ein Cocktail. Mit Kokos und … ich weiß gar nicht, was da drin ist. Das wäre dann Ihr Part«, erklärte er.

Der Barmann räusperte sich und kratzte sich an seiner Nase, aus der ebenfalls Haare wuchsen. »Ich korrigiere: Wir sind ein Irish Pub. Ich kann Ihnen *Sex On The Beach* anbieten.« Der Bart wiederholte sich und schmunzelte über seine eigene Bemerkung.

»Diesen Cocktail können Sie machen?«, wollte Wyatt wissen. Er tappte direkt in seine Falle und lieferte ihm die perfekte Vorlage.

»Ich habe nicht vom Cocktail gesprochen«, erwiderte der Bartyp. Die Männer um ihn und er selbst prusteten laut los.

Ich an seiner Stelle würde jetzt bis drei zählen, ehe ich hinauslief. Das war der Plan. Anscheinend auch Wyatts. Als er seine Jacke wieder nahm, schlich ich mich an.

»Wir nehmen beide jeweils ein Guinness«, rief ich.

Mit seinen Füßen stieß er sich von der Bar ab und drehte sich samt Hocker zu mir. Durch das gedämpfte Licht konnte ich seine roten, wuscheligen Haare erst erkennen, als ich meine Augen verengte.

Das Dublin Hard Rock-T-Shirt machte ihm zum perfekten Touristen. Den durchtrainierten Körper hinter dem Shirt hätte ich allerdings sogar blind erkannt. Meine Hilfestellung nahm er dankend an und rutschte von dem Hocker, um sich neben mich zu stellen. Rasch lehnte ich mich zurück und riskierte einen flüchtigen Blick auf seinen Hintern. *Nicht schlecht!*

Auf das Bier wartend, kaute ich auf meiner Unterlippe und knetete die Haut an meinem Ellbogen. Das war die perfekte Beschreibung eines unangenehmen Momentes. Der fleischgewordene Bart knallte die Biergläser auf den Tresen. Die schwarze Flüssigkeit schwappte über. Ich bezahlte und nahm die beiden Gläser. »Komm, setzen wir uns dort drüben hin.«

Ich lächelte ihm zu. So taten das wahrscheinlich auch die Typen, die kleine Mädchen in ihr Auto lockten, aber er folgte mir trotzdem.

Sein verschmitztes Grinsen, bei dem er die Oberlippe hochzog, hatte ich tatsächlich vermisst.

Das Lokal konnte ich von meiner Liste *Tolle Orte für einen abendlichen Absacker* streichen.

»Danke, dass du mich vor den Typen gerettet hast.« Ich nahm einen Schluck von meinem Schwarzbier. Es schmeckte wie eine Mischung aus Kaffee, Bier und Asche. Auf eine positive Art.

»Keine Ursache. Hast du nachgedacht?« Hastig würgte ich den Schluck hinunter.

»Also …« Meine Kehle schnürte sich zu, weil das Bier so kalt war. »Also ja, aber mir fiel nichts ein.«

Als Wyatt meine Finger berührte, fühlte ich mich sofort zu Hause. Seine Haut war samtig weich, aber der Griff trotzdem kräftig.

Wyatt lehnte sich zurück und die Holzbank knarrte dabei. Im Moment war er mein einziger Vertrauter.

»Sag mal, Caspara. Du gibst doch nicht auf, oder?«

Hatte die Schneefrau in mir diese Info über Nacht auf meine Stirn tätowiert?

Okay, sortiere deine Gedanken, Caspara.

»Natürlich nicht. Sag mal, Wyatt: Hättest du gedacht, dass dich das hier in Dublin erwartet? Wartet zu Hause nicht jemand auf dich? Willst du dir das antun?«, fragte ich nach. Vielleicht erwähnte er ja zufällig eine Freundin. Oder eine Trennung. Oder einen Mord.

Grübchen zeichneten sich auf seinen Wangen ab, als ein Lächeln über seine Lippen huschte. Kleine Fältchen an den Augen machten ihn nur noch sympathischer.

»Ich habe nichts erwartet und dich kennengelernt.« Seine schlichte Antwort bot mir keinen Raum für weitere Fragen, ohne zu aufdringlich zu wirken.

Minuten verstrichen, in denen wir die Musik genossen, unser Bier tranken und gemeinsam schwiegen. Der Alkohol packte mich nach und nach in Watte ein. Behutsam wippte ich mit geschlossenen Augen zur irischen Musik.

Als ich sie wieder öffnete, bemerkte ich, dass mich Wyatt grinsend beobachtete. Peinlich berührt rutschte ich auf meinem Sitz hin und her.

»Hast du einen Schlachtplan ausgetüftelt?«, lenkte ich rasch ab.

»Ich denke, es ist vergebliche Liebesmüh, sie zu suchen. Wir müssen uns finden lassen. Die Monster aus der Reserve locken.« Wyatt fuhr mit seinem Mittelfinger immer wieder um den Rand des Glases. Mit demselben Gedanken spielte ich auch. Hörte sich für mich aber auch nach einem Todesmanöver an. Leider fehlte auch mir ein passender und vor allem besserer Gegenvorschlag.

»Eine andere Idee habe ich auch nicht. Ihre Geheimbasis – ich wollte dieses Wort immer schon mal sagen – zu suchen, das wäre wie die Nadel im Heuhaufen. Reiner Zufallstreffer. Vermutlich braucht schwarzer Nebel gar kein Versteck.« Er nickte, ohne mich anzusehen.

»Geht es dir auch gut? Du steckst mir das alles viel zu schnell weg. Ich lebe damit seit über zwei Jahrzehnten und tief in mir rechne ich damit, dass so etwas passieren kann. Aber wie kannst du das so einfach hinnehmen? In Büchern mag ich solche Charaktere am wenigsten. Die alles hinnehmen«, quasselte ich vor mich hin, nur um ihn aus der Reserve zu locken.

Tatsächlich lächelte er bei der Anspielung auf Buchcharaktere.

»Glaub mir, ich bin überfordert. Aber ich bin doch der Mann. Ich bin zu Hause zusammengebrochen, habe geweint, geschrien, eine

Staffel Misfits geguckt, um runterzukommen, und habe dann wieder von vorne begonnen«, erklärte er mir.

Sofort prustete ich los, als ich mir Wyatt in Embryohaltung am Boden vorstellte.

Wow! Er mag Misfits! Whaat!? Hallo, coole Serienjunkie-Babys!

»Ich mag dich auch, wenn du dich nicht an die gesellschaftlichen Konstrukte eines Mannes hältst. Ich studiere nicht nur zum Spaß Soziologie, Wyattchen«, kommentierte ich seine Angst und leerte mein Bierglas.

»Mit der Betonung auf: studiere. Wenn du noch länger brauchst, studierst du noch mit dreißig«, scherzte er, wofür er einen Tritt gegen das Schienbein kassierte.

Gespielt schockiert glättete ich meine dunkelbraune Lederjacke. Ich wandte mich meiner Tasche zu und suchte nach meinem Portemonnaie.

»Die Haarspange steht dir gut«, bemerkte er und ich griff hektisch an meinen Hinterkopf. Die hatte ich fast vergessen.

»Danke. Meine Oma hat sie mir geschenkt. Leider habe ich sie nie getragen, obwohl sie sich so gefreut hat, als sie mir die Spange geschenkt hat und jetzt … Ich habe so große Schuldgefühle. Den ganzen Tag denke ich an jeden Streit, den wir hatten. Jede verpasste Zeit, die ich nicht genutzt habe«, platzte es aus mir heraus.

Das hatte Wyatt mit seiner Aussage bestimmt nicht bezwecken wollen.

»Ach, Cass. Sie lebt noch, versprochen. Deine Gedankengänge sind normal und in uns verwurzelt, sobald jemand stirbt, aber deine Oma lebt!«

Seine Worte halfen besser als jedes Bier.

»Du hast recht, danke. Trauern bringt sie auch nicht zurück«, stimmte ich zu.

Unser Tisch stand in der Ecke des Pubs, leicht separiert von den anderen Gästen durch eine kurze Trennwand. Nur ein weiterer Tisch stand neben unserem und der wurde in diesem Moment auch noch besetzt.

»Du erinnerst mich sogar ein wenig an deine Oma«, sagte er und musterte mich eindringlich.

»Willst du sagen, meine Großmutter ist eine Gilf?«, fragte ich, wodurch er zurückschreckte und seine Hände vor seine Brust hielt. Die zwei Frauen neben uns schauten verwundert herüber, unterhielten sich dann weiter.

»Nein! Es, ich …«, stammelte er.

Ich genoss es, ihn zu necken. »Also ist sie hässlich und ich auch?«

»Nein! Cass! Ich …«

Erst als ich lachte, entspannte er sich wieder.

Vorsichtig wischte ich mir eine Träne aus dem Augenwinkel. Das schlechte Gewissen kletterte in mir empor wie Godzilla das Hochhaus. Lachen, obwohl meine Großmutter eventuell gerade gefoltert wurde? War nicht gut für mein Karma. Dabei bangte ich noch, ob das Karma mir verzieh, dass ich in einer anderen Zeitspanne einige Menschen getötet hatte. Hoffentlich löschten die Desillusionaten auch diese Auswirkungen aus.

Flogging Molly lauschend, besann ich mich, wieder ernsthaft darüber zu reden, weswegen wir hier waren.

»Wie könnten wir die Nekromanten zu uns holen?«, erkundigte ich mich bei Wyatt, der Bier nachbestellt hatte. Die Gläser klirrten auf der Steinplatte.

»Sagt mal, worüber redet ihr die ganze Zeit?«, fragte eine der beiden Frauen.

»Ach, das Übliche. Politik, Wirtschaft, wie man Nekromanten zu einem lockt, bevor sie einen überraschen und in ein schwarzes Loch saugen«, entgegnete Wyatt.

Nicht nur die beiden, sondern auch mir blieb der Mund offen. Peinlich berührt kicherten sie und suchten sich einen anderen freien Tisch. Was so viel bedeutete wie: Sie standen an der Bar.

»Bist du wahnsinnig?« Vor lauter Schreck halbierte ich den Inhalt meines Glases.

»Was denn? Hat doch funktioniert. Glaubst du, die nehmen das für bare Münze?«, erwiderte er.

Ich zog eine Schnute und stimmte ihm zu.

»Zu den schwarzen Nebeln. Vielleicht sollten wir uns einen ruhigen Ort suchen und du zauberst ein bisschen? Vielleicht haben die einen Radar und finden uns dann?«, schlug er vor.

Klang nicht schlecht. Gewohnt oder nicht: Auch mir war mulmig zumute, wenn ich an die bevorstehenden Auseinandersetzungen dachte.

»Alles gut und schön, nur bevor du deine Kräfte nicht kennst, können wir das nicht riskieren. Entweder wir finden bald eine Lösung oder ich muss das alleine machen.«

»Jetzt hör mir mal zu, du Möchtegern-Elsa aus Frozen! Wir stehen das gemeinsam durch. Es muss einen Grund dafür geben, warum wir zusammengefunden haben. Vielleicht brauchst du mich für diese Aufgabe. Das Schneegesicht hat dir mein Gesicht gezeigt, also …?«, redete Wyatt auf mich ein.

»Elsa aus Frozen? Ernsthaft?«, hakte ich schmunzelnd nach. Wyatt kratzte sich an seinem kurz geschorenen Hinterkopf und verkniff sich ein Lachen.

»Ja, du hast recht. Oma meinte das auch. Nur brauchen wir deine Kräfte und wir haben gar keinen Anhaltspunkt, was …« Meinen Gedanken konnte ich nicht zu Ende führen.

Der lebende Bart hatte die ganze Zeit über mit einem Typen gestritten – nichts Aufregendes in einer Bar –, doch dieses verbale Gefecht veränderte sich rapide. Zu rapide! Er holte eine Knarre unter der Theke hervor und erschoss den Mann, der nicht älter als ich sein konnte.

Wie ein gefällter Baum krachte er leblos zu Boden. Die Menschen schrien, einige liefen aus dem Pub, aber merkwürdiger waren jene Leute, die blieben und mit ihm stritten.

Warum hauen die nicht ab?

»Los! Raus hier!«, schrie Wyatt, um die Massen zu übertönen. Wir waren auf dem Weg nach draußen, als der Barmann auf mich zielte.

»Nicht so schnell, Süße!«, rief er, als wir kurz Blickkontakt hatten. Alles geschah zu blitzartig, um es zu realisieren. Ich hörte, wie der

Mann abdrückte. Rauch umgab mich und einen Atemzug später strömte die kalte Dubliner Luft in meine Lungen. Ich stand vor dem Lokal und neben mir Wyatt.

Die schwarze Wolke, die mich gefangen hielt, löste sich. Der Schuss, der für mich bestimmt gewesen war, klang noch nach. All die Fragen, warum die Menschen verrücktspielten, nur wenige flüchteten und der Barkeeper durchdrehte, standen hintenan.

Wyatts weit aufgerissene Augen zwangen mich dazu, die letzten Sekunden Revue passieren zu lassen. Er zitterte am ganzen Leib. Was war geschehen? Wir hatten drinnen gestanden, der lebende Bart hatte auf mich geschossen und jetzt waren wir vor dem *Stag's Head.*

Wyatt hatte uns rausgebeamt. Deswegen war er letztens auch so schnell beim Leuchtturm gewesen. Er rettete mich eingehüllt in Rauch wie … wie ein Nekromant. Wie ein Höllenhund.

Bilderbuchfamilie

Wie ein vom Teufel besessenes Mädchen kroch ich spinnenähnlich auf allen vieren rückwärts. All meine Schutzschilder fuhren hoch. Nur weg von ihm! Wyatt war einer von ihnen und ich so dumm, auf ihn reinzufallen. Jemand entzündete ein Feuer im Lokal.

»Caspara! Warte!«, brüllte er mir hinterher. Er wirkte selbst verwundert. Wozu hielt er seine Fassade aufrecht? Die Augen verstört zu Boden gerichtet, stand er auf, kippte sofort wieder um und streckte die Hand nach mir aus.

»Cass, bitte.« Nur ein Wimmern drang aus seiner Kehle.

Ich erschrak, als ich an eine Hauswand stieß, und lehnte mich gegen die kalte Mauer. Abbröckelnde Steinkrümel fielen von der Hauswand in meine schwarze Bluse und drückten gegen meinen Rücken.

»Was ist mit mir los?«, fragte er sich selbst. Wyatt war bewusst, was hier vor sich ging. Seit einer Minute hatte er nicht mehr geblinzelt. Eine Träne löste sich und kullerte einsam über seine Wange. Sein Gesicht hatte einen ungesunden Kreideton angenommen.

Niemals zuvor hatte ich solch pure Angst gesehen. Sein traumatischer Blick wirkte unendlich ehrlich. Verwirrt von meinen Gedanken, klatschte ich mir meine Hände ins Gesicht. Was sollte ich glauben? Verarschte er mich? Hatte Wyatt tatsächlich keine Ahnung, was er war? War das nur wieder eine Naoko-Masche?

Erneut musste ich an meine Großmutter denken und ihre Worte klangen so klar in meinen Ohren, als stünde sie als Geist neben mir: »Bei den schwierigsten Entscheidungen in deinem Leben lausche deinem Herzen. Selbst wenn die Antwort zunächst Kummer bereitet, stellt sie sich irgendwann als richtig heraus.«

Laut ausatmend richtete ich meinen Blick auf ihn. Er betrachtete seine Finger, drehte seine Hände. Als wartete er darauf, wieder zu Nebel zu werden. Wyatts Glieder zitterten. Frauen und Männer rannten aus dem Lokal, rempelten ihn an, streiften ihn mit ihren Ellbogen und er unternahm nichts. *Abwesend* beschrieb seinen Zustand nur bedingt.

Länger hielt ich den Anblick nicht aus. So sah niemand aus, der eine Rolle spielte. Ich hoffte, mein Herz verriet mich nicht – auch nicht das Schneeherz in mir. Hastig sprang ich hoch, rannte zu Wyatt und ging vor ihm auf die Knie, um ihn zu umarmen.

»Shhhh.« Behutsam streichelte ich seinen Kopf, zog seine Mütze dabei hinunter, die weich auf der harten Straße landete. »Alles wird gut«, flüsterte ich in sein Ohr.

»Was stimmt nicht mit mir, Cass?«, schluchzte er. Seine Verzweiflung schnürte mir die Kehle zu, dennoch musste er es selbst erkennen und aussprechen. Also schwieg ich.

»Bin ich …«

Sag es!

»Bin ich einer von ihnen? Ein Nekromant?«

Wyatt spürte mein Nicken. Er sackte noch mehr zusammen.

»Du musst weg von mir, Cass«, hauchte er mir ins Ohr. Dasselbe dachte ich mir auch, aber ich konnte ihn so nicht zurücklassen. Aber wie konnte es sein, dass er ein Geist war? Ein toter Geist, der in unserer Sphäre lebte, weil er sich von der Energie Verstorbener ernährte. Das passte doch nicht.

»Ich lasse dich nicht zurück. Wir gehen zu mir und überlegen, wie wir vorgehen, okay?« Auch ohne seine Einwilligung würde es so ablaufen.

»Gut, aber gehen wir zu mir. Sie kennen deinen Standort«, schlug er vor. Kurz fragte ich mich, ob es nicht doch eine Falle war. Mein Herz sagte Nein und das musste für den Augenblick genügen.

»Komm schon, lass uns gehen«, bestätigte ich und half Wyatt hoch.

Verstört eilte uns eine Frau entgegen, die ihren geschlossenen Regenschirm als Stütze verwendete. »Aufpassen! Eine Schlägerei in der Querstraße. Da ist ein Streit eskaliert und es br-« Sie unterbrach ihre Warnung, als sie das Chaos bei uns endlich wahrnahm. Noch eine Schlägerei? Haben die Iren ein Fußballspiel verloren? Man bräuchte eine Hooligan-Warn-App!

»Bringen Sie sich in Sicherheit«, riet ich ihr. Ohne zu antworten, machte sie kehrt und verschwand. »Gehen wir, Wyatt.«

Gemeinsam, seinen Arm über meine Schultern und meinen um seine Hüfte gelegt, humpelten wir in die Nacht, entfernten uns vom brennenden Pub hinter uns.

Nachdem wir bei der der Smithfield Luas Haltestelle ausgestiegen, zur Queen Street gelaufen und in den Blackhall Walk eingebogen waren, standen wir endlich vor Wyatts Wohnhaus.

Passanten starrten uns aggressiv an, während er die Glastür aufschloss. Drinnen fühlte ich mich sicherer. Er stützte sich mit beiden Händen am Treppengeländer ab, während wir zu seiner Wohnung hochstiegen.

»Warum bist du mit mir gekommen?«, erkundigte er sich, um die Stille zu durchbrechen.

»Weil ich nicht glaube, dass du zu ihnen gehörst, selbst wenn du ein Nekromant bist«, gab ich zurück.

»Aber deine Großmutter …«

Sofort beschwichtigte ich sein Argument. »Wurde nicht von dir entführt. Ich bin auch nicht für alles verantwortlich, was die Menschheit getan hat, auch wenn ich einer von ihnen bin. Und du auch. Zum Teil.«

Den Rest des Weges verbrachten wir stumm. An seiner Wohnungstür hielten wir, bis auch diese geöffnet war, und traten dann ein. Erst jetzt fiel mir auf, dass das gar nicht die Wohnung war, in der ich letztens aufgewacht war.

»Was ist das für eine Wohnung?« Ich wollte lässig klingen, doch Wyatt bemerkte, dass immer wieder Misstrauen hochkochte.

»Die Wohnung letztens war von einem Freund. Hier ist alles noch so unausgereift.« Das war noch untertrieben. Die meisten Sachen lugten aus Kartons hervor. Bücher stapelten sich vom Boden zur Decke.

»Gehen wir auf den Balkon«, sagte er bemüht. Unweigerlich musste ich an das Balkon-Debakel mit meiner Großmutter denken. Meine Zweifel behielt ich für mich und setzte mich mit ihm nach draußen. Viel Platz war da nicht. Ein kleiner Balkon mit Glasumrandung, zwei Stühlen und einer Bierkiste als Tisch.

»Sieht so aus, als seien wir beide magische Wesen«, sagte ich.

»Nur bin ich böse und du gut«, erwiderte er niedergeschlagen. Es brach mir das Herz, ihn so zu sehen. Wyatt war der Inbegriff eines positiven, fröhlichen und strahlenden Mannes. Ihn wie ein Häufchen Elend neben mir sitzen zu sehen, stimmte mich traurig.

»Wer sagt denn, dass eine Schneefrau zu den Guten gehört? Außerdem kommt es auf die Entscheidungen an, die wir treffen. Es ist nie zu spät, den Pfad, den man beschreitet, zu wechseln. Unsere Wahl macht uns zu dem, was wir sind«, konterte ich und fragte mich dabei, wo ich diese Weisheiten gegessen hatte.

Endlich lächelt er wieder! Der Part des optimistischen Mädchens steht mir nicht besonders.

»Du musst in deinem Leben viele Ängste gehabt haben, sonst wärst du nicht so stark. Ich will gar nicht wissen, wie oft du zwischen dem guten und dem bösen Weg wählen musstest.«

Wyatt kratzte die Aufschrift auf der Bierkiste ab, um sich abzulenken. Er ahnte nicht, wie recht er hatte.

»Meine Großmutter musste mir nicht nur einmal Verstand einbläuen. Ich war ein schrecklicher Teenager«, gab ich zu. Mit hochgezogenen Augenbrauen schnaubte Wyatt belustigt. Das glaubte er mir natürlich zu gern.

»Eine richtige Bilderbuchfamilie«, bemerkte er sarkastisch.

»Ja, wenn es sich um ein Horror-Bilderbuch handelt«, kommentierte ich.

»Cass?« Wyatt legte seine Füße auf den Bierkasten und blickte auf den Sternenhimmel.

»Wyatt?« Ich hob meine Füße an und bettete sie auf seine Oberschenkel.

»Wie kann ich lebendig sein? Bin ich doch, oder? Du hast gesagt, Nekromanten seien … na ja … du weißt schon … Geister«, druckste er herum. Das warme Licht, das aus der Wohnung auf den Balkon fiel, ließ seine Haare leuchten wie Feuer.

»Ich weiß es nicht. Das habe ich mich auch gefragt. Vielleicht ist es im Moment wichtiger, herauszufinden, wie wir deine Fähigkeiten nutzen können. Um den Rest können wir uns noch kümmern.«

»Stimmt. Was können denn Nekromanten so?«, erkundigte Wyatt sich. Er ließ von den Sternen ab und schaute zu mir. Als er mein diabolisches Grinsen sah, erschrak er.

»Wofür habe ich ein Book of Snow and Ice.«

Wolkig mit Aussicht auf Schnee

Wir fuhren knapp vierzig Minuten zum Killiney Hill Park hinaus, um Herr und Frau unserer Kräfte zu werden. Dort gab es zwar eine schöne Aussicht und einen Obelisken, der gern besucht wurde, dennoch hofften wir auf ein schönes Plätzchen zwischen Bäumen und Gestrüpp, um unentdeckt zu experimentieren. Der Vorfall im Pub, die Schneefrau in mir und die Tatsache, dass Wyatt auch ein magisches Wesen war, machte mir Sorgen.

Nach einiger Zeit wanderten wir abseits eines Weges entlang und hielten an einer kleinen zugewachsenen Klippe. Die Sonne pinselte ein wohlig warmes Gefühl über das Land und von Weitem erhaschten Wyatt und ich einen Blick aufs Wasser. Unterhalb der Klippe breitete sich eine weite Fläche aus knorrigen, kahlen Bäumen aus, die ihre Äste wie Arme in die Luft reckten und ineinander verzweigten.

»Ich glaube, hier sollte uns keiner sehen«, sprach ich meinen Gedanken laut aus.

»Die Aussicht zum Meer ist so schön und wir verseuchen die Erinnerung an diesen Ort mit Training gegen Bösewichte.« Wyatt stand mit den Händen an der Hüfte vor der Klippe.

Lautstark machte ich einen Würgereiz nach und krümmte mich, woraufhin Wyatt sich umdrehte und den Kopf schüttelte.

»So schleimig, muss mich übergeben«, sagte ich und warf ihm dann einen Luftkuss zu. Er fing ihn auf und steckte ihn in seine Hosentasche. Lächelnd gesellte ich mich zu Wyatt und blickte hinüber zu der leicht glitzernden Meeresoberfläche.

»Mir ist es lieber, wir sterben nicht, kommen hierher zurück und freuen uns, dass wir noch leben und wieder herfahren konnten«, fügte ich hinzu.

»Du hast auch null Sinn für Romantik, oder?«, erkundigte er sich.

»Nicht, wenn mein Leben auf dem Spiel steht und neben mir jemand steht, der eigentlich tot sein müsste.«

Wyatts Miene verfinsterte sich und er wandte sich ein wenig ab.

»Zu früh für Scherze?«

Er nickte und massierte sich die Schläfen. Die neuen Erkenntnisse um seine Person und der Brand setzten Wyatt anscheinend noch immer zu.

»Tut mir nicht leid, Pussy. Jetzt stell dich nicht so an. Die werden dich auch nicht verschonen«, ermahnte ich Wyatt und schritt zurück. Er verfolgte mich abfällig mit seinem Blick und drehte sich um. »Okay, wie beginnen wir?«

»Keine Ahnung. Vielleicht wie bei Vögeln? Ich schmeiße dich die Klippe hinunter und du machst dich zur Wolke und schwebst hinauf?«

Sein »Haha!«, zeigte mir, dass er damit nicht einverstanden war.

»Wie bringst du dir bei, dass deine Kräfte dich nicht sofort ohnmächtig werden lassen?«, hakte Wyatt nach. Seufzend setzte ich mich auf den staubigen Erdboden. Immer mehr Fragen taten sich auf.

»Wie machst du das eigentlich? Dieses Steuern deiner Magie? Du kannst kleine Kristalle, Brocken, Eisfingernägel und Sonstiges erschaffen?«, wollte er wissen.

Warum hatte ich ihm nur das mit den Fingernägeln erzählt?

»Ich mache gar nichts. Das macht die Eisbitch in mir. Die steuert das alles, weil es ihr im Blut … oder im Schnee liegt und somit auch mir. Sie übernimmt mich und dann ist es geschehen«, versuchte ich es ihm zu erklären.

»Vielleicht habe ich auch einen kleinen Nekromanten in mir?« Sein langer schwarzer Mantel, der bis obenhin geschlossen war, würde perfekt zu diesem Image passen. Wyatt war die Personifikation eines Nekromanten. Abgesehen von den roten Haaren.

»Ich weiß es wirklich nicht. Vielleicht. Vielleicht auch nicht. Aber irgendwas müssen wir tun. Also …«, begann ich und sprang hoch.

»Werde ich dich jetzt angreifen und du wartest, ob du instinktiv abwehrst oder dich wegbeamst.«

Wyatt nickte, obwohl ich in seinen Augen die Angst flackern sah.

»Bereit?«

»Nein!«

»Gut!«, rief ich und legte meine offene Handfläche so an mein Kinn, als würde ich ihm einen Kuss entgegenhauchen. Nur war es kein Kuss, sondern Unmengen an Schneeflocken. Wirr sausten sie durcheinander.

Wyatt stolperte ängstlich rückwärts. Der Schneesturm trübte auch meine Sicht und ich neigte mich seitlich. Mit einem lauten Schrei wankte er am Rand der Klippe und drohte zu fallen.

»Blöder Idiot!«, schrie ich, hob meine Arme und lenkte den Schneesturm hinunter, der ihn stoppte und emporhob. Als er wieder fest auf den Füßen stand, stützte er sich an seinen Oberschenkeln ab und atmete tief ein und aus.

»Das war ja nichts. Du hättest mir auch gleich sagen können, dass dir die Idee mit dem Klippenspringen gefallen hat«, neckte ich ihn und erntete einen bösen Blick.

»Also noch mal«, kam es jetzt von Wyatt.

Ich strich mir die Haare hinter die Ohren, rieb mir die Hände und pustete ihm wieder Schnee entgegen. Wyatt konzentrierte sich und starrte meinem Angriff nach außen hin furchtlos entgegen.

Wie eine Horde Pferde näherte sich der Sturm Wyatt und ich bereitete mich innerlich darauf vor, ihn wieder zu retten. Der Schnee umhüllte Wyatt, stieß ihn jedoch nicht hinfort. Stattdessen verpuffte sein Körper und wurde zu Nebel. Es fiel mir schwer, stolz zu sein, weil mich der schwarze Rauch an die Entführer meiner Großmutter erinnerte.

Mein Zauber sauste ins Nichts und Wyatt materialisierte sich wieder vor mir.

»Du hast es geschafft!«, jubelte ich, rannte zu Wyatt und fiel ihm in die Arme. Zuerst schien er gar nicht zu begreifen, was ich meinte, bis er mich hochhob und uns im Kreis drehte.

»Wuhu!«, jubelte nun Wyatt. Er blieb mit mir im Arm stehen. Sei es, weil es das erste Erfolgserlebnis seit einigen Tagen war, die herrliche Aussicht, die Sonnenstrahlen, die das Glück in seinen grünen Augen unterstrichen, oder die impulsive Freude, aber mit ihm hatte ich das Gefühl, alles und jeden besiegen zu können.

Seine Hand wanderte nach unten an meinen Hintern, doch ich ließ es geschehen und klammerte mich mit meinen Beinen um ihn. Als ich sein Gesicht umschloss, die Wärme seiner Wangen und die Bartstoppeln fühlte, strahlte Wyatt mich an; wohl vor Stolz, meine Akzeptanz erkämpft zu haben.

In diesem Moment konnte ich nicht anders und küsste ihn. Aus einem schlichten Kuss, den ich geplant hatte, wurde mehr. Es bahnte sich ein Feuerwerk an. Wir standen nicht mehr an der Klippe des Parks, wir waren an der Klippe unserer Gefühle. Machten wir weiter, sprangen wir in eine ganz andere Ebene unserer Emotionen und fielen in die ungewisse Zukunft unserer Beziehung.

Wyatt und ich hatten wohl zu wenig Willen, um uns voneinander zu lösen. Dunkelheit und Eis, Feuer und Schnee vermischten sich und wurden eins. Es fühlte sich an, als würde mein Schneeherz auftauen und eine viele größere Macht, tief in mir, freigesetzt.

Wyatts Griff verfestigte sich. Mit meinen Fingernägeln kratzte ich leicht, aber dennoch eindringlich über seine Wange. Unsere Küsse wurden gieriger, drängender. Die Intensität dieser Sehnsucht überfuhr uns wie ein Zug und ließ uns zu Boden sinken. Ein Bett aus Schnee fing uns auf. Scheiß auf ein Bett aus Rosen!

Ich saß über ihn gebeugt, krallte mich an seinen Haaren fest und genoss die Zweisamkeit mit Wyatt, der dabei war, meinen Doctor Who Hoodie hochzuschieben. Als seine Haut auf meine nackte Haut traf, löste Wyatt in mir eine Woge der Begierde aus.

Tut mir leid, Tennant.

Ich zog meinen Pullover aus und knöpfte Wyatts schwarzen Mantel auf, der nun im Schnee lag, wie ein Schatten auf dem Eis. Wie ein Nekromant auf einer Schneefrau. Wie Wyatt unter mir.

Unsere Lippen lösten sich ein zweites Mal kurz, als er sein Shirt auszog. Meine Finger tanzten über seinen Oberkörper und ich musste mir eingestehen, dass ich schon lange darauf gewartet hatte. Diese Mischung aus zarter Haut und seinen Muskeln machte mich verrückt. Ich hatte völlig vergessen, wie sehr ich mich nach diesem Gefühl gesehnt hatte. Viel zu lange hatte ich eine Mauer um mich gebaut.

Langsam setzte ich mich auf, behielt Wyatt im Blick und war dabei, meinen BH zu öffnen.

»Mama! Die streiten hier nackig wie du und Papa letztes Jahr!«, schrie eine schrille Stimme zwischen den Sträuchern, durch die auch Wyatt und ich hergekommen waren.

Wyatt schreckte hoch, wodurch ich von ihm rutschte. Ebenso erschrocken warf ich meine Hände hoch, als würde ich dem Kind Wasser von meinen Fingern entgegenspritzen, und fror es unabsichtlich vollständig ein.

»Oh mein Gott«, sagte ich monoton.

»Also mir wäre es lieber gewesen, du hättest das später zu mir gesagt«, entgegnete mir Wyatt, wofür ich ihn gegen die Brust schlug.

»Mach etwas! Seine Eltern haben das vielleicht gehört!«, zischte er.

»Was denn? Ich kann ihn zufällig berühren und dann rutscht er die Klippe runter? Oder ein Stein löst sich und fällt auf ihn?«, schlug ich vor.

»Caspara!«, schimpfte er.

Genervt rollte ich mit den Augen und ging zu dem Eisbrocken.

»Tyler?«, lärmte eine Frau.

»Ach du Scheiße«, hörte ich Wyatt hinter mir.

Panisch legte ich meine Hände auf das Eis und stellte mir vor, wie ich es mit ihnen einsaugte. Und tatsächlich! Das Eis floss zurück in meine Poren, wurde eins mit mir. Der Junge zitterte vor mir und musterte mich mit großen Augen.

»Kalt«, bibberte er.

»Selbst schuld!« Wyatt schmiss mir seinen Mantel über. Gerade noch rechtzeitig. Die Mutter kam um die Ecke. Ihr Blick wanderte misstrauisch zwischen ihrem Kind, Wyatt und mir hin und her.

»Was geht hier vor sich?« Die Frau zog ihren Zopf straff, während sie sich näherte. Ihr Sohn zitterte und sagte zum Glück nichts.

»Er rannte hier herum und da hinten ist die Klippe. Wir haben ihn aufgehalten«, sagte Wyatt. Unsere zerzausten Haare, mein neongrüner BH, der durch den Mantel blitzte, und Wyatts halb hinuntergezogenes T-Shirt sprachen eine andere Sprache.

»Stimmt das, Tyler?«, informierte sie sich. Das Biest schüttelte den Kopf. Ich hätte ihn die Klippe hinunterstoßen sollen. Die Mutter wandte sich nun an mich.

»No hablo Inglés«, log ich auf Spanisch und zog verwirrt die Schultern hoch. Dass ich kein Englisch sprach, war das Erstbeste, das mir einfiel.

Wyatt riss seinen Mund weit auf und sah mich schockiert an, weil ich ihn mit dieser peinlichen Situation alleine ließ.

»Was machen Sie hier mit meinem Sohn und dieser armen Frau?«, hakte die Mutter eindringlicher nach.

»Arme Frau? Sie kann doch Englisch«, erklärte er verzweifelt. »Cass!«

»Hm?« Ich legte fragend den Kopf schief.

»Ihr Sohn hat uns beim Sex überrascht, als ich unsere Austauschstudentin abgeschleppt habe. Er hat aber nichts gesehen. Tut mir leid«, offenbarte er der Mutter, wenngleich es eine Halbwahrheit war.

»Habt ihr Kerle nie anderes im Sinn als das Eine? Wahnsinn! Und dann noch an so einem Ort! Schäme dich. Ich fasse es nicht. Ich leide mit dir, Schwester«, beschimpfte sie Wyatt und verschwand mit ihrem Sohn.

»Du Monster!«, fauchte Wyatt und ich scharwenzelte um ihn herum.

»Du hast das so toll gelöst, Wyatt.«

»Von wegen! Jetzt bin ich der perverse Ire, der darauf steht, wenn man ihn beim Sex beobachtet«, empörte er sich weiterhin, bis ich erneut meine Lippen auf seine drückte.

»Jetzt wird aber trainiert«, sagte ich und löste mich von ihm.

»Nicht dein Ernst. Nach dieser Nummer solltest du dich entschuldigen!«, protestierte er.

»Das musst du dir erst verdienen, mein Freund!«

Schnell zog ich mir meinen Pulli über, dann nahmen wir wieder unsere Kampfposition ein.

Klippen

»Jetzt versuch, meine Attacke abzuwehren«, brüllte ich zu Wyatt. Wir hatten den Abstand vergrößert und das in Rauch auflösen klappte einigermaßen. Mein Körper verwirrte mich zunehmend, da mein Kreislauf verrücktspielte und mir regelmäßig schwarz vor Augen wurde, gleichzeitig schüttete die Schneefrau in mir Adrenalin aus, das mich puschte. Der Mensch in mir kam an sein Limit, das Eiswesen in mir liebte es, seine Macht auszutesten.

»Wie soll ich das machen?«, rief er zurück, seine Hände als Sprachrohr nutzend.

»Mach das Gleiche wie eben, nur denk nicht daran, zu fliehen«, riet ich ihm, wusste aber selbst nicht, ob es klappen würde. Ein Daumen hoch seinerseits signalisierte mir, dass er einverstanden war.

Als würde man ein Messer aufklappen, ließ ich Eiskrallen aus meinen Fingernägeln fahren. Mittlerweile stand ich nur in einem ärmellosen grauen Shirt vor Wyatt, da mir mit dem Hoodie zu heiß war. Ein Schweißtropfen löste sich von meiner Stirn, floss die Wange bergab und fiel zu Boden.

In diesem Moment warf ich die Eiskrallen auf Wyatt. Mein kleiner Nekromant schloss die Augen und hielt eine Handfläche vor seinen Körper, den Krallen zugewandt.

Besorgt machte ich einen Satz nach vorne, wollte die Eiskristalle stoppen, als mitten in seiner Hand ein schwarzes Loch aufplatzte und ein gewaltiger Sog entstand. Bilder meiner Großmutter holten mich wieder ein. Ihr schockierter Blick, als sie im Nichts verschwunden war.

Wyatts stolze Miene veränderte sich schlagartig. Plötzlich verzog sich sein Mund und Schmerz stand in seinem Gesicht geschrieben. Er konnte das Loch nicht wieder schließen. Seine Handfläche riss weiter auf, der Sog wurde stärker und begann, auch mich zu erfassen. Mein Fuß hob vom Boden ab und ich stemmte mich dagegen.

Panisch suchte ich nach Halt und fand ihn. Das Weidengestrüpp neben mir streckte seine Äste in meine Richtung, als wolle es mir seine Hilfe anbieten. Ich sprang und bekam den Weidenausläufer zu fassen. Verkrampft biss ich mir auf die Unterlippe, schmeckte Blut. Ich atmete tief ein und aus, schlang meine Finger um den geschmeidigen Ast.

Jetzt riskierte ich wieder einen Blick zu Wyatt. Blut spritzte seitlich von seiner Hand weg. Die Macht des Nichts drückte ihn zu Boden. Äste, Blätter, Steine, kleine Tiere sausten ungeschützt hinein.

»Wyatt!«, schrie ich. Mein Körper hob endgültig vom Boden ab. Der Sog wurde stärker.

»Wyatt, du Arschloch! Hör mit dem Scheiß auf!«, fluchte ich panisch. Was war das für ein mickriger Tod? Er antwortete nicht, krümmte sich wie unter Schmerzen.

Mit meiner freien Hand zielte ich auf Wyatt und vereiste das Loch. Das war ungefähr so effektiv wie einen Brand mit Benzin zu löschen. Lichtblitze vor meinen Augen signalisierten mir, dass meine Kraft fast verbraucht war.

»Du kannst das, Wyatt! Du bist stärker!« Es half nichts. Die Weide begann nachzugeben.

»Oh nein! Du bleibst heil, du Miststück!« Wieder blickte ich hin. Direkt in den gierigen schwarzen Schlund, der darauf wartete, mich zu verspeisen.

Mit einem lauten »Ah!« kreischte ich dem Tod entgegen. Der Ast riss und ich wurde in Wyatts Richtung geschleudert.

»Ich liebe dich, Wyatt!«

Voller Wucht prallte ich gegen Wyatt und landete auf ihm. Stille. Die Ruhe nach dem Sturm. Die Stille nach dem Tod. Alles war verwüstet und dennoch schien die Sonne, als wäre nichts geschehen. Mein Blick fand den seinen. Ich strich über seine Wange. Er brachte keinen Ton heraus. Bis ich ihm die Ohrfeige seines Lebens verpasste.

»Bist du wahnsinnig geworden?« Ich sprang auf und sah mich um. Wyatt folgte mir und kam auf die Beine.

»Musste das sein!?«, zischte er mir nach.

»Ja! Sieh dir meinen Arm an«, sagte ich und hielt ihn ihm entgegen.

»Sieh dir lieber meine Hand an«, entgegnete er mir. Doch den Anblick ertrug ich nicht lange. Eine riesige Wunde prangte auf der Handfläche. Es wunderte mich, dass er jetzt kein Loch in der Hand hatte.

»Tut mir leid. Ich stehe noch unter Schock«, entschuldigte ich mich.

»Schon gut. Ich ja auch. Ich meine es ernst, Caspara. Mir macht das alles eine Heidenangst. Diese Nekromanten, die ständige, allgegenwärtige Todesangst, schwarze Löcher und …« Warum beendete er seinen Satz nicht.

»Und?«, hakte ich nach.

»Und du.« Das saß.

»Ich?«

»Nicht Angst vor dir an sich, aber vor der Tatsache, dass es dich und deine Kräfte überhaupt gibt.« Er untersuchte vorsichtig die Wunde an seiner Hand und versuchte dabei nicht das Gesicht zu verziehen. Ich bemerkte, wie es in seinem Mundwinkel zuckte. Es war ihm anscheinend unangenehm, Schwäche zu zeigen. Die Schneefrau ihn mir wollte ihn zurechtweisen, doch ich unterdrückte diesen aggressiven Impuls.

»Ich verstehe dich. Es ist viel zu viel für dich. Du musst mit Dingen klarkommen, für die ich zwei Jahrzehnte gebraucht habe. Dinge, die mir jetzt noch merkwürdig erscheinen. Wenn du das durchziehen willst, bin ich für dich da.« Es fühlte sich gut an, über die Schneefrau gesiegt und nicht schroff geantwortet zu haben.

»Danke, übrigens …«, begann er. »Du hast gesagt, du liebst mich.« Musste er es unbedingt erwähnen? Die Stille, die ich gerade noch herbeigesehnt hatte, erdrückte mich.

»So wie Männer alles sagen, um eine Frau ins Bett zu bekommen, sage ich alles, um nicht zu verrecken«, antwortete ich, packte meinen Pulli und ging an ihm vorbei.

»Du hast jetzt nicht gesagt, dass du mich nicht liebst«, erwiderte er und wackelte mit den Augenbrauen.

»Ich liebe dich nicht, Wyatt. Ich bin kein kleines Mädchen. Ich mag dich, ja, aber für mehr brauchen wir mehr Zeit«, konterte ich ehrlich.

Enttäuschung huschte über sein Gesicht, aber sie währte nicht lange.

»Ich weiß, ich weiß. Deswegen treten wir den … haben schwarze Rauchmonster einen Arsch?« Wyatt kratzte sich mit der gesunden Hand am Hinterkopf und entdeckte dabei einige Blätter in seinen Haaren.

»Du hast ja auch einen und der ist nicht schlecht«, neckte ich Wyatt und zwinkerte ihm zu. Er grinste verlegen.

»Jedenfalls: Wir besiegen diese Monster und dann haben wir alle Zeit der Welt, um uns kennenzulernen«, beendete er seinen Gedanken. Dieses Mal schnellte mein Daumen nach oben.

»Das mit dem schwarzen Loch müssen wir aber noch trainieren«, wechselte ich das Thema, wofür ich einen skeptischen Blick erntete.

»Allzu bald aber nicht«, sagte er jammernd und schaute angewidert auf seine Hand. Ich konzentrierte mich auf die Wunde und kühlte sie vorsichtig. In Wyatts Gesicht zeichnete sich Erleichterung ab. Ich vereiste die Wunde und schloss die Blutgefäße. Wyatt warf mir einen dankbaren Blick zu und fischte in seiner Tasche nach einem Taschentuch, das er um seine Hand wickelte.

»So müsste es gehen. Bin einverstanden mit der Trainingspause. Dann holen wir uns etwas zu essen in der der Stadt, okay?«, schlug ich vor und klaubte unsere Sachen auf.

»Du willst dann aber nicht wieder zurückkommen und noch mal trainieren, oder?«, hakte Wyatt nach.

»Nenn mir ein Argument, das dagegenspricht.« Nachdem ich das gesagt hatte, gab es eine gewaltige Explosion hinter mir und ich machte auf der Stelle kehrt.

Rauch stieg in der Innenstadt auf, die wir von der Klippe im Park im Blick hatten.

»Ich habe ein Argument«, entgegnete Wyatt, woraufhin ich ihm in die Seite boxte.

Der große böse Rauch

Mit einem mürrischen Taxifahrer, den wir uns nicht warmhalten wollten, fuhren wir zur erstbesten Apotheke eines Randbezirkes. Endlich angekommen, bezahlten wir und stiegen aus.

»Sie können fahren. Wir rufen uns ein neues Taxi, danke.« Ohne auf seine Antwort zu warten, schlug ich die Tür zu und er sauste los.

Wyatt drückte das Taschentuch auf die Verletzung an seiner Handfläche. Auch wenn sein Körper das Loch selbst schon etwas verkleinert hatte, blutete es wieder leicht und schmerzte. Im Wunden vereisen musste ich mich noch üben.

»Warte hier, ich gehe hinein und hole dir Verbandskram«, sagte ich und verschwand im Gebäude.

Drinnen saß eine rundliche Frau mit dicken orangenen Locken und überdimensionalen grünen Ohrringen vor einem Fernseher. Es roch nach Alkohol und Medizin.

Wow, die nimmt ihre Arbeit aber ernst.

»Entschuldigen Sie.« Die Angestellte reagierte nicht auf mich, woraufhin ich einen Blick auf den Fernseher riskierte und erst jetzt nahm ich auch wahr, was gesprochen wurde.

»Das Chaos in der Stadt nimmt zu. Ein junger Mann mit Pistole läuft aus einer Sch-« Dann brach die Verbindung zum Nachrichtensprecher ab. Ein Amokläufer? Was war nur mit Dublin los in letzter Zeit?

Ich räusperte mich. »Haben Sie Verbände und Desinfektionsmittel?« Ohne mich anzusehen, erhob sich die Frau und trampelte zum Tresen. »Verschone mich mit deinen Problemen, Mädchen. Denkst du, du bist wichtiger als ich?«, schnauzte sie mich an. Auf ihrem Schild stand: Dolores Black.

»Nein, aber das ist hier doch eine Apotheke, oder?«

Dolores zog ihre Oberlippe wütend hoch und griff unter den Tresen. »Ich weiß, wo ich arbeite. Willst du mich für dumm verkaufen?«

Blitzschnell hob sie ihre Hand und ich erwartete ein Gewehr, doch es war nur mein Verbandszeug. Im hohen Bogen warf Dolores es in meine Richtung. Ich schaffte natürlich nicht, es zu fangen. Hektisch klaubte ich die Sachen vom weißen Boden.

»Das Desinfektionsmittel«, sagte ich kleinlaut, woraufhin die Angestellte mich böse musterte. »Kein Problem. Wer braucht schon Desinfektionsmittel. Wie viel bekomm-«

»Hau endlich ab!«

Sofort machte ich kehrt und war mit zwei riesigen Schritten wieder draußen. Dort kämpften zwei ältere Männer miteinander. Eventuell war einer von ihnen der Großvater irgendeines Mädchens und sie boxten sich um ihr Leben. Zumindest hatte es den Anschein, als wäre es bitterer Ernst.

»Hey!«, schrie ich und sie blickten zu mir. »Was ist mit denen, warum machst du nichts?«, fragte ich an Wyatt gewandt. »Wollte ich, aber sie hören nicht zu.«

Ohne Umschweife näherte ich mich den beiden Kampfhähnen. »Was ist euer Problem?« Die beiden Opas wechselten einen verwirrten Blick.

»Ich … ich weiß nicht so genau. Er wollte meine Post stehlen. Glaube ich.« Na toll. Ein aggressiver Alzheimer-Opa.

»Wollte ich nicht! Das war ein Versehen und du hast mich beschuldigt«, warf der andere ein und wedelte mit seinem Gehstock.

»Wenn es nur ein Missverständnis war, warum dann der Streit?«, rief Wyatt hinter mir.

Die Männer hoben unwissend ihre Schultern.

»Na dann, ab nach Hause. Alle beide!«, wies ich sie an. Mürrisch und Beschimpfungen murmelnd verzogen sie sich wieder.

Das konnten keine Zufälle mehr sein. Oder gab es mittlerweile tatsächlich so viel Hass auf dieser Welt?

Wir hatten ein anderes Taxi gefunden, das uns in die Innenstadt brachte. Dieser Fahrer war auch nicht gerade ein Sonnenschein gewesen. Fassungslos bewegten wir uns durch die Straßen. Eingeschlagene Schaufenster, heulende Alarmanlagen, brennende Mülltonnen und Menschen, die sich anschrien. Was zum Teufel ging hier vor sich?

»Sag mir, dass du das auch siehst«, forderte ich.

»Hm, was meinst du? Ist doch alles wie gewohnt«, antwortete Wyatt sarkastisch. »Das ist doch nicht mehr normal«, fügte er hinzu.

»Geh mir aus dem Weg!«, schrie eine Frauenstimme hinter uns. Wyatt registrierte die Gefahr zuerst, bis auch ich die Brünette mit der Eisenstange erspähte, die auf Wyatt zuraste. Geschickt wich er aus, packte ihre Arme und warf die Frau auf die Straße. Ungerührt sprang sie wieder auf und ging erneut auf ihn los.

»Mach doch was!«, drängte ich ihn, noch verwirrt darüber, was hier vor sich ging.

»Ich kann doch keine Frau niederschlagen«, erwiderte er und wich den Stangenhieben aus. Sie schlug so fest zu, dass ich die Wut dahinter förmlich hören konnte.

»Gut, damit habe ich keine Probleme«, nuschelte ich, erschuf einen Eisbrocken und wollte ihn ihr an den Schädel werfen. Mein Gewissen bremste mich. So etwas Ähnliches hatte ich schon mal gemacht. War das mein Impuls oder überrumpelte mich die Schneefrau? Egal, von wem es kam. Das konnte ich nicht machen. Der Eisbrocken zerschellte auf der Straße und ich vereiste lediglich den Boden unter ihr. Woraufhin sie ausrutschte, mit dem Kopf aufschlug und reglos liegen blieb. Sofort war ich neben ihr, roch ihr blumiges Parfüm. Der Pulsschlag verriet mir, dass sie noch lebte.

»Alles okay?«, wollte ich wissen.

»Bist du wahnsinnig? In aller Öffentlichkeit?«

»Als hätte hier irgendjemand Augen für uns.«

Wyatt blickte im Kreis und erkannte, dass ich die Wahrheit sprach. Niemand kümmerte sich um uns.

»Danke!«

Erleichtert beobachtete ich die anderen Menschen. So ratlos war ich nicht mehr seit dem Serienende von Downton Abbey.

»Es ist, als ob die Menschen nicht mehr sie selbst wären«, sprach ich und fror eine brennende Mülltonne zu. Eine Woge der Erschöpfung kam über mich. Das war nicht gut. Meine Kräfte würde ich jetzt wohl noch öfter benötigen.

»Hey, pass auf. Du solltest deine Kräfte wieder mehr sammeln.«

»Geht schon. Ich bin nur noch erschöpft von unserem Training«, gab ich zurück und fing mich wieder. Seit ich Wyatt näher kennenlernte, rafften mich meine Fähigkeiten nicht mehr so leicht dahin. Außerdem war es mir viel wichtiger, mich zu beherrschen und nicht mehr so schroff zu sein.

Gemeinsam liefen wir die Church Street entlang und waren kurz vor der Brücke am Liffey Fluss. Kein Auto weit und breit. Stattdessen hörte man die Kampfschreie der Menschen. Die Schläge auf Autos, Scheiben und Häuser. Sah es in ganz Dublin so aus? An der Kreuzung hielten wir.

»Und jetzt? Ob es einen Bürgeraufstand gibt? In den letzten Wochen gab es doch diese Lohnforderungen der Metaller, oder?«, erkundigte ich mich.

»Schon möglich. Eine Demonstration, die aus dem Ruder gelaufen ist. Das gibt es bei uns öfters«, bekräftigte Wyatt meine Vermutung.

Ich rannte zur nächsten Ecke und linste die Brücke hinunter zum Fluss. Zumindest erkannte ich von hier keine Leichen.

»Ähm, Cass«, flüsterte Wyatt hinter mir. »Warte!«

Immer noch nichts. In den Fluss war wohl niemand gefallen.

»Cass«, zischte er eindringlicher.

»Gleich«, knurrte ich und beugte mich weiter über die Betonbrüstung.

»Okay, Cass. Ich habe es so subtil wie möglich versucht. Wir werden von vielen Menschen eingekreist, die Waffen mit sich tragen. Eine hat glaube ich eine riesige Schweinshaxe«, begann er. Längst hatte ich mich zu ihm gewandt und die Lage erkannt.

»Oder den Oberschenkel eines dicken Mannes«, sprach er weiter und legte den Kopf schief. »Okay, nein, den hätte sie dann auch noch häuten müssen, aber wer weiß.« Zwar versuchte er, mich nicht noch mehr zu verunsichern und cool zu bleiben, aber seine zitternden Hände sprachen eine andere Sprache. Wenn ich ihm nur helfen könnte, diese Schicksalsschläge besser zu verdauen.

»Wyatt, es reicht. Ich habe es gecheckt.«

Wie Zombies, die uns fressen wollten, kesselten sie uns ein. Die Frauen, Männer und Jugendlichen kamen von allen Seiten. Ein Blick über die Schulter verriet mir, dass sie auch über die Brücke kamen.

»Hast du eine Idee?« Wyatts Schweigen fasste ich als ein Nein auf.

»Wyatt, du weißt, dass ich nicht zimperlich bin. Wenn die mich anfassen, bring ich die alle um«, drohte ich, wenngleich ich nicht mit Sicherheit sagen konnte, dass ich wirklich so reagieren würde. Die Schneefrau und der Mensch in mir standen im Kampf miteinander. Es fiel mir schwer zu sagen, wer wann die Oberhand gewann. Für Wyatt hoffte ich, die Schneefrau in mir beherrschte sich. Er sollte nicht schlecht von mir denken.

»Was soll ich denn machen? Sie alle einsaugen? Ich weiß ja nicht mal, wo die dann hinkommen.«

Langsam schlich ich auf Zehenspitzen zu Wyatt. Wir stellten uns Rücken an Rücken. »Wenn es nicht anders geht, müssen wir …«

Er wusste es auch. Egal, ob es mir meine Schneefrau befahl oder nicht. Wir konnten uns auch nicht töten lassen. Wyatt griff nach hinten und hielt meine Hand. Wie Zahnräder verkeilten sich unsere Finger ineinander. Da kam mir die Idee.

»Kannst du uns nicht wieder beide wegrauchen, beamen, teleportieren?«, informierte ich mich.

Ohne zu antworten, drehte er sich um und umarmte mich von hinten. »Nicht schlecht, dein Einfall.«

Wie beim letzten Mal tat sich eine Wand aus Rauch vor mir auf. Dass ich selbst zu schwarzem Nebel wurde, begriff ich nicht wirklich. Als sich die Sicht klärte, waren wir hinter den Menschen.

»Weit hast du uns ja nicht gebracht«, bemerkte ich.

»Wo willst du denn hin? Nach Haiti?« Ohne zu antworten, nahm ich seine unverletzte Hand und wir rannten los. Bis die Leute begriffen, wo wir waren, bogen wir bereits in die nächste Gasse.

»Das mit dem von hinten umarmen wäre aber nicht nötig gewesen, oder?«

»So war es doch um einiges schöner«, antwortete er und drückte meine Hand.

An der Smithfield Luas Haltestelle hielten auch wir und sammelten uns. Außer Atem schlang ich meine Arme um ein Straßenschild.

»Cass, schau auf die Straße«, sagte Wyatt und ich folgte seinem Zeigefinger. Auf dem Asphalt lagen drei Kameras, Mikros und anderes Technikzeug. Sogar die Presse hatte es erwischt. Das wurde zunehmend mysteriöser. Drehten die Demonstranten durch, weil die Presse sie zeigte? Sie sollten doch froh darüber sein, dass ihr Anliegen in der Presse mitgeteilt wurde.

Ein Mann mit seiner Tochter auf dem Rücken kam aus einem Gebäude. »Papa, schau«, piepste die Kleine und zeigte auf die Kamera. Misstrauisch beäugte er uns.

»Was habt ihr getan?«, fragte er nach.

»Es sind doch noch nicht alle durchgedreht«, kombinierte Wyatt.

»Scheint so«, sagte ich. Ich winkte dem Vater zu. »Wir sind selbst gerade in die Straße gebogen. Keine Ahnung, was hier vor sich geht. Wir sollten alle lieber nach Hause gehen«, schrie ich hinüber.

Er nickte und ging. Ich bemerkte, wie er die Straße musterte. Die fehlenden Autos merkte man sofort in Dublin.

Zwei Jugendliche näherten sich uns, hatten uns aber noch nicht entdeckt. Wyatt drückte mich in eine Einfahrt und wir lugten scheu um das Haus. Sie prügelten sich, schlugen mit Flaschen aufeinander ein. Ein normal Denkender wäre längst abgehauen. Prügelten die sich aus Lust und Laune heraus? Die konnten doch nichts mit einem Streik zu tun haben.

Wyatt wollte eingreifen, doch ich zog ihn zurück.

»Wir sind keine Engel, Wyatt. Wenn die sich töten wollen, ist das nicht unser Problem!«

»Wie kannst du da zusehen, ohne helfen zu wollen? Man sieht doch, dass sie nicht sie selbst sind«, hakte er nach und suchte in meiner Mimik nach Verständnis.

Ich packte ihn am Kragen seines Mantels und stieß ihn gegen die Hausmauer.

»Du verstehst nicht, wie es ist, nur eine Großmutter zu haben und sonst niemanden. Wir schworen uns, uns niemals in Gefahr zu bringen, um den anderen nicht alleine zurückzulassen.

Ich weiß, es ist feige, aber nicht mein Problem. Wie ich schon oft erwähnt habe, sind wir hier nicht in einer Serie, in der wir Leben retten und die Zuschauer wissen, wir sterben sowieso nicht, weil wir Unschuldige beschützen. Ich habe zu oft miterlebt, wie Menschen starben«, sagte ich und ließ ihn dann los.

»Und deswegen erlaubst du dir gar keine Zivilcourage?«

Ich schüttelte den Kopf. Niemals würde er mich verstehen. Enttäuscht drängte er mich weg und blickte um die Ecke.

»Das hat sich ja erledigt. Das Mädchen ist weg und der Junge liegt am Boden«, berichtete er.

Darauf sagte ich nichts, folgte ihm allerdings, als er zu dem Jungen sprintete.

Neben dem Jungen kniete ich mich hin und wischte ihm die blutverschmierten Strähnen aus der Stirn. Sein Green-Lantern T-Shirt klebte schweißgetränkt an ihm. An einem Nasenflügel vermutete ich ein Piercing, das ihm ausgerissen worden war. Blut floss wie Wasser aus seiner Kehle, neben ihm die grüne Flasche.

»Denkst du, er wollte nicht für seine Familie leben? Denkst du, er wollte, dass seine Eltern ihn nun begraben müssen?«, sagte Wyatt. Damit hatte er mich.

Mein Blick wurde starr und meine Nase lief. Ich war viel zu egoistisch gewesen, dachte nur an mich. Dieser Junge konnte nichts dafür, was mir im Leben widerfahren war. Wären alle Menschen wie ich, hätte ich auch keinen Wyatt, der an meiner Seite kämpfte. Die Schneefrau in mir hatte nichts mehr in meinem Gehirn verloren. Endgültig musste ich dieses kaltherzige Denken ablegen und zu meiner Menschlichkeit zurückkehren. Vollkommen!

Weinend und um ihn trauernd legte ich meinen Kopf auf seinen Brustkorb. »Es tut mir so leid«, wisperte ich, auch wenn er es nicht mehr hören konnte.

Wie hatte ich es mir erlauben können, ihm nicht zu helfen? Ich ertrank in meiner eigenen Vergangenheit und beschuldigte alle anderen für meine Verluste.

»Cass!«, rief Wyatt. Ich schreckte hoch.

»Siehst du das?«, stotterte er.

»Was?« Meine Nase wischte ich an meinem Ärmel ab.

»Es steigt Rauch aus seiner Nase!«

Wovon sprach er? Ich erkannte nichts. Nur Tod. Da ging mir ein Licht auf.

»Du bist ein Nekromant! Vielleicht kannst du seinen Geist sehen«, sagte ich.

»Das sieht aber aus wie ein böses Wolken-Monster-Ding!«

Beim besten Willen erkannte ich nichts. Mit meinen Zeigefingern trocknete ich jeweils ein Auge und folgte genau Wyatts Blick. Dann endlich sah ich den Rauch. Für meine Augen wurde er erst jetzt langsam sichtbar. Wie eine Überblendung in einem Video. Nach und nach nahm er an Kontrast und Sättigung zu.

Die schwarze Wolke, die knapp über uns schwebte, stieß eine Druckwelle aus, die mich gegen einen Baum schleuderte und Wyatt gegen die stillstehende Straßenbahn Luas. Die Wolke flog hoch in den Himmel und verband sich dort mit weiteren Rauchschwaden.

»Aua«, jammerte ich und renkte meine Gliedmaßen wieder ein. Mit einer Hand auf dem Rücken humpelte ich zu Wyatt und half ihm hoch.

Um das Licht abzuschirmen, verdeckte ich mit der Handfläche die untergehende Sonne, die Dublin in ein Gemälde aus Orange und Rot verwandelte.

Zwei Skeletthände schossen aus der Wolke und weiße Augen starrten auf uns herab.

»Habe ich euch«, sagte jemand in meinen und wahrscheinlich auch in Wyatts Gedanken. Da ging mir endlich ein Licht auf.

»Ihr steckt dahinter! Wie habt ihr das gemacht?«, donnerte ich hoch zur Wolke.

»Wir haben die Menschen nach und nach mit Dunkelheit infiltriert«, kam es kurz und knapp zurück.

Jetzt dämmerte es mir allmählich. Ein schleichender Prozess, den ich bemerkt hatte, ohne mir etwas dabei zu denken. Selbstverständlich war ich zu sehr mit mir beschäftigt, kümmerte mich nicht um meine Mitmenschen und hatte es als unwichtig abgehakt. Das hatte ich nun davon.

»Was meint der damit, Cass?«, wollte Wyatt wissen und zog an meinem Ärmel.

»Seit über einer Woche wundere ich mich, warum die Menschen so durchdrehen. Weißt du noch, als ich nach dem Café ohnmächtig wurde und jemand mich beschimpft hat? Aus heiterem Himmel, ohne Grund? Solche Sachen, Streitigkeiten, Beschimpfungen, Auseinandersetzungen fielen mir ständig auf. Ich dachte, die Menschen werden einfach aggressiver. Vielleicht weil Weihnachten näher rückt«, quasselte ich drauflos.

»Und die Nachrichten im Fernsehen nach dem Naoko-Spektakel. Da berichteten sie über vermehrte Überfälle und Einbrüche«, ergänzte Wyatt. Endlich fügte sich alles zusammen, nur erkannten wir es zu spät.

»Dann die Frau, die Teller aus der Wohnung geworfen hat. Und die ganze Szene hier in der Innenstadt. Von wegen Demonstration, Streik oder Amoklauf. Nicht wahr, Nekromant?«, ergänzte ich.

»Ist ganz Dublin betroffen?« Reflexartig nahm ich Wyatts Hand.

»Caspara, Caspara … denkst du, wir sind eine auskunftsfreudige Datenbank? Aber gut, ihr Menschlein seid ja so langsam von Begriff …«

Was meinte er damit? Ratlos schaute ich zu Wyatt.

»Polizei und Co. – die könnt ihr vergessen«, kam es wie aus der Pistole geschossen.

Im Sonnenuntergang wirkte der Nekromant wie ein brennender Schatten, der über Dublin herrschte. Die Stadt bewegte sich nicht. Kein Trubel auf den Straßen. Nur wir und unser Feind.

»Wir brauchen keine Hilfe. Wyatt und ich werden dich auch so erledigen.« Leise hörte ich in meinen Gedanken ein Kichern. Mein Gegenüber nahm uns nicht ernst.

»Wyatt? Den Typen, den wir ebenfalls infiltriert haben?«

Sofort sprang ich einen Schritt zur Seite. Wir sahen uns schockiert an.

»Nein …«

»Cass! Ich bin es immer noch!«, sagte Wyatt eindringlich.

»Schluss damit. Ich weiß nicht, warum wir dich nicht kontrollieren können, aber das hat sich schnell erledigt.« Ein Skelettfinger zeigte auf Wyatt und knarrte bei der Bewegung.

Er schrie laut und fiel auf die Knie. Dabei zerdrückte er eine Plastikflasche unter sich. Wyatt riss sich seinen Mantel vom Leib.

»Ich verbrenne«, brüllte er, dabei sah ich kein Feuer. Von Todesangst erfüllt, riss er die Augen auf. Blutrot starrten sie mir entgegen. Seine Lippen formten ein großes O. Adern traten an seinem Hals hervor. Schweiß strömte aus allen Poren.

»Wyatt!«, schrie ich verzweifelt. »Lass ihn in Ruhe!« Keine Reaktion.

»Ich sterbe«, kreischte er mit hoher Stimme. Verbrennen, wie konnte er verbrennen? Es sei denn … Wyatt fing innerlich Feuer. Hastig reckte ich meine Arme nach vorne und umhüllte ihn mit Schnee. Doch dieser schmolz, als läge er auf einer Herdplatte.

Ich brauchte eine Idee. Stöhnend strich ich mir die Haare zurück. Jede Strähne störte mich. Ich wusste nicht, was ich tun sollte. Wyatt durfte nicht sterben. Ein Einfall!

»Wyatt, beam dich weg!«

»Wie bitte?«, hörte ich den Nekromanten in meinem Kopf.

Ohne zu antworten, löste Wyatt sich auf. Die Feuerzunge schnellte hoch, Lava schwebte in der Luft und fiel dann zu Boden. Sie versengte den Asphalt.

Wenige Meter dahinter tauchte Wyatt wieder auf. Neben ihm hockte ich mich hin und nahm ihn in die Arme.

»Danke, danke, danke, danke«, wiederholte er mindestens zehn Mal.

»Wieso kann er das?«, zischten die Worte unseres Gegenübers in unseren Köpfen.

Eure Infiltration ist wohl bei ihm schiefgelaufen, dachte ich und wusste, das Monster hörte es.

»Das ist unmöglich!« Stille. »Aber warum sollte er diese Fähigkeiten sonst haben? Ein normaler Mensch hätte auch diesem Angriff nicht so lange standgehalten, wäre tot«, sprach er zu sich selbst, doch wir hörten alles mit.

Die Wolke verschwand binnen einer Sekunde und mit ihm die Hoffnung, den Aufenthaltsort meiner Oma zu erfahren.

»Geht's dir einigermaßen gut?«, fragte ich Wyatt. Er bejahte und schmiegte sich weiter an mich. Seine verschwitzten Haare tränkten meinen Pullover, sodass ich das Nass auf meiner Haut spürte.

Wie sollte es weitergehen? Wo konnten wir Unterschlupf finden? Fragen, die mich überforderten. Wyatts Qualen erinnerten mich daran, wie weh es tat, jemanden zu verlieren. Ihn so zu sehen, schmerzte. Der Möchtegern-Ire schlich sich in mein Herz.

»Komm, wir gehen in meine Wohnung«, hauchte ich ihm ins Ohr und stand mit ihm auf.

»Aber sie kennen deine Wohnung«, wandte er schwach ein. Ich merkte ihm an, dass er Schlaf brauchte.

»Er wusste immer, wo wir waren, aber nun ist er verwirrt und braucht einen Plan. Der Nekromant rechnete nicht mit dir«, erläuterte ich Wyatt. Sofort gab er sich geschlagen und wir nahmen Kurs auf die Braithwaite Street.

»Du hattest Angst, mich zu verlieren«, sagte er schelmisch.

»Natürlich, du Idiot«, entgegnete ich ihm und bemerkte sehr wohl sein Grinsen.

»Du magst mich.«

»Ja, das habe ich dir gesagt.«

»Du magst mich sehr«, beharrte er.

»Halt den Mund. Schone dich lieber.«

Das genügte ihm.

Frostige Atmosphäre

Das nach Hause kommen mauserte sich zu einer Mission, die sich schwieriger darstellte als gedacht. Die Straßen bestanden zum Großteil aus auf dem Boden liegenden und bewusstlosen Menschen. Einige wenige verfolgten uns.

»Kannst du uns nicht beamen?«, fragte ich nach Atem ringend. »Dazu müsste ich wenigstens kurz stehen bleiben. Ich mache das noch nicht lange. Dafür muss ich mich konzentrieren.« Meinen Plan konnten wir also vergessen.

»Lauf, lauf, lauf!« Anspornen durfte ich es nicht nennen, aber anders konnte ich Wyatt auch nicht helfen.

»Witzig, als würde ich absichtlich langsam laufen.« Dazu sagte ich nichts mehr, sondern behielt den Sauerstoff für mich.

Hastig sprintete ich in eine kleine Gasse, zog Wyatt mit mir und zauberte eine Eisspur in die Straße links von uns, lief aber nach rechts.

»Vielleicht verwirrt sie das«, rief ich zurück und sprang über das Menschenmeer in dem engen Weg. An der Grafton Street zeigte sich das Ausmaß deutlicher. Auf den ersten Blick leblos wirkende Menschen hingen über den Bänken, lagen auf der Straße oder stapelten sich aufeinander.

Die Grafton Street mit ihrer elektrisierenden Atmosphäre, die ich zu Weihnachten genoss und unzählige Touristen, aber auch Einheimische anzog, war dahin. Unter ihnen gab es bestimmt auch Tote. Normalerweise freute ich mich auf den Soundtrack der vielen Straßenmusikanten, die ich so liebte. Sänger und Geigerinnen gaben sich die Klinke in die Hand und unterlegten den Trubel der Leute mit einer wunderbaren Atmosphäre. Ich vergötterte meine Stadt und das merkte ich erst, als ich sie verlor.

Kopfschüttelnd blickte ich die Straße auf und ab. »Wir müssen dem ein Ende setzen. Außerdem brauche ich eine Pause. Mir gehen die Kräfte aus.«

»Aber wie? Ich fühle mich ebenso restlos überfordert. Ein Ereignis schlägt ins nächste über und ich konnte das alles noch gar nicht realisieren. Es ist wie in einem falschen Film.« Wyatt hatte seine Ängste ungebremst ausgesprochen und schien nun selbst überrascht von sich, Schwäche gezeigt zu haben.

»Wyatt …« Seine Bartstoppeln piksten, als ich meine Hand auf seine Wange legte. Er roch verbrannt, die ganze verdammte Stadt roch verbrannt.

»Ich habe ganz vergessen, dass diese Welt für dich vollkommen neu ist. Es tut mir leid. Wir finden jetzt einen Weg in meine Wohnung. Dort ruhst du dich aus, okay?«

Wyatt bewegte seinen Kopf kaum merklich auf und ab, um dann mein Handgelenk zu küssen. Er musste unglaublich erschöpft sein, wenn er dem ohne Widerrede zustimmte.

»Hast du Angst?«, erkundigte ich mich, ohne seine Wange loszulassen. Seine Haut zu spüren, tröstete mich. »Todesangst.« Wyatt schluchzte. Eine Last schien von ihm abzufallen. Er nahm das doch nicht so einfach hin, wie ich dachte.

Auf Zehenspitzen küsste ich seine Stirn, die nach Salz schmeckte, und roch einen Hauch von Minze. »Ist das eine Illusion oder bekomme ich tatsächlich Liebe, wenn ich erbärmlich bin?«

Vorsichtig legte ich meine Stirn an seine. »Du genießt es richtig, mir überlegen zu sein«, fügte er hinzu.

»Ich bin gern über den Männern.« Dieser kurze, intime Moment lud meine Akkus wieder auf. Wyatt schmunzelte und ich streichelte über sein Grübchen in der Wange.

»Moment! Illusion! Das ist es! Du bist ein Genie, Wyatt.« Aufgeregt ging ich neben ihm auf und ab.

»Danke, aber wovon redest du?«

»Die Desillusionaten! Wir könnten sie rufen. Wann war die Magie jemals näher dran, aufzufliegen, wenn nicht heute?«

Sein Blick war unbezahlbar. Absolute Leere. Immer wieder vergaß ich, dass er nicht alles wusste.

»Sie beschützen die Magie, damit sie nicht auffliegt. Löschen auch Gedächtnisse oder drehen die Zeit zurück. Sie sind zwar neutral, aber würden sie jetzt die Zeit verändern, würden sie nicht uns, sondern der Magie allgemein helfen«, erklärte ich knapp.

Wyatts »Hm« hörte sich nicht an, als würde er alles verstanden haben, aber das war irrelevant.

»Und wie ruft man die?«

»Wenn ich das wüsste. Mich wundert es, dass die nicht von selbst gekommen sind.« Ich kratzte mich am Kinn. Wie rief ich die inzestuösen Brüder am besten?

In Gedanken versunken tapste ich gerade wieder zurück zu Wyatt, als ein Knall mich aufschreckte. Aufschreiend sprang ich zur Seite und stieß ihn beinahe um.

»Das war eine Pistole.« Er sprach das Offensichtliche aus. Wir wandten uns zur oberen Kreuzung. Da sahen wir sie. Eine Gruppe von Menschen. Schwarzer Rauch schlängelte sich aus ihren Mündern, Ohren und Nasen. Neue Rekruten der Nekromanten wurden geboren und sie wollten uns.

»Los, weg!«, schrie Wyatt und wir waren erneut auf der Flucht. Mein Ablenkungsmanöver hatte sie anscheinend nicht lange genug beschäftigt.

»Wohin? Ich kann nicht mehr so weit laufen.« Wenn ich das wüsste. Leider besaß ich keinen Stadtplan mit den günstigsten Verstecken Dublins. Die Rauch-Zombies blieben hartnäckig.

Die ganze Straße ließen wir in kurzer Zeit hinter uns, vorbei am St. Stephen's Green – einem Park – und weiter geradeaus. »Das bringt nichts«, rief Wyatt.

Mit meinen Füßen bremste ich meinen Lauf, drehte mich um und erschuf eine Schneemauer, so hoch, dass sie uns verdeckte.

»Hinein da, lange hält das nicht.« Außer Puste deutete ich zum Fitzwilliam Hotel. Die verschlossene Glastür sollte kein Problem darstellen.

Mit einem Eisbrocken in der Hand zielte ich auf die Tür.

»Du willst da rein? Was ist, wenn dort auch jemand ist?«

»Ich glaube nicht. Die Nekromanten haben die meisten Menschen stillgelegt. Nur einige sind hinter uns her. Hoffe ich.«

Wyatt legte seinen Arm vor mich und hielt mich zurück.

»Gut, dann lass mich uns hineinteleportieren. Sonst sehen sie das kaputte Glas und wissen, wo wir sind.« Daran hatte ich gar nicht gedacht.

Die Schneewand wurde durchstoßen, rieselte auf meine Schuhe. Hektisch umarmte ich Wyatt und im nächsten Moment stand ich in der Empfangshalle. Wir hechteten den schwarz-weiß karierten Boden entlang, der uns zur Rezeption führte wie ein roter Teppich, dort sausten wir nach links und die Treppe hoch.

Oben gab es eine Plattform, von der aus man hinunter zum Eingangsbereich sehen konnte. Vor dem milchigen Glas zogen unsere Verfolger vorbei.

Seufzend setzten wir uns auf den Boden.

»Oh Mann. Gute Idee, Cass.«

»Quatsch. Ohne dich hätten die sofort gecheckt, dass wir hier sind.«

Wyatt grinste zufrieden, froh trotz Überforderung, geholfen zu haben.

»Wir sollten uns hier ausruhen und überlegen, wie wir vorgehen. Das ist sogar noch besser als meine Wohnung. Das Hotel kennen sie nicht.«

»Ich dachte, sie finden uns überall?«

»Das glaube ich auch, aber es wird schwieriger sein, wenn wir irgendwo sind, wo sie gar nicht mit uns rechnen.«

Klang logisch, hoffentlich entsprach es auch der Realität.

»Dann suchen wir uns ein Zimmer«, schlug er vor und zog mich hoch.

»Klingt gut.«

»Ist ja auch meine Idee gewesen«, raunte er stolz.

»Übernimm dich nicht«, protestierte ich und ging voraus.

Gemeinsam schlichen wir den lila Teppich mit den weißen Schnörkeln entlang. Auf dem Flur lagen bewusstlose Menschen. Wahrscheinlich Opfer von Prügeleien. Aus manchen Zimmern waren Geräusche zu hören. Wir stahlen uns eine weitere Treppe hoch und suchten uns das erstbeste freie Zimmer. Als ich eines gefunden hatte, fror ich das Schloss ein und trat die Tür auf.

»Sollten wir das tun?«

»Warum nicht? Wir retten Dublin. Da haben wir uns das verdient«, argumentierte ich und trat ein.

Es roch nach Zitrone. Der Zickzackteppich war nicht meins, aber sonst gefiel mir der Raum. Hinter dem Doppelbett befand sich eine gepolsterte violette Wand und am Fenster standen zwei Stühle. Sofort suchte ich den Raum ab. Erleichtert, dass tatsächlich niemand hier zu sein schien, zog ich die Vorhänge zu.

Wyatt ließ sich rückwärts aufs Bett fallen und stöhnte beim Aufprall. Ich hielt mich am Türrahmen zum Bad fest, beugte mich hinein und staunte nicht schlecht.

»Das Bad ist toll!« Dabei begutachtete ich den kleinen dunkelbraunen Tisch mit der schwarzen Glasplatte, die beim Darüberfahren quietschte. Das Putzmittel brannte in meiner Nase. Beim Hinausgehen zog ich den Vorhang der Badewanne zurück.

Da keine Antwort kam, schaute ich aus dem Bad hinaus, um nach ihm zu sehen. Wyatt lag gedankenversunken da und starrte an die Decke.

Er wird doch jetzt nicht einschlafen. Die Gefahr lauert immer noch da draußen.

Andererseits durfte ich nicht vergessen, dass der Schock bei ihm tief sitzen musste. Seine Kräfte schlauchten ihn bestimmt ähnlich wie meine mich. Dann noch die Angriffe und Veränderungen in seinem Leben, die sich Schlag auf Schlag ereigneten. Vielleicht tat es ihm ganz gut, wenn er ein paar Minuten für sich hatte, um zu reflektieren, ohne dass er versucht war, für mich stark zu sein.

Adelskälte

»Schau, was ich gefunden habe, Wyatt«, rief ich und kickte die Tür hinter mir zu. Das Bitte-Nicht-Stören-Schild, das an der Innenseite hing, wackelte.

Wyatt schlenderte nur mit einem Handtuch um die Hüfte aus dem Badezimmer. Er duftete nach Vanille und seine Haare, rotbraun durch die Nässe, wippten beim Gehen mit. Der Teppich passte sich an seine Füße an und er schien zu begreifen, wie auffällig ich ihn musterte.

»Ja?«

Räuspernd warf ich ihm Klamotten zu. Mir wurde das erste Mal richtig bewusst, warum es einigen Kerlen an der Uni schwerfiel, meine Brüste nicht anzustarren. Es wäre einfacher, meine Augen festzufrieren, um Wyatt ins Gesicht zu sehen. Allerdings spazierte ich auch nicht nur mit einem Handtuch bekleidet durch die Universität.

»Was hast du für Sachen an und was ist das für Kleidung?« Akribisch inspizierte er die Klamotten, die ich ihm zugeworfen hatte. Dunkelblaue Jeans, olivgrünes Shirt und schwarze Lederjacke.

»Eine Zimmertür stand offen. Also habe ich für uns die Klamotten mitgenommen.« Die Matratze schmiegte sich an meinen Hintern, als ich mich setzte. Der senfgelbe Strickpullover und meine schwarze Leggins fühlten sich gut auf meiner Haut an. Nicht mehr vollgeschwitzt und nass.

»Wow. Ziemlich abgebrüht.« Mit seinen Sachen verschwand er ins Badezimmer und lehnte die Tür an.

Seine Bemerkung machte mich stutzig. Er hatte recht. Wie konnte ich einfach in ein Zimmer gehen, über bewusstlose Menschen steigen und sie bestehlen? Es machte mich unbeschreiblich wütend, dass die

Schneefrau es immer noch schaffte, mich zu überlisten, ohne dass ich es merkte. Gereizt strich ich über die sanften Laken, bis die Tür erneut aufging.

»Wie sehe ich aus?« Ich musterte ihn eindringlich. »Die Hose ist ein bisschen eng«, fügte er hinzu. Er war so ein gutmütiger Mensch. Ich musste mich ändern und das unter Kontrolle bekommen.

Sonst bin ich ihn spätestens los, wenn wir das hier überlebt haben.

»Du siehst aus wie ein Bad Boy, aber steht dir ganz gut«, kommentierte ich sein Outfit. Um ehrlich zu sein, sah er scharf aus, aber das musste ich ihm nicht ums Maul schmieren.

»Ganz gut?«, wiederholte er, kam zu mir und setzte sich auf mich. Was sollte das werden? Irgendwie kam ich mir ausgeliefert vor.

»Du magst es nicht, die Kontrolle abzugeben, richtig?«

»Hast du eine Frauenzeitschrift unter der Dusche gelesen?« Wyatt schlang einen Arm um mich und zog mich an sich heran. Sein erster Kuss galt meinem Hals. Sein zweiter meiner Wange. Sollten wir das tun? Jederzeit könnte uns jemand angreifen. Das war unvorsichtig.

»Manchmal kann das ganz angenehm sein.«

»Ich korrigiere mich. Hast du im Badezimmer Viagra geschluckt? Und was ist mit deiner Hand?«

Ohne zu reagieren, küsste er mich wieder. Seine weichen Lippen verharrten auf meiner Haut. Wir durften das nicht tun. Das war nicht intelligent. Wyatt wanderte hoch zu meiner Nasenspitze. Ich roch Zahnpasta. Weiter nach oben zur Stirn. Es bedurfte keiner Worte mehr zwischen uns. Ich gab nach und verschob die Konsequenzen auf später.

In einer anderen Situation, an einem anderen Ort, wäre mir das alles zu rasch vorangeschritten. Doch die Umstände, die Gefahr, die Angst hatten alles geändert. Sie schweißten uns zusammen, zwangen uns, einander zu vertrauen.

Kein anderer hätte das in der kurzen Zeit bei mir geschafft. Zumindest was meine Gefühle betraf. So geschah es, dass wir binnen kurzer Zeit eine Verbundenheit fühlten, die unter normalen Gegebenheiten nie entstanden wäre. Niemandem konnten wir trauen, wir hatten nur uns. Genau deshalb sehnten wir uns nach dieser Freundschaft.

Meine Zehen verkrampften sich und ich biss mir in die Innenseiten meiner Wangen, um nicht laut auszuatmen. Noch war ich zu stolz, um ihm zu zeigen, wie mein Körper auf ihn reagierte.

Wyatt strich meine Haare zur Seite, ich legte meinen Kopf schräg und er bedeckte meinen Nacken seitlich mit Küssen. Ohne auf mich zu achten, legte er sich auf mich. Für einen Moment blieb mir die Luft weg, bis ich mich an sein Gewicht gewöhnte.

Unsere Lippen fanden zueinander und passten perfekt zusammen, als wären sie die jeweils fehlende Hälfte eines Amuletts. Wyatt nahm seine Hand von meinem Arm, legte sie unter mein Knie und zog es hoch. Mit meiner freien Hand fasste ich an seinen Hinterkopf, spürte seine feuchten Haare.

Dann regnete es Glassplitter und ein ohrenbetäubender Knall holte uns zurück in die brutale Realität. Instinktiv drehte ich mich mit Wyatt, legte mich auf ihn und schirmte ihn von weiteren Splittern ab.

»Cass!« Als er sich wehrte und mit mir zusammen aufstand, war bereits alles vorbei. »Was sollte das?«

Mühsam fischte ich Glas aus meinen Haaren und warf es in die Obstschale neben mir. Die Scherben klirrten beim Aufprall.

»Du wurdest genug verletzt«, sagte ich und pickte mir einen Splitter aus dem Arm. Wyatt schüttelte den Kopf, sparte sich eine Antwort.

»Was zum …«, begann er, als er zum Fenster ging. Der Vorhang wurde mit heruntergerissen. Ein riesiger Stein, beinahe ein Fels, lag neben dem Bett. Kein normaler Mensch konnte einen solchen Brocken so hoch werfen. Wohl wissend, dass sich in diesem Zimmer kein einziger normaler Mensch befand.

»Wer guckt jetzt von uns beiden aus dem Fenster?« Ich verdrehte die Augen und ging auf das Fenster zu. Ein Blick genügte und ich erkannte die Gruppe von Menschen.

»Oh nein. Sie sind wieder da.« Wyatt vergewisserte sich ebenfalls und schluckte laut, als er sie sah. An seiner Stelle hätte ich auch dafür gebetet, dass ich ihn nur verarscht hatte.

»Dieser Rauch der Nekromanten verleiht denen auch größere Kräfte«, sagte ich mehr zu mir selbst. Sie holten gerade einen weiteren Stein, der im Park eigentlich zur Deko gehörte. Ohne die Gruppe aus den Augen zu lassen, schlug ich mit dem Handrücken auf Wyatts Brust. »Wir sollten abhauen.«

Das ließ er sich nicht zweimal sagen. Schneller als der Wind rasten wir aus dem Zimmer, die Treppen hinunter und suchten einen Hinterausgang.

»Ich sehe nichts, kannst du uns verdampfen lassen?« Hektisch blickte ich in alle Richtungen, sodass mein Zopf mir ins Gesicht schlug. Die manipulierten Menschen konnten überall sein.

»Gern, denn jedes Mal schließt sich die Wunde an meiner Hand etwas mehr. Das Beamen repariert mich, wie es aussieht.« Wyatt fasste an meine Schulter und wir wurden zu schwarzem Nebel, ehe wir an der Hinterseite des Hotels wieder auftauchten.

»Hier entlang.« Das hätte ich mir auch sparen können, da die Nekro-Zombies von beiden Seiten in die enge, schmutzige Gasse strömten. Mein Fuß stand in einer Pfütze, neben Wyatt eine nasse Holzpalette. Aus dem Rohr über uns dampfte es, Wasser tropfte auf Wyatts Kopf. Die roten Backsteine waren verwittert, boten keinen Halt. Egal, wohin ich blickte, es gab keinen Ausweg.

Sie kamen näher, immer näher. Wir durften sie nicht verletzen. In ihnen steckte noch ihr altes Ich. Wyatt hatte mich bereits verändert. Noch vor zwei Wochen hätte ich ihnen die Köpfe weggefroren.

Köpfe! Weit hergeholt, aber es brachte mich auf eine Idee. »Halt mich«, flüsterte ich.

»Halt du mich lieber!«

Ich stöhnte genervt und packte ihn. Die Handfläche nach unten gerichtet, betete ich, dass es klappte. Ein Eisstrahl explodierte aus mir, hievte uns empor. »Komm, komm, komm.«

Die Reaktion der Truppe konnte ich nur erahnen, da ich mich auf das Dach konzentrierte, aber sie waren bestimmt nicht erfreut.

Lichtblitze kehrten zurück wie altbekannte Freunde. Verhasste Freunde. »Nein, nicht.« Der Strahl wurde schwächer, wir verloren wieder an Höhe.

»Ich will dich wirklich nicht unter Druck setzen, aber: Caspara, reiß dich zusammen!« Den Gedanken, ihn loszulassen, verschob ich wieder. Krampfhaft biss ich die Zähne zusammen und schloss meine Augen. Wie ein leer werdendes Haarspray zischte das Eis allmählich immer leiser. Panisch schüttelte ich die Schneefrau in mir, holte alles aus ihr heraus und brach auf dem Flachdach zusammen.

»Cass!« Besorgt kniete er neben mir. »Ich weiß, es ist schwer, aber Pause ist nicht.« Er sprang zur Dachkante und erkundete die Lage. Inzwischen drückte ich mich hoch und setzte mich auf meinen Hintern. Ich pustete die Haarsträhnen des gelösten Zopfes aus meinem Gesicht.

»Wie sieht es aus?« Es fiel mir schwer, die Worte auszusprechen. Die Anstrengung, nicht ohnmächtig zu werden, verlangte mir alles ab.

»Nicht gut.« Tolle Berichterstattung.

»Kannst du uns in meine Wohnung beamen?«

Wyatt schaute mich nicht an. Er hatte anscheinend selbst darüber nachgedacht.

»Ich probiere es.« In der Hocke bleibend, stampfte er wie ein Gnom zu mir.

»Sie wissen auch so, dass wir hier sind, du kannst auch aufstehen und normal laufen«, kommentierte ich belustigt seinen Gang.

»Oder ich lasse dich zurück.«

Mein Mittelfinger sprach Bände. Wyatt nahm mich in seine Arme. Mein Gesicht schmiegte sich an das kühle Leder und sog den vertrauten Duft ein. Ich erwartete den Rauch, den Geruch von Holz, öffnete wieder meine Augen und starrte in die eines fremden Mädchens. Es lächelte mich an, hielt ein Plüschtier … eine Plüschobst-Wassermelone in den Händen.

Wyatt landete hinter mir und wirkte ebenso ratlos wie ich. Wo waren wir?

»Das ist Ivaegh Gardens!« Erkannte er vor mir, wo wir waren? Aber jetzt dämmerte es auch mir.

»Das ist sieben Gehminuten vom Hotel entfernt. Und noch weiter von meiner Wohnung.« Das Mädchen wirkte wie eine Statue und blinzelte auch nicht. Das rosa Kleid minderte ihre gruselige Ausstrahlung kaum, verstärkte sie eher. Ich rutschte zurück, doch sie rührte sich nicht. Vielleicht war sie im Stehen versteinert? Hatte ich sie bei der Ankunft unabsichtlich eingefroren? Suchte sie unsere Hilfe?

»Ich habe mich noch nie weit gebeamt, also jammere nicht.« Er stand auf und knackte mit seinem Nacken.

Ich verfolgte ihn mit meinem Blick.

»Außerdem sind wir hier sicherer.«

Nachdem er das ausgesprochen hatte, kam ein überraschter Laut aus meinem Mund. Als Wyatt sich umdrehte, sah er auch warum.

Ein Schrei quoll aus meiner Kehle, klang heiser. Das Mädchen hatte mir ein Messer direkt in den Bauch gerammt.

»Nein!«, brüllte Wyatt und trat das Mädchen mit dem Fuß weg. Das hätte ich niemals von ihm erwartet. Es lag vor mir und grinste mich aus dem malträtierten Gesicht weiter an.

Meine Hände zitterten, als ich die Stellen um meine Wunde hilflos abtastete. Der Schmerz begann zu brennen. Ein Feuer entfachte, das in meinem Bauch loderte und sich durch den gesamten Körper zog. Meine Finger, Arme, Zehen und Beine wurden kalt und taub. Ich gurgelte Blut und spuckte es auf Wyatt.

»Cass! Cass!« Unbeholfen strich er mir die Haare aus dem Gesicht. Ein Krankenhaus aufzusuchen, wäre sinnlos. Ebenso kontraproduktiv, wie um Hilfe zu rufen. »Wir … wir gehen jetzt. Suchen eine Arztpraxis und …«

Ich unterbrach ihn. »Wyatt«, hauchte ich.

»Dort brechen wir ein und suchen Desinfektionsmittel und Verbandszeug. Vielleicht gibt es sogar einen wachen Arzt, der sich versteckt.«

»Wyatt«, zischte ich. »Das Messer hat bestimmt meine wichtigen Organe erwischt.«

Er redete einfach weiter. Ich riss mir unter Höllenqualen das Messer aus dem Bauch und schrie aus vollem Halse.

»Nein, Cass! Das soll man doch nicht.« Völlig überfordert wurde seine Stimme leiser. Oder wurde mein Gehör schlechter? Generell stumpften meine Empfindungen ab. Alles fühlte sich an wie in Frischhaltefolie gepackt. Ich roch Metall und Zitrone.

»Alles wird wieder gut«, plapperte Wyatt.

»Wyatt. Ich werde sterben.« Für jedes Wort brauchte ich ein paar Sekunden.

Er schüttelte den Kopf, wollte es nicht hören.

Protestieren brachte nichts mehr, da alles schwarz wurde.

Der Outlander-Traum

Meine Augen brannten, als hielte jemand zwei heiße Glühbirnen genau über sie. Ich blinzelte, doch es war so hell, dass ich es aufgab. Gras kitzelte meine Finger und ungewohnte Beinfreiheit entspannte meine Glieder. War ich tot? Träumte ich? Fühlte sich komisch an. Einige Minuten verstrichen und ich öffnete meine Lider erneut. Es brauchte mehrere Anläufe, bis sich meine Sicht klärte.

»Wo bin ich?« Weit und breit kein Wyatt. Stattdessen lag ich neben einer endlos langen Steinmauer. Mein Kopf glitt nach rechts. Alte Zelte, Lagerfeuer und Menschen in altertümlichen Kostümen.

»Oh nein. Bin ich in der Serie Outlander von Diana Gabaldon gefangen?« Gefühlt jeder Wirbel knackte, trotzdem richtete ich mich weiter auf.

Ich sehnte mich nach der feuerspuckenden Hölle mit Lavaflüssen. Mittelalter war nicht so meins. Erst jetzt registrierte ich das cremefarbene Kleid, das ich trug. Was zur Hölle ging hier vor sich?

Ein Mann sprang über die Mauer und somit über mich. Mein erschrockenes »Ahh!« machte mich so unauffällig wie eine Lastwagenladung Heroin in einem Kindergarten.

»Wen haben wir denn da?« Er hielt mir die Hand hin, die ich dankend annahm. Er zog mich auf die Beine.

»Nicht Claire«, antwortete ich leise und wischte Erdkrümel von meinem Kleid. »Caspara, und du?«

»Jonathan. Was verschlägt Euch hierher?«

»Ich wurde im Park von einem Mädchen in einem rosa Kleid erstochen, nachdem wir von Nekromanten-Zombies verfolgt wurden.«

Er richtete seinen Hut. »Ihr beliebt zu scherzen.«

»Ich beliebe den Eingang zur Hölle zu suchen, weil ich tot bin.« Schwungvoll drehte ich mich um, stieg auf einen Stein und knickte ein. Hut-Typ griff unter meine Achseln und fing mich auf.

»Danke.« Schüchtern brachte ich mich wieder in die Senkrechte. »Also …« Ich deutete über den Steinwall. »… ich muss dann los.«

»Eine Maid in Not darf …« Spätestens nach dem Wort war es mir zu viel. Um Jonathan nicht anzukotzen, hauchte ich ihm Schnee ins Gesicht, sodass er einfror. Nicht viel, bald würde er auftauen.

»Hey! Hey!« Ich schaute mich nicht nach der Frauenstimme um, sondern kletterte auf die Mauer und hopste hinunter. Wenige Augenblicke später rutschte die zur Stimme gehörende Frau auf einer Eisrutsche zu mir hinunter.

»Du kannst deine Kräfte hier nicht so einsetzen. Die klagen dich der Hexerei an und verbrennen dich!«

Ich kratzte mich am Hinterkopf. Das wurde mir zu blöd. War ich tot oder was ging hier vor sich? Ihre hellblonden Locken glänzten im Sonnenlicht, dafür waren ihre dunklen Augen umso düsterer, bedrohlicher.

»Du bist auch eine Schneefrau? Wie heißt du? Ich bin Caspara.« Nach dem Wort *Schneefrau* guckte sie panisch um sich, strich sie die Haare hinter die Ohren und räusperte sich verlegen. »Ja und mein Name ist Enya. Wie gesagt, du darfst nicht offen zaubern.«

Enya? Bei diesem Namen klingelte etwas in meinem Hinterkopf.

»Tut mir leid. Ich habe noch nie eine andere …« Meinen Satz konnte ich nicht beenden, da eine Horde Pferde mit Reitern am Horizont erschien.

»Wir müssen weg!« Für Fragen blieb wohl keine Zeit. Enya zog mich hinter sich her. Ohne Schuhe in einem Kleid laufen. Konnte ich. Nicht. Ich hielt das Stück Stoff vor meinen Füßen hoch, um nicht zu stolpern.

Die Männer, die ich rund um die Zelte sah, sprangen auf ihre Pferde. Hörner erklangen, die Luft vibrierte, der Boden bebte und alle Anzeichen standen auf Kampf.

Als wäre die gesamte Armee hinter uns her, zerrte Enya mich tiefer ins Tal, näher zu dem Gebirge. Wovor hatte sie solche Angst? Klar, vor den Reitern, aber warum ließ sie sich nicht verteidigen? Wo und vor allem wann wir auch waren, es war definitiv keine Zeit, in der Frauen für Gleichberechtigung und mit den Männern kämpften. Alles Mögliche bohrte sich in meinen Fuß, und als ich in die fünfte Schlammpfütze trat, hoffte ich, wirklich tot zu sein. Wenn nicht, würde mich die bevorstehende Blutvergiftung töten.

Enya stieß mich in eine Höhle. Ihre Kraft überrumpelte mich, ich stolperte und flog gegen die Felswand. Die Luft war stickig. Enya vereiste den Eingang und setzte sich zu mir.

»Was ist hier los? Wovor hast du Angst?«

»Sie suchen mich.«

»Die Typen an deiner Seite waren doch in der Überzahl.« Sie verschwieg mir etwas. Enya schaffte es nicht, Blickkontakt mit mir zu halten.

»Du sprichst ungewöhnlich. Woher kommst du? Deine Ausdrucksweise passt nicht zu deinem zierlichen Gesicht.« Sie lenkte ab, aber das ließ ich ihr nicht durchgehen.

»Lenk nicht ab.«

»Die Reiter, die uns angreifen. Sie sind böse Geister mit unsäglicher Macht.«

»Nekromanten?«

»Woher … Wer bist du?« Dasselbe wollte ich ebenfalls von ihr wissen. Ich drehte mich im Kreis. Was tat ich hier? Müsste ich nicht tot sein? Warum lügen, es brachte ja doch nichts.

»Ich bin aus der Zukunft. Dort wurde ich umgebracht. Jetzt bin ich hier«, offenbarte ich ihr und blickte zu Boden. Unsicher, wie ihre Reaktion ausfallen würde, spielte ich mit einem kleinen Kieselstein.

»War es dein zweites Leben?«

Dieser Satz ergab so was von keinen Sinn. Ich schaute auf und suchte in ihren Augen nach Erkenntnissen.

»Wie zweites Leben?«

»Aus welcher Zukunft kommst du denn, dass du das nicht weißt? Du hast dein Leben und das Leben der Schneefrau. Das heißt, du kannst zweimal sterben. Das bedeutet nicht, dass dein Ich oder das deiner Schneefrau verschwindet. Du stirbst einfach nur zweimal.«

Davon hatte meine Großmutter mir nie etwas erzählt. Hatte sie selbst keine Ahnung? Die Höhle wurde erdrückend. Es kam mir vor, als schoben sich die Wände zusammen.

»Ich komme von einer sehr weit entfernten Zukunft. Das Wissen über uns ist beinah erloschen. Aber selbst wenn es mein zweites Leben wäre, wäre ich doch tot, oder?«

Enya nickte und löste eine Schnur an ihrem Kleid.

»Ich hoffte, es wäre nicht so. Ich habe selbst nur noch ein Leben.«

»Wie lange gab es keine Schneefrau mehr vor dir?«, wollte ich wissen.

»Meine Urgroßmutter war die letzte.«

Unzählige Fragen bahnten sich in mir an, sodass es mir schwerfiel, sie der Wichtigkeit nach zu reihen.

»Warum kannst du deine Kräfte so gut beherrschen? Ich werde schnell ohnmächtig.«

Jetzt starrte sie mich ungläubig an. Enya wartete darauf, dass ich zu lachen begann. Zumindest wirkte es so.

»Wir müssen unsere Kräfte von Kindesbeinen an nach und nach einsetzen, um Herr ihrer Macht zu werden. Hast du das nicht getan? Jede Schneefrau weiß das.«

Warum hatte Oma in ihr Buch geschrieben, dass sie erfahren hatte, genau das nicht zu tun? Meine gesamte Welt stellte sich auf den Kopf. Ich hatte auch noch nie gehört, dass die Uroma meiner Großmutter zweimal gestorben war. Migräne kündigte sich an. Es war wie das Nachdenken darüber, was nach dem Universum kam, und danach und danach.

»Dein nicht vorhandenes Wissen über uns macht mich traurig.« Und mich erst!

»Das heißt, ich kann so viel Eis erschaffen, wie ich will, und sterbe nicht?«

»Caspara, ich bin entsetzt. Die größte Kraft liegt in unserem Schneeherz. Lassen wir diese Macht frei, sterben wir. Bist du in deiner Welt in derartiger Bedrängnis, dass du darauf zurückgreifen willst?«

Ich öffnete meinen Mund und schloss ihn wieder. Mir wurde schwarz vor Augen, ich schwankte. Plötzlich schlugen die Reiter auf die Eiswand ein. Enya sprang hoch.

»Cass!«

Wyatt! Seine Stimme zu hören, war wunderschön. Aber ich durfte noch nicht gehen. Unzählige Fragen warteten noch darauf, gestellt zu werden.

»Enya!«

»Dein Leben ruft dich. Pass auf dich auf!«

Die Finsternis holte mich und da fiel es mir ein. Dieser Traum offenbarte mir ein Geheimnis meiner Familie. Denn Enya stand in meinem *Book of Snow and Ice.* Sie war eine meiner Vorfahrinnen.

Zeichnungen aus Staub und Kälte

Ich fuhr hoch wie unter einem Stromschlag und knallte so heftig mit der Stirn gegen irgendwas Hartes, dass ich das Gefühl hatte, sofort wieder bewusstlos zu werden. Mein Kopf dröhnte und mein Nacken schmerzte.

Mit zusammengekniffenen Augen rieb ich meine Stirn, bis ich ein Jammern hörte. Unter Schmerzen öffnete ich ein Auge.

»Wyatt.« Jetzt bemerkte ich auch, dass ich auf seinem Schoß lag. Er massierte sein Kinn und bewegte seinen Unterkiefer. Inständig hoffte ich, er würde keinen blutigen Zahn ausspucken. Die Ereignisse prasselten auf mich ein wie ein Hagelschauer. Ohne hinzusehen, tastete ich meinen Bauch ab und blickte dann hinab. Nichts.

»Verheilt«, nuschelte ich und schaute zu Wyatt.

»Wie hast du das gemacht, Cass?«

»Die Schneefrau in mir ließ mich von meiner Vorfahrin träumen.« Für mich selbst klang das verrückt. Was wohl Wyatt dachte?

»Wie bei Outlander? Oder wie bei Doctor Who, ohne Tardis?«

Ich schnaubte belustigt, was mir meine Migräne ins Gedächtnis rief, und streichelte sein Kinn.

»Keine Ahnung, ob es real war oder ein Traum. Ich traf dort eine Vorfahrin, die mir erklärt hat, dass ich zweimal sterben kann und meine Kräfte von Anfang an hätte trainieren müssen, dann ginge es mir nicht so schlecht. Ich sterbe nur, wenn ich die Magie in meinem Schneeherz anzapfe«, erklärte ich ihm und versuchte dann mit meinen Pudding-Knien aufzustehen. Vielleicht wurden durch meinen Tod die Stimmungsschwankungen schwächer, die die Schneefrau in mir auslöste.

Trotz seines »Hm« ahnte ich, dass er nichts gecheckt hatte. Wie auch, wenn ich es selbst nicht verstand?

»Denkst du, sie hat recht? Oder war es nur ein unbedeutender Traum?«

»Schließlich lebe ich noch, warum sollte der Rest gelogen sein?« Ich nahm seine Hand und zog ihn hoch. Das Mädchen fand ich grinsend am Boden. Es rührte sich nicht.

»Stimmt, habe ich ganz vergessen. Tut mir leid.« Auch wenn ich gerade gestorben war, machte ich mir um Wyatt mehr Sorgen.

»Ich dachte die ganze Zeit, du bist naiv und nimmst das alles so hin oder willst den Bad Boy mimen. Dabei realisiert du diese ganze Magie-Sache noch nicht, weil alles in Rekordgeschwindigkeit passiert.«

Behutsam griff ich nach seiner anderen Hand und drehte mich von dem Horror-Mädchen weg.

»Du kannst immer noch gehen, Wyatt. Ich regele das alleine.« Sofort riss er sich von mir los und drehte sich um.

»Ich lasse dich doch nicht alleine.« Beide Hände in die Jackentaschen gesteckt, kam er auf mich zu. Auf seine roten, verweinten Augen wurde ich erst jetzt aufmerksam.

»Klar verstehe ich das alles nicht, aber leugnen kann ich diese ganze Situation doch auch nicht. Wäre es dir lieber, ich würde dir ganze Zeit Fragen stellen, dir ins Wort fallen und ungläubig mit dem Zeigefinger wedeln? Das ist auch nicht hilfreich, wenn wir von verrauchten Zombies verfolgt werden.«

Wyatts angespannte Schultern lockerten sich. Anscheinend tat es ihm gut, sich alles von der Seele zu sprechen. Ich überforderte ihn. Mir war selbst einiges nicht geheuer, was hier vor sich ging, auch wenn ich damit rascher zurechtkam.

»Es ist okay, Schwäche zu zeigen. Denkst du, dass dich das weniger interessant macht? Du riskierst dein Leben für mich. Sag mir bitte, was es Süßeres gibt? Einen auf Bad Boy machen?« Auch ich näherte mich ihm, legte meine Arme um seine Hüfte.

»Da habe ich lieber Taten statt böser-Junge-Sprüche. Lieber einen Mann, der …« Mit meinen Händen glitt ich über seine Brust hoch zu seinem Nacken. »… für mich da ist.«

»Meine Muskeln schaden aber auch nicht, oder?«

Kopfschüttelnd küsste ich ihn, beobachtete aber mit einem offenen Auge die Umgebung. Zu wissen, nur noch ein Leben zu haben, war nichts Neues, aber trotzdem verursachte es ein fahles Gefühl in mir.

Ein Busch raschelte mehrmals hintereinander. Der Wind war zu schwach dafür.

»Wyatt, sie sind da«, schlussfolgerte ich und verharrte in meiner Position. Er wollte sich bewegen.

»Nicht. Bleib stehen«, flüsterte ich eindringlich, löste mich von ihm und stellte mich mit dem Rücken an seine Vorderseite.

Als würde ich zwei Pistolen ziehen, zielte ich mit meinen Armen auf die Menschen und feuerte einen Eisstrahl ab. Ohne zu stoppen, umkreiste ich Wyatt und fror die Gruppe ein, die uns umzingeln wollte.

»Wir suchen uns einen Unterschlupf, der nicht nach allen Seiten hin offen ist.« Wyatt stimmte zu.

Als würden wir uns durch eine Laser-Alarmanlage bewegen, vollführten wir Kunststücke und Kamasutra-ähnliche Verrenkungen, um an den Marionetten der Nekromanten vorbeizukommen.

Bei jeder Berührung spürte ich die Kälte des Eises, die Kälte der Stille, die sie ausstrahlten. Dennoch rochen sie weiterhin nach verbranntem Fleisch. Ein Gedanke, den ich lange verdrängt hatte, blühte wieder auf. Waren diese Menschen nur lebende Puppen, die von den Nekromanten geführt wurden, oder bereits Tote, die ihre Befehle ausführten?

Nach dem Hindernisparcours rannten wir beide los. An der Straße erregte nichts meine Aufmerksamkeit, also hechteten wir auf die gegenüberliegende Seite, sprinteten von Hauswand zu Hauswand und liefen dann zu einem baufälligen Gebäude in einer kleinen Seitengasse.

»Beam uns hinein, Scotty.«

Wyatt grunzte und legte seine Hand auf meinen Rücken. Ein Kribbeln überrollte mich, doch ehe ich mich versah, standen wir in der Halle.

Wyatt rutschte an der nicht renovierten Mauer hinunter, bis er am Boden saß. Seine Hose färbte sich weiß von dem staubigen Untergrund.

»Hier sind wir erst mal in Sicherheit.« Neben ihm nahm ich Platz. »Alles okay?« Eine blödere Frage fiel mir nicht ein.

Seine Finger grub er sich in die Haare. Er setzte an, wollte sich erklären: »Es ist …« Wyatts Stimme brach ab. Sein letztes Wort war nur noch ein helles Krächzen.

Eine Träne fiel in den weißen Staub, schuf einen dunklen Fleck im hellen Dreck. Beton und Wandfarbe hinterließen ihren Geruch in der Halle.

Er schluchzte auf, wodurch sich auch meine Mundwinkel traurig nach unten bewegten. Es war unmöglich, diese Umstände einfach hinzunehmen.

Wyatt hob seinen Kopf und biss sich in den Zeigefinger. Seine Tränen hinterließen einen trüben Schleier auf seinen Augen.

»Eine Wolke hat deine Oma eingesaugt, du bist gestorben, Dublin steht auf dem Kopf und Menschen verfolgen uns wie Zombies, wollen unseren Tod«, rekapitulierte er.

Ich legte ihm eine Hand auf die Schulter. Sofort zuckte er weg.

»Ich war … bin ein normaler Mann aus Bar Harbour, der hier sein Studium weiterführen wollte. Stets optimistisch und positiv. Jetzt will auf einmal jemand meinen Tod und ich habe Kräfte, trage bösen Rauch in mir.«

Meine Großmutter. Erfolgreich verdrängte ich sie andauernd, aber als er sie erwähnte, weinte auch ich. Das Wegschließen meiner Gefühle hielt mich davon ab, richtig zu trauern.

Wyatt legte seinen Arm um mich, der sich anfühlte wie ein Sicherheitsgurt in dieser unsicheren Lage. Ich schmiegte mich an ihn. Gemeinsam ließen wir die Tage Revue passieren und dabei stellte ich fest, dass auch ich nicht so stark war, wie ich gedacht hatte.

Die magische Welt kannte ich zwar, doch den Wettlauf mit der Zeit und meinen eigenen Tod nicht. Das machte mir mehr zu schaffen, als ich mir selbst eingestehen wollte. Vor allem der Verlust meiner Großmutter, das letzte bisschen Familie, brach mir das Herz.

»Falls ich sterbe …« Ehe ich meinen Satz beenden konnte, rutschte Wyatt über den knirschenden Bauschutt. Eine mickrige Staubwolke stieg hinter ihm hoch.

»Sag das nicht.« Seine Mahnung war deutlich.

»Falls ich sterbe …« Ich hob den Finger, als er ansetzte, mir schon wieder ins Wort zu fallen. »… geh zurück nach Bar Harbour. Genieße die Zeit, die dir noch bleibt, mit deiner Familie.«

Ein Stirnrunzeln zeigte mir, dass er noch nicht so weit gedacht hatte wie ich. »Wyatt. Diese Typen sind keine Schneefrauensammler, die mein Herz auf dem magischen Schwarzmarkt verkaufen. Was denkst du, machen die Nekromanten mit meiner Energie?«

Das Ausmaß dieser Sache schien Wyatt erst jetzt zu begreifen. Die aufkeimende Erkenntnis zeichnete sich in seiner Mimik ab.

»Denkst du, sie wollen mehr? Vielleicht kann man sie wie einen Flaschengeist wegsperren? Wie einen Virus bekämpfen?«

»Das denke ich nicht. Ich weiß es. Nekromanten leben durch die Energie eines Geistes. Sie existieren durch den Tod. Selbst die Herzen aller Schneefrauen würden sie nicht für immer sättigen. Ein Anti-Virus-Schutz oder eine Flasche wird nicht reichen.«

Gerade versiegten seine Tränen, da flammte die Verzweiflung in seinem Gesicht erneut auf.

»Warum töten sie die Menschen dann nicht und holen sich ihre Energie?« Ich rutschte zu ihm.

»Ich denke, durch ihr Auferstehen sind sie geschwächt. Sie brauchen einen gigantischen Energieschub, um vollständig zu regenerieren. Wobei ich gerne wissen würde, woher sie die Kraftquelle haben, die sie auferstehen ließ.«

Schulterzuckend malte er Kreise auf den Boden. Was sollte er auch dazu sagen?

Da ich die Wurzel allen Übels war, sank sein Interesse an mir wohl im Moment. Wären wir bei den Sims, könnte man an der Anzeige verfolgen, wie ich in den roten Minusbereich rutschte. Enttäuscht über den Verlauf unserer gemeinsamen Zeit und geplagt von Schuldgefühlen, vertiefte ich mich in seine Kreismalereien.

Die Kreise verbanden sich, Striche kamen hinzu und irgendwann verstand ich, dass er zeichnete. Nachdem mein Gehirn es geschafft hatte, die Zeichnung zu spiegeln, erkannte ich, was es darstellte.

»Bin das ich?« Natürlich war ich das, aber vielleicht hatte er eine amerikanische Geliebte, von der ich nichts wusste.

»Ja.« Die Zunge angestrengt in den Mundwinkel gekniffen, bemühte er sich noch mehr.

»Du zeichnest wie ein junger Gott.« Sicherheitshalber strich ich meine Haare zurück, um nichts zu verwischen.

»Du faszinierst mich eben, Caspara.«

»Ich dachte eher, ich schrecke dich mit der Wahrheit ab.« Wyatt antwortete erst nicht, dann sagte er: »Jeder muss die Wahrheit selbst erkennen, seinen eigenen Weg gehen.«

»Lass diesen Guru-Mist. Was soll das bedeuten? Was ist die Wahrheit?«, hakte ich nach und kaute an meinen Fingernägeln.

Wyatt schnappte sich mein Kinn, hob es an, damit der Blick meiner schwarzen Augen sich mit dem seiner grünen verband und eins wurde. »Dass ich dich will, Cass. Nicht, weil der Nekromant in mir dich sucht und finden kann, sondern weil du der Mensch bist, bei dem ich mich zu Hause fühle.«

Dieses Geständnis kam überraschender als die erfolgreiche Schauspielkarriere von Cara Delevingne.

»Wyatt, ich …« Eine Antwort schien er nicht zu erwarten. Er zog mich so heftig an sich, dass ich dachte, unsere Nasen würden sich gegenseitig brechen.

Sein Kuss ähnelte nicht den vorherigen. Er war forsch und kompromisslos. Es gab kein Nein. Nach Ablehnung stand mir ohnehin nicht der Sinn.

»Du schuldest mir noch etwas. Ich sage nur: Hotel«, wisperte er zwischen zwei Küssen. Grinsend kam ich seinem Wunsch nach und setzte mich auf ihn. Mit meinem Fuß verwischte ich seine Zeichnung und beendete den Kuss.

»Oh, nein. Es tut mir leid.«

Mit einem Finger richtete er meinen Kopf wieder zu ihm aus. »Zeichnen kann und werde ich dich immer, aber du bist hier bei mir. Nichts ist wichtiger.«

Hier zwischen Staub und Kälte existierten nur noch wir beide. Keine Marionetten des Bösen, alleine wir. Seine staubigen Hände an meinen Oberschenkeln zu spüren, ließ mich die Bedeutung von *Sexual Healing* erkennen.

Die Spuren seiner Hände erkannte man an dem weißen Schmutz an meiner Haut. Er massierte sich hoch zu meinem Hintern, verlor jedes Zögern. Mit einem Ruck vermischte sich das Senfgelb des Strickpullis mit dem Weiß des Bodens. Hinzu kam das leuchtende Grün meines BHs.

Ohne Umwege musterte Wyatt mich und ich fühlte mich ausgeliefert. Es war ganz anders als die One-Night-Stands in meiner Teenagerzeit. Kein Quickie im Neonlicht oder in der Dunkelheit einer Singlewohnung. Wyatt wollte mich sehen, unsere Zeit genießen. So befremdlich es war, so schön war es.

Seine Augen ließen nicht von mir ab, während er seine Lederjacke sowie sein Shirt ablegte. Sofort danach drückte er mich an sich. Unsere nackte Haut verband sich, als hätte sich das falsche Puzzleteil meines Lebens endlich an den richtigen Platz eingesetzt.

Die Gunst der Stunde nutzend, schlängelte Wyatt sich mit Küssen meinen Hals hinab, zu meinem Dekolleté und weiter zu meinen Brüsten. Mein Körper bäumte sich auf, formte wie von selbst ein Hohlkreuz und holte sich selbst, was er wollte.

Ich stand auf und Wyatt tat es mir gleich. Jeden Zentimeter des anderen musternd, zogen wir uns voreinander bis auf die Unterwäsche aus. Er bedeutete mir mit dem Zeigefinger, zu ihm zu kommen. Meine Atmung wurde schneller, mein Herz raste und die Hitze fand in jede noch so kleine Ecke meines Körpers.

Jede Hemmung würde diesen Moment zerstören, also gab ich mich Wyatt hin, sprang an ihm hoch und klammerte mich an ihn. Küssend ging er mir zur Wand und presste meinen Rücken dagegen. Auf meiner Zunge schmeckte ich Beton und ihn. Roch Minze, Rauch und eine süßliche Vanillenote vom Hotelshampoo. Hörte, wie unsere Lippen sich lösten und wieder zueinander fanden wie unersättliche Liebende.

Ich verlor jegliches Zeitgefühl und als er mich absetzte, zitterten meine Beine vor Anspannung. Gemeinsam erkundeten wir den Körper des anderen und kosteten diesen Moment aus. Eventuell war es die letzte Chance, die wir hatten, um uns näherzukommen. Wie unvorsichtig wir vorgingen, ahnten wir, verdrängten es dennoch.

Als das wenige Stück Stoff meiner Unterwäsche zu Boden fiel, wusste ich, dass es kein Zurück mehr gab, und genau das wünschte ich mir.

Wyatt zog seine engen Shorts hinunter und in diesem Augenblick gehörten wir nur dem anderen.

Silberhaut

Mehr konnte ich nicht finden. Wie geht es deiner Hand?« Ich setzte mich gegenüber von Wyatt und lehnte mich an die Wand. Es hallte im Raum, als ich die Dosen abstellte und eine davon umfiel. Er beugte sich hinunter, verengte die Augen, nahm die Dose in die verbundene Hand und las die Aufschrift.

»Bohnensuppe?« Er stellte sie wieder ab. »Meiner Hand geht es wieder gut, danke.«

Kichernd zuckte ich mit den Schultern. »Die lagen in einer Box und man kann sie sogar kalt essen.«

Er hob eine davon hoch und inspizierte den Deckel.»Alles schön und gut. Ich bin auch nicht wählerisch, mit meinem Bruder war ich oft campen, aber wie öffnen wir das?«

»Du hast einen Bruder?«

Erstaunt ließ er meine Frage auf sich wirken. »Ja, Mylo.«

»Wie das Album von Coldplay?«, erkundigte ich mich und rümpfte die Nase.

»Exakt. Habe ich das gar nicht erwähnt? Komisch. Ich spreche sonst gern über ihn, weil wir wie beste Freunde sind.«

Wie es wohl war, Geschwister zu haben? Obwohl mir eine Mutter und ein Vater, der nicht abgehauen war, gereicht hätten.

»Wie ist er so? Bestimmt toll!«

Ein Lächeln huschte über sein Gesicht. »Mylo ist großartig. Ein großer Bruder vom Feinsten.« Er formte einen Kreis mit Daumen und Zeigefinger. Das glaubte ich ihm gerne.

»Meine Familie würde dich mögen«, fügte er hinzu und meine Laune stieg noch mehr. Es war niedlich zu hören, wie weit er dachte. »Ich zeige dir später Bilder von ihnen auf Facebook.«

»Ach und wegen der verschlossenen Dose«, begann ich und stellte seine Dose neben meine. Meinen Mittelfinger streckte ich aus und schüttelte ihn. Ein spitzer Eiszapfen hing daran, den ich in den Deckel rammte und ihn rundum aufschnitt. Dasselbe wiederholte ich bei der anderen Dose. Das Eis zog sich zurück in meinen Finger.

»Dafür musstest du unbedingt den Mittelfinger nehmen, ja?«

Wir prusteten beide laut los. Ich ließ ein bisschen was von der Bohnensuppe in meinen Mund fließen und setzte die Dose dann auf der Innenseite meines Oberschenkels ab.

»Na ja. Gibt Besseres«, kommentierte Wyatt.

»Unser erstes gemeinsames Dinner beziehungsweise Date.«

»Ein Penner-Date, toll.«

Ich liebte seinen Humor. »Dafür war unser erstes gemeinsames Mal nicht penner-like.« Mit einem Kuss auf die Wange bestätigte er meine Aussage.

»Aber trotzdem ohne Niveau«, sagte er und fügte ein lautes »Ha!« hinzu. Wyatt zwinkerte mir zu. Zumindest hatte er das vor. Stattdessen kniff er beide Augen zusammen, als wäre ihm schlecht.

Ein extremer Lachanfall bahnte sich an, als plötzlich die Mauer zwei Meter neben mir aufplatzte. Das Lachen blieb mir im Halse stecken. Beim Aufspringen stieß ich die Dosen um und schnitt mich an der Fußsohle an den Zacken des Deckels.

Wir nahmen uns an den Händen und liefen in einen anderen Raum. Das Blut an meinen Füßen verriet selbst einem Idioten, wo wir waren.

»Dort hinten ist ein Ausgang. Habe ich gesehen, als ich die Dosen fand«, keuchte ich. Er antwortete nicht, sondern vertraute mir.

Die Nacht hüllte uns ein und ließ mein Blut unsichtbar werden. Kalter Wind wirbelte um mich herum und es dauerte einige Sekunden, bis meine Augen sich an die Dunkelheit gewöhnt hatten.

»Wohin?«

Ich hatte keine Ahnung. Panisch schwankte ich zwischen links und rechts, entschied mich dafür, geradeaus zu laufen. Die Straßenlaternen standen wie schwarze Masten umher, schickten kein bisschen Licht die Finsternis.

An einer Straßenkreuzung tappten wir in dieselbe Situation wie vor einigen Stunden. Aus jeder Richtung kamen Menschen unter dem Einfluss der Nekromanten auf uns zu.

»Das wird mir jetzt zu blöd. Wenn wir nicht überleben, sterben sie sowieso.« Ich sagte das eher, um mich zu beruhigen, aber auch Wyatt erkannte, dass es aussichtlos war.

»Wenn ich *jetzt* sage, lös dich in Luft auf und bleib verdampft, solange du kannst.«

»Okay und wann wird …«

Sofort unterbrach ich ihn. »Jetzt!«

Nach einem kurzen »Ähh« verpuffte Wyatt.

Ich kann nicht sterben, erst wenn ich die Magie in meinem Schneeherz anzapfe.

Vor meinem inneren Auge sah ich Enya und nickte ihr gedanklich zu. Meine Haut glänzte silbern und schimmerte. Was das zu bedeuten hatte, konnte ich in diesem Augenblick nicht ergründen.

Wie eine Sprinkleranlage drehte ich mich im Kreis und ein Schneesturm, dessen Ausmaß mich selbst überraschte, explodierte aus mir, riss alles in seiner Nähe mit. Es fühlte sich an, als würde der Schnee mitsamt meinem Leben aus mir herausplatzen. Der Schwindel durch die zusätzliche Rotation machte die Sache nicht besser.

Was geschah mit mir? Das Silber meiner Haut glänzte stärker und ich schaffte es nicht, meinen Angriff zu stoppen. »Caspara!«, war das Letzte, das ich hörte, als eine unbekannte Wucht mich zu Boden rang und meine Attacke stoppte.

»Es genügt!« Zuerst stimmte ich zu, ohne zu wissen, worum es ging, bis ich sah, dass all die Menschen und Gebäude zugeschneit waren. »War ich das?« Blöde Frage.

»Ja.«

Der Mond über uns lichtete die Dunkelheit, umhüllte uns mit seinem Glanz und schien nur für uns zu scheinen. Ein faszinierender Anblick, der erlosch, als eine Wolke sich davorschob. Nicht irgendeine.

»So viel Kraft. Sie wird uns nützlich sein.« Wieder sprach die Stimme in unseren Gedanken. Telepathie sollte man auf die Liste der Ursachen für Migräne setzen.

»Du bekommst sie niemals«, dröhnte Wyatt in meinem Köpf.

»Sie bereitet sich doch selbst darauf vor. Die silberne Haut ist der Vorbote. Bald entfesselt sie ihre wahre Macht.«

Gab es überhaupt irgendwas, das meine Großmutter wusste?

»Hol sie hervor. Zeig uns deine Macht!« Sein Gebrüll in meinem Kopf machte mir schwer zu schaffen. Ich hielt mir die Ohren zu, auch wenn es nichts brachte.

»Nein!« Mein Geschrei änderte nichts, aber sein Sticheln brachte mich zur Weißglut.

»Lass dich nicht darauf ein. Er provoziert dich.« Leichter gesagt als getan.

»Wir haben deine Omi getötet. Ihr so große Mengen Lava in ihren runzeligen Körper gepumpt, bis sie schreiend und qualvoll zu Asche zerfallen ist.«

Ein Wimmern brach aus mir heraus. Verstört von dieser Vorstellung, drehte ich mich auf meine Unterschenkel und setzte mich auf sie. Ich war zu schockiert, um zu weinen, doch das laute Schluchzen kam von allein.

Wyatt wollte mich trösten und als er Millimeter vor meiner Schulter war, schoss ich ihn mit einer eisigen Druckwelle gegen eine Straßenlaterne, die daraufhin sogar kurz aufflackerte.

Der letzte Kampf war angebrochen.

Dublin, deine Kinder

Mitten auf der großen Kreuzung ging ich einige Schritte nach hinten auf die Brücke. Im Rücken der Grand Canal Dublins. Ich blickte auf das The Barge, ein türkisfarbener Schuppen, in dem ich mit meiner Großmutter Cocktails getrunken hatte. Rache war süß, aber meine Rache würde himmlisch werden.

»Wie willst du mich aufhalten?« Krampfhaft zwang ich mich dazu, nicht loszuschreien und drückte meine Zunge gegen meine oberen Zähne.

»Ich bin ein Kind Dublins und ich werde nicht zulassen, dass du meine Stadt schikanierst!« Es musste gesagt werden. Wyatt eilte zu mir, doch ich fror ihn an einem Straßenschild fest.

»Lass mich dir helfen! Du darfst das nicht alleine tun.« Seine Verzweiflung tat mir weh, aber er hatte noch eine Familie. Sie durften ihn nicht verlieren. Im Moment bestand ich nur aus mir selbst, obwohl ich die Hoffnung, meine Großmutter lebend zu finden, noch nicht aufgab.

Unter mir erschien ein Eissturm, der mich gen Himmel hob. Ich war auf einer Linie mit den meisten Dächern in meiner Umgebung.

»Du machst also ernst, Schneehure?«

Ich bleckte meine Zähne und hatte es satt. »Du willst meine Magie? Hier hast du sie, komm und hole sie dir!«

Daumen an Daumen reckte ich meine Handflächen in die Höhe und ließ zum ersten Mal in meinem Leben meiner Magie freien Lauf. Der Eisstrahl donnerte aus mir, als wäre ich ein Vulkan, der ausbrach. Die Skelettarme platzten aus dem Rauch, formten einen schwarzen Energieball und öffneten somit den Schlund des Todes. Ein schwarzes Loch, das alles verschlingen würde.

Der Nekromant saugte meine Magie ein. Für mich gab es kein Zurück mehr. Es musste diesen einen Punkt geben, an dem er zu viel hatte. Nichts mehr aufnehmen konnte. Die schwarze Sphäre Risse bekam, die er nicht zusammenhalten konnte. Woher nahm ich dieses Wissen? Ich hatte keinen Schimmer, aber ich vertraute auf diesen Silberstreifen am Horizont. Nur dass ich dieser Silberstreifen war.

»Cass!« Er gab nicht auf. »Cass, Cass!« Seine Stimme war voller Zorn und Angst. Es fiel mir schwer, Wyatt zu ignorieren.

Das schwarze Loch, das der Nekromant erzeugte, feuerte Blitze ab. Ein Blutrinnsal fand seinen Weg an meine Lippen.

»Ich muss dir helfen, ignoriere mich nicht!«, brüllte er verzweifelt. Fokussiert verengte ich meine Augen und suchte nach einer Schwachstelle. Dabei fand ich nur Leere.

Die Haut an meinen Fingern riss ein. Noch nie hatte ich meine Fähigkeiten so lange angewandt. In den letzten Tagen setzte ich meine Kräfte zwar häufig ein, stärkte sie, doch das machte kein jahrelang versäumtes Training wett.

Die Energie, die wir freisetzten, tauchte unsere Umgebung in ein gleißendes Licht. Einige Regentropfen kühlten meine Stirn, benetzten mein Gesicht und steigerten sich zu einem Platzregen, der mich vollständig einhüllte.

Überall roch es nach Moos, frischer Luft und Erde. Der Metallgeschmack in meinem Mund nahm an Intensität zu.

Ich hörte meine Großmutter, ihre Belehrungen, ihre Verbote, und sah unsere Auseinandersetzungen. Noch nie hatte ich es mehr bereut, die Streitigkeiten mit ihr nicht eingedämmt zu haben. All die schönen Abende und Tage verblassten. Was blieb, war die ungenutzte Zeit, die vergeudeten Momente, die man mit bösen Worten gefüllt hatte.

Es gab nichts mehr zu verlieren.

»Wyatt?« Er horchte auf.

»Caspara?«

Ich grinste, als ich ihn meinen Namen sagen hörte. Das würde ich vermissen.

»Ich liebe dich.«

»Nein, ich werde es jetzt nicht sagen und du auch nicht! Du stirbst nicht! Löse die Eisfesseln!«

»Vergiss mich nicht allzu bald, Wyatt.« Ich ignorierte seine Bitte.

»Werde ich auch nicht, weil du bei mir bleibst und ich bei dir!« Seine Bemühungen, sich zu befreien, hörte ich bis hierher.

»Von Caspara mit Liebe«, flüsterte ich, doch der Nekromant hörte es. »Geh dorthin zurück, wo du herkommst!«

Für einen Augenblick legte ich meine Handrücken an meine Brust und drückte meine Arme gleich danach voller Wucht nach vorne.

Der Umfang des Eisstrahls nahm ums Vierfache zu, füllte das gesamte Loch aus, bis ich spürte, dass sich mein Bewusstsein verabschiedete. Die Watte, die sich um mich legte. Das wohlige Gefühl einer warmen Bettdecke im Winter.

Plötzlich nahm ich Wyatt wahr, der das Eis rund um sich aufbrach und sich auflöste. Neben mir tanzte der Rauch, dann materialisierte sich Wyatt.

»Nein, Wyatt. Nicht«, säuselte ich benommen.

Er umarmte mich von hinten, streckte einen Arm neben mir aus und konzentrierte sich auf seine Nekromantenkräfte.

»Tu das nicht!« Jetzt war er es, der nicht auf mich hörte.

Seine Handfläche riss auf, Blut spritzte und benetzte zusammen mit dem Regen mein Gesicht, bis dieser es reinwusch. Dunkle Rauchzungen loderten aus seiner Hand und ein schwarzes Loch platzte auf.

»Woher kann er das? Diese Ausmaße sollten seine Kräfte niemals haben!« Nach diesem Satz hörte ich ein belustigtes Schnauben neben meinem Ohr. Wyatt!

»Du nimmst sie mir nicht weg«, hörte ich in meinen Gedanken.

Wyatt zog den Eisstrahl wieder aus dem schwarzen Loch unseres Feindes. Mit seinem Schlund der Finsternis saugte Wyatt gleichzeitig den Nekromanten an.

»Lasst das sein! Ihr wisst nicht, was ihr da macht«, ermahnte er uns. Ich nahm den Zweifel und die Unsicherheit in seiner Stimme wahr. Hatten wir eine Chance? Gab es einen Ausweg?

Auch wenn es mich in eine schockstarrenartige Todesangst versetzte, den Nekromanten immer näher kommen zu sehen, wusste ich, nur mit Wyatt konnte ich überleben. Oder gemeinsam sterben.

Wyatts Hand an meinem Bauch drückte mich, ließ mich spüren, dass er da war. Ein flüchtiger Blick in sein Gesicht zeigte seine Entschlossenheit. Er stand an meiner Seite. Gab uns nicht auf.

Die leuchtend weißen Augen der schwarzen Wolke waren kurz vor uns. Der Asphalt brach auf und gigantische Risse zogen sich über die Straße.

An dem Schnittpunkt meines rückläufigen Eisstrahls und den schwarzen Mäulern von Wyatt und dem Nekromanten entstand ein mächtiger Energiepunkt. Als würde eine zweite Sonne direkt vor meinen Augen erschaffen werden, strahlte er schonungslos. Gleich danach explodierte die Lichtkugel und löschte meine gesamte Wahrnehmung aus. Erst war es ohrenbetäubend laut und dann herrschte Stille. Vollkommene, ehrliche und reine Stille.

Das Letzte, das ich verschwommen erkannte, war eine einarmige Gestalt.

Chaosfrost

»Cass.«

Mein erster Gedanke war: Ich bin blind!

Mein Schädel pulsierte, kleine Steinchen bohrten sich in meinen Kopf und ich lag mit meiner linken Hand in einer Pfütze.

»Cass«, flüsterte jemand erneut in mein Ohr.

War ich nicht blind, sondern meine Augen geschlossen? Rauch! Ich roch Rauch. Mein Herz raste, alarmierte mich, obwohl mir nicht einfallen wollte, was los war.

»Verdammt, Cass! Wach auf.«

Wyatt! Mit einem lauten Schnarcher stürzten die Farben der Welt wieder auf mich ein. Breiteten sich aus wie Acrylfarbe in einem Wasserglas. Das hoffnungsvolle Grün in Wyatts Augen empfing mich wie ein alter Freund.

»Guten Morgen, Schneewittchen.« Bald hatten wir alle Märchen durch.

»Wo sind wir?« Die Worte fanden mühsam ihren Weg aus meinem Mund. Er half mir, mich aufzusetzen und ich erkannte, dass ich auf der Straße lag. Eine Straße zwischen zerstörten Gebäuden, Bränden und verwirrten Menschen.

»Weißt du nicht mehr? Die Nekro…«

Ich warf abwehrend meine Arme hoch. »Ah! Ah! Ah! Sag es nicht.« Sofort fiel mir alles wieder ein.

»Haben wir sie besiegt?« Bis über beide Ohren grinsend nickte er. Seine Haare wippten mit und Schmutz rieselte von den Spitzen.

Sein Lachen erfüllte mich mit Wärme und Kraft, da es leuchtete und meine Laune hob. Seine Augen formten sich dabei zu einem umgedrehten Halbmond und kleine Fältchen zeichneten sich jetzt an den Winkeln ab. Ich drückte eine Fingerspitze in das Grübchen an seiner Wange. Mit einem »Hey!« zuckte er weg, ehe er mich in den Arm nahm.

»Ich bin skeptisch. Das wäre atypisch für mein Leben, wenn alles in Ordnung wäre.« Wyatt stöhnte genervt und verdrehte die Augen. »Steh auf jetzt, kleiner Emo.«

Wieder auf den Beinen, schaute ich mich um. Wenn es überall so aussah, kostete das Dublin Milliarden.

»Warum kommen die Desillusionaten nicht?« Damit stellte Wyatt die Frage, die mir selbst auf der Zunge brannte.

»Das frage ich mich auch. Genau das wäre doch ihr Job.« Ein omnipräsentes Geräusch erweckte erst jetzt meine Aufmerksamkeit. Während ich meinen Pulli auswrang, guckte ich nach oben und entdeckte sie. Unzählige Helikopter.

»Das Fernsehen«, mutmaßte ich.

»Die Welt wird ins Chaos stürzen, wenn die irgendwo Videoaufzeichnungen finden, Cass.« Das musste er mir nicht zweimal sagen.

Trotz all der Eindrücke nahm ich ein Platschen wahr. Ich rannte ein paar Meter auf der Straße, die über den Fluss führte, lehnte mich über die Brüstung und warf einen Blick ins Wasser. Ein Hund!

»Wyatt!« Er hechtete zu mir und entdeckte den Golden Retriever. Ohne nachzufragen, schwang er sich über die Mauer, lief die Böschung hinunter und versuchte zunächst, den Hund vom Ufer aus zu erreichen, aber der Abstand war zu groß.

Wyatt hopste auf einen Stein, wankte, fand aber zu seiner Balance zurück. Der Hund hatte Mühe, an der Oberfläche zu bleiben, vielleicht war er schon zu erschöpft. Wyatt bekam das strampelnde Tier zu fassen und packte es am Nackenfell, dann hatte er den Hund um den Leib gefasst und hob ihn hoch. Mit dem triefenden Hund im Arm suchte er einen Weg zurück. Da die Luft rein war, erschuf ich einen Eispfad, den Wyatt behutsam zurückging. Sein tierischer Begleiter zitterte, blieb aber ansonsten ruhig. Wyatt manövrierte sich mit dem Hund über die Mauer.

Jetzt erkannte ich die Verletzung des Tieres. »Ist hier irgendwo ein ...« Bevor ich *Tierarzt* ausgesprochen hatte, stürmte ein älterer Mann völlig aufgelöst auf mich zu. Er stieß mich zur Seite und umfasste den Kopf des Hundes mit beiden Händen.

»Nugget, da bist du ja. Haben dir die bösen Leute Angst eingejagt?« Empört öffnete ich meinen Mund, doch als Wyatt mir bedeutete, nichts zu sagen, schloss ich ihn wieder.

»Bringen Sie ihn zum Tierarzt.« Wyatt schaffte es wie immer, Ruhe zu bewahren. Na ja. Fast immer.

Der Mann nickte wortlos, sichtlich überfordert, und ging dann mit dem Hund davon. Ich hoffte, er würde auch wirklich auf uns hören, so wie er neben sich stand. Aber kein Wunder nach dem, was gerade in dieser Stadt geschehen war. Zusammen mit Wyatt begaben wir uns zurück zur Kreuzung.

Sie glich einem Schlachtfeld, als wäre ich mithilfe einer modernen Brille in einen Kriegsfilm projiziert worden.

»Cass, pass auf!«

Bevor ich erahnte, worum es ging, riss Wyatt mich zurück, sodass er auf seinen Hintern fiel und ich auf ihn.

Die Brücke, die über den Kanal führte, brach wie ein Lebkuchenhaus in sich zusammen. Staub wirbelte auf, vermischte sich mit der kühlen Morgenluft und den Sonnenstrahlen.

»Wenn das so weitergeht, liegt bald alles in Trümmern.«

»Diese miesen Kerle! Wo bleiben die? Sind die im Urlaub?« Dieses Mal durfte ich Wyatt wieder auf die Beine helfen.

»Wir finden eine Lösung.«

Seinen Optimismus wünschte ich mir.

Überall herrschte das Chaos. Von entfernten Straßen hörte ich Schreie und weinende Kinder. Hunde bellten, Katzen jammerten und Gebäude fielen in sich zusammen. Die meisten davon in unserer Nähe. Vermutlich war die Druckwelle der Explosion daran schuld.

»Was machen wir jetzt?«

Wenn ich das wüsste.

Ein altes Ehepaar saß ineinander verschlungen und müde auf einer Parkbank. Froh, sich nicht verloren zu haben. Dieser Anblick trieb mir Tränen in die Augen und eine weitere Frage warf sich auf.

»Wo ist meine Großmutter?« Panisch inspizierte ich die Gegend mit meinen Augen, als müsste sie in meiner Nähe sein.

»Stimmt! Vielleicht ist Grace wieder in ihrer Wohnung ausgespuckt worden?«

Die Vorstellung wirkte abstrus. Aber ich hoffte inständig, dass er recht behielt.

Als ich meine Hose abtastete, bestätigte sich meine Vermutung. Kein Smartphone dabei.

»Du hast nicht zufällig ein Handy mit?«

»Nein, ich habe auch gerade daran gedacht. Willst du jemanden fragen?«

»Schon okay, gehen wir zu mir. Beten wir, dass sie dort ist.« Einerseits wollte ich Gewissheit, andererseits hatte ich die Befürchtung, auf eine leer stehende Wohnung zu treffen, und solange ich die Hoffnung noch aufrechterhalten konnte, tat ich das.

»Ihr verdammten Glatzköpfe! Bewegt euren rasierten Arsch hierher!«

Wyatt beäugte mich interessiert. »Ihr kennt euch aber gut.«

»Haha.« Als wäre ich durch die Ereignisse verrückt geworden.

»Muss ich erst wieder zwei Handvoll Menschen umbringen, damit ihr kommt? Ich bin nicht Hello Kitty. Ich mach das, wenn es der einzige Ausweg ist.«

»Du bluffst doch, richtig?« Wenn er wüsste.

»Hey!«

»Ihr habt es nicht anders gewollt.« Mein Blick fiel auf die Gruppe von Frauen. War es falsch, dass mir das Freude bereitete? Die Gelenke meiner Finger knackten erwartungsvoll.

»Caspara!«

»Ihr könnt es euch noch überlegen!« Die Frauen tuschelten, schockiert über mein Verhalten. »Also gut. Ich habe euch gewarnt.«

Ich drehte meinen Zeigefinger im Kreis, ein Schneekringel entstand, als würde ich einen Donut um meinen Finger schwingen. Wie ein Pizzateig nahm er an Umfang zu, bis ich ihn auf die Frauen warf.

Schreiend rannten sie in alle Richtungen, doch mein Angriff fing sie ein, trieb sie zusammen und fror sie ein. Die Desillusionaten mussten kommen. Das waren sie mir schuldig. Die Angst der Frauen tat mir fast weh und ihr Gebrüll drang bis in mein Mark.

»Caspara!«, schrie Wyatt.

Schlagartig verdunkelte sich der Morgen. Ein Frosch, der in den Grande Canal springen wollte, hing in der Luft fest. Ein aufgeplatzter Hydrant stoppte seine Wasserfontäne und Wyatts Gekreische fand ein Ende.

Drei weiße Krawatten materialisierten sich vor mir. Ich grinste zufrieden. Drei Augenaufschläge später standen sie mir gegenüber.

»Bist du des Wahnsinns, Mädchen?«

Die wollten mich doch auf den Arm nehmen.

»Ich? Was ist mit euch? Wo wart ihr? Ihr hättet nach dem ersten Angriff sofort eure Zeitumkehrer-Kräfte einsetzen müssen oder habt ihr die Hermine geliehen?«

Entrüstet ließ ich meine Arme fallen, sie klatschten an meinen Körper.

»Uns waren die Hände gebunden«, erläuterte der Mittlere knapp.

»Wie, die Hände gebunden? Ich hoffe, ihr meint das nicht im übertragenen Sinne, ansonsten warte ich auf eine bessere Ausrede.« Ich war außer mir vor Wut.

Sie blickten auf mich hinab, als wäre ich die Irre.

»Wir durften nicht eingreifen, sind dir aber sehr dankbar für die Lösung des Problems.« Der Rechte hatte gesprochen.

»Aha, also war es ein Problem. Dann hättet ihr eure Neutralität doch nicht verletzt.« Es fiel mir schwer, mich zu beherrschen.

Die drei wechselten einen unsicheren, flüchtigen Blick. Ihre steifen Mienen zeigten sonst nur selten eine Gefühlsregung.

»Moment. Ihr hattet Angst vor dem Nekromanten, deshalb habt ihr nicht versucht, diese Rauchschwaden aufzuhalten. Ich fasse es nicht.« Die nicht vorhandene Antwort genügte.

»Macht das rückgängig!« Als hätte ich ihnen den Mund zugenäht, sprachen sie nun gar nicht mehr mit mir.

»Hallo?«

»Wenn wir das tun würden, würden auch deine Feinde wieder leben.« Der Linke hatte sich also einer Antwort erbarmt. Überfordert ließ ich meinen Kopf kreisen. Mir wurde das alles zu viel.

»Aber es gibt doch noch …« Jemand redete, wurde aber mit einem »Shhh« aufgehalten.

»Shh ihn nicht! Was gibt es?« Meine Augen mussten mir bald aus den Höhlen fallen, weil ich eine enorme Wut in mir trug.

»Wir müssen die Zeit nicht zurückdrehen. Es heißt, es gäbe die Möglichkeit, die Erinnerung eines magischen Events auszulöschen. Es wäre passiert, aber niemand wüsste es mehr«, erklärte Mr Clean.

»Wo ist dann euer besch… verdammtes Problem?« Ich ballte meine Hände zu Fäusten.

»Das haben wir noch nie gemacht und es heißt, wir dürften das nur in Ausnahmefällen praktizieren, da es uns Lebenskraft raubt. Sterben wir, gibt es keine Nachkommen. Wir sind neutral und leben ewig, sind aber nicht unsterblich. Verstehe doch, Schneefrau. Stehen wir zu sehr auf deiner Seite, verliert die Welt ihr Gleichgewicht und das hat enorme Folgen für alle Lebewesen. Wir können deine Probleme nicht für dich regeln.«

Natürlich verstand ich diesen Punkt und es wäre fatal, keine Desillusionaten mehr zu haben, aber was musste denn passieren, damit es angemessen schien? Ich kratzte mir genervt eine Blutkruste von der Stirn.

»Na dann. Lassen wir alles so. Ich hole mir ein lukratives Angebot einer Fernsehshow und erzähle einfach alles in einem Interview. Wir fliegen ja sowieso alle auf.« Ich winkte zum Abschied und war drauf und dran, zu gehen.

»Halt!«

Ha! Wusste ich es doch.

»Wir tun es, können aber nichts versprechen. Durch unsere erneute Hilfe verlieren wir an Macht. Wir dürfen dir danach nicht mehr helfen.«

Ich nickte mit einem Gewinnerlächeln und schwang mich wie eine Ballerina zu Wyatt. Als ich neben ihm stand, fassten die drei Männer in Weiß sich an den Händen.

»Könnt ihr die Zerstörungen rückgängig machen?«, fragte ich schüchtern.

»Das gehört nicht zu unseren Aufgaben, aber da du die Welt gerettet hast, gewähren wir dir diesen Wunsch«, sagte einer. »Außerdem hilft es, die Menschen nicht zu verwirren, nachdem wir ihre Erinnerungen ausgelöscht haben.«

»So soll es ein«, sangen sie zu dritt und lösten sich auf. Ein goldener Schauer, wie Millionen Glühwürmchen, sank vom Himmel herab und überzog die Welt mit Holunderduft.

Als die Wirklichkeit sich wieder zu bewegen begann, blickte ich skeptisch um mich.

»Cass! Hör …« Mehrfach schaute er auf die Stelle, an der ich zuvor gestanden hatte, dann zu mir und wieder zurück. »Was machst du hier?«

Ich schnippte und die Vereisung der Frauen verschwand. Die Gruppe ging sich die Arme reibend davon.

»Erinnerst du dich an die Nekromanten?«

Wyatt bejahe. »Was ist los?« Staunend begutachtete er die Gebäude, die Straße und die Menschen. Alles war heil. Die Menschen lachten und bummelten durch die Läden.

»Ich habe die Desillusionaten gerufen.«

Das erklärte ihm alles. »Warum wissen wir dann Bescheid?«

»Wahrscheinlich, weil wir magische Wesen sind und es nicht schlimm ist, wenn wir uns erinnern.«

Ich nahm seine Hand und ging los. Wyatt hielt mich zurück. »Aber ich dürfte doch keine Fähigkeiten mehr haben.«

Das wurde mir erst jetzt bewusst. Warum konnte Wyatt sich noch erinnern? Eine nette Geste, damit er mich nicht vergaß? Oder hatte er tatsächlich noch die Magie der Nekromanten in sich?

»Gehen wir zu mir und finden heraus, ob du noch verpuffen kannst.« Sein Schweigen nahm ich als Zustimmung. Hand in Hand eilten wir die Straße entlang. Ich betete, dass das nur ein Missverständnis war und Wyatt seine Kräfte verloren hatte. Dennoch blieb ein ungutes Gefühl und wieder einmal bestätigte sich: Optimismus hatte in meinem Leben keinen Platz.

Alles muss versteckt sein

Vor der Wohnungstür zitterte ich, sodass ich den Schlüssel nicht in das Schloss brachte. Die ehemals glänzende Klinke war bereits ziemlich lädiert, aber heute kamen etliche Kratzer hinzu. Genervt nahm ich den Schlüssel in beide Hände und diesmal landete ich einen Treffer. Der Bund klimperte beim Aufsperren.

Während ich die Tür aufmachte, schaute ich kurz zu Wyatt, der ebenfalls nervös wirkte. Drinnen rannte ich direkt zum Esstisch. Es roch nach Omas Kirschparfüm und abgestandener Luft. Alles lag noch an seinem Platz, nur meine Großmutter fehlte.

Wyatt atmete enttäuscht aus, doch ich gab nicht auf. Durchsuchte jedes Zimmer, schaute auf den Balkon, um sie schnapstrinkend vorzufinden. Nichts. Ihre Präsenz spürte ich überall, aber sie fehlte.

An der Lehne des Stuhls stützte ich mich ab. Meine Nase lief. Ständig zog ich sie hoch, auch wenn es nicht half. Meine Nägel bohrte ich tief in das Holz.

»Es tut mir leid.« Nein, ich wollte es nicht hören.

»Sie ist nicht tot, Wyatt.« Langsam ging ich zu ihm, legte meine Hände auf seine warme Brust und spürte seinen Herzschlag.

»Meine Großmutter kann nicht gestorben sein. Sie war mein ganzes Leben lang da. Ich …« Mir verschlug es die Sprache, also trommelte ich leicht gegen Wyatts Oberkörper. »Ich akzeptiere es nicht, dass sie nicht mehr existiert.«

Er packte sanft meinen Kopf und bettete meine Stirn auf sein olivgrünes Shirt. Meine Tränen hinterließen dunkle Flecken auf dem Stoff.

Ich weinte, bis ich keine Tränen mehr hatte, verlor mich in den Tiefen meiner Gedanken und schaute wie gelähmt zu Boden. Ich begriff nicht, wie ein Mensch, der jeden Tag meines Lebens dagewesen war, auf einmal nicht mehr da sein sollte. Das ging nicht in meinen Kopf.

»Moment«, nuschelte ich, und Wyatt spitzte die Ohren. Ich löste mich von ihm und ging auf dem Küchenboden in die Hocke, wo ich einen Gegenstand aufhob.

»Wyatt!«

Er stürmte zu mir. Stolz zeigte ich ihm meine Errungenschaft.

»Ein Gürtel?«

»Nicht irgendein Gürtel. Oma hatte ihn um ihr Pulloverkleid, als sie eingesaugt wurde. Sie lebt noch und das ist ihre Botschaft! Irgendwer muss sie wieder entführt haben.«

Wyatt runzelte die Stirn. »Und du redest dir das nicht ein, nur um den Verlust nicht zu fühlen? Willst du jetzt lebenslang nach Grace suchen, obwohl sie vielleicht …«

Ich winkte ab. »Nein, so bin ich nicht. Ich gehe sowieso stets vom Schlimmsten aus. Auf dem Nachhauseweg habe ich dir doch noch mal von der ersten Begegnung mit den Desillusionaten erzählt. Dass meine Oma eingesaugt wurde, musste ich zweimal mit ansehen. Ihr Verschwinden hat sich mehr in mein Gedächtnis geprägt als mein erstes Mal. Ich versichere dir, dass sie diesen Gürtel trug, als sie eingesaugt wurde«, klärte ich ihn auf und ich spürte, dass er mir glaubte.

»Dann ist das wohl unser neues Abenteuer. Der zweite Akt sozusagen.«

Er war so süß. Ein zuckersüßer Eisbecher mit kandierter Kirsche und Marshmallows.

»Bist du dir sicher? Noch kannst du aufgeben.« Durch seine Haare wuschelnd legte ich den Gürtel beiseite und stand auf.

»Solange du mich nicht verscheuchst, bleibe ich bei dir. Bis zum Schluss.«

Gerührt küsste ich seine Nasenspitze und holte uns vom Balkon Schnaps. Den konnten wir gut gebrauchen.

»Du weißt, dass das bedeutet, dass es nicht vorbei ist.« Wyatt knallte Schnapsgläser auf den Tisch und ich erschrak. Glücklicherweise hatte er es nicht mitbekommen.

»Dann habe ich meine Kräfte wirklich noch.«

Als ich ihn danach fragen wollte, ob er sie nicht ausprobieren wolle, verpuffte er bereits und tauchte hinter mir auf.

»Wäre das auch geklärt.«

Es klackte noch mal, als wir die Gläser leerten und sie abstellten.

»Einer geht noch. Auf Grace!«

Wofür war der erste überhaupt gewesen? Ich stimmte zu, schenkte ein und wir kippten uns noch einen hinter die Binde.

Zusammen setzten wir uns auf die knarzende Ledercouch und legten unsere Beine übereinander. Sich auszuruhen fühlte sich göttlich an.

»Wir haben nicht den geringsten Anhaltspunkt, wo wir suchen sollen.« Ich bewegte meine geschundenen Füße. Ein Gefühl der Freiheit. Der Schnitt hatte sich schon fast wieder geschlossen und ich spürte, wie die Schneefrau gegen die Entzündung ankühlte. Snow-Girl hatte wieder zugeschlagen. Langsam wurde mir die kalte Nuss sympathisch. Ok, nicht wirklich, aber sie war phasenweise nicht ganz unbrauchbar.

»Es bringt meiner Oma auch nichts, wenn wir uns sofort in die Gefahr stürzen und unbedacht handeln. Sie wollen mich, also warten wir, bis sie mich holen.«

»Dich als Köder verwenden? Das ist doch der billigste Trick ever. Das geht nie gut. Ich dachte, du bist so eine Leseratte.«

»Warum werden Leser mit Ratten in Verbindung gebracht? Na ja. Jedenfalls: Nein, so meinte ich das nicht. Aber wir bereiten uns auf den nächsten Kampf vor und irgendwann zeigen sie sich uns von selbst.« Mein Plan war simpel, aber effektiv.

»Du wirkst so fröhlich und voller Eifer, dabei bin ich k.o.« Kichernd rutschte ich zu ihm und legte mich auf seinen Bauch. Auf seinen harten Waschbrettbauch.

»Klar, meine Großmutter lebt. Es kommt viel auf mich zu, Kämpfe und Angst, aber sie wird am Leben gehalten. Vermutlich als Köder, aber damit kann ich arbeiten. Sie werden ihr nichts tun, sonst würde sie hier zerstückelt im Schnaps ihres Blutes liegen.« Ich merkte selbst, wie abgebrüht ich wurde.

Wyatt verzog angewidert den Mund. »Blutschnaps. Das wäre doch was für einen Vampirroman«, witzelte er.

»Warum töten sie dich nicht einfach?«, fragte er anschließend.

»Ich glaube, dass meine Energie, also mein Herz, stärker ist, wenn sie meine Magie lebend absorbieren. Tot bin ich nur halb so nützlich. So zumindest meine Theorie«, erklärte ich ihm.

»So etwas Ähnliches habe ich auch gedacht«, sagte Wyatt.

Ich kicherte. »Man merkt, dass wir viel lesen.«

Sein Bauch gluckerte und rumorte.

»Du hast Hunger. Warum sagst du nichts?«, fragte ich.

»Wann wäre denn der richtige Zeitpunkt gewesen? Zwischen: Du glaubst, *deine Oma ist tot* und *Ein Nekromant zerstört halb Dublin*?« Da hatte er natürlich recht.

Räuspernd strich ich meine fettigen Haare zurück.

»Ich springe unter die Dusche und dann gehen wir essen.«

Wyatt schnappte sich meinen Arm, als ich drauf und dran war, zu gehen. »Geht es dir auch wirklich gut, Cass? Du musst nicht die Heldin spielen. Deine Großmutter wurde entführt.«

Ich legte meinen Kopf in den Nacken und leckte über meine Lippen.

»Es zerfrisst mich jede Sekunde. Egoistisch wie ich bin, freue ich mich, dass sie wahrscheinlich noch lebt. Dabei sollte ich ihr wünschen, tot zu sein. Die Vorstellungen, welche Qualen sie durchleidet – seien sie nur seelisch und psychisch –, töten mich innerlich. Aber was soll ich tun? Was, Wyatt?«

Schon wieder verschleierten die Tränen meine Sicht und ich blickte ihn hilflos an. Er ließ mich los, sagte nichts mehr. Während ich mich auf den Weg zum Badezimmer machte, zog ich den geklauten Pullover aus und schmiss ihn auf den Boden, pellte mich aus der Hose und stieß die Tür zu.

Unter der Dusche drehte ich die Temperatur auf die kälteste Stufe und stellte sie an. Der menschliche Anteil von mir schreckte hoch, aber die Schneefrau in mir übernahm, gewöhnte meinen Körper an die Kälte und saugte sie auf wie ein Lebenselixier.

Minutenlang stand ich da. Das eiskalte Wasser, das meine Haut rot färbte. Höllische Schmerzen verbanden sich mit wohltuender Heilung. Und hier allein mit mir selbst und der Schneefrau legte ich meinen Umhang der Stärke ab und stand – im wahrsten Sinne des Wortes – nackt mit meiner Schwäche da.

Ich setzte mich auf den kalten Boden, roch den Wassermelonenduft des Duschgels meiner Oma und schluchzte laut auf. In der Hoffnung, dass Wyatt nichts mitbekommen würde.

»Du hast versprochen, dass du für mich da bist. Warum lässt du mich alleine? Warum? Das ist so unfair und es tut so verdammt weh.« Zorn flammte in mir auf. Völlig unangebrachter Zorn auf meine Oma. Als hätte sie es sich ausgesucht, entführt zu werden.

Die Verzweiflung brachte mich um den Verstand. In diesem Augenblick war ich froh, nicht zu wissen, wie meine Zukunft aussah.

Teil 2

Der Schlaf der Schneefrau

Dunkelkalt

Dort, wo das Böse wohnt …

»Warum willst du mit dem Angriff warten? Es ist der perfekte Augenblick.«

Ihre lästige Stimme bohrte sich in meinen Kopf. Schade, dass ich sie brauchte.

»Wir haben das nicht von langer Hand geplant, um jetzt an unserer Ungeduld zu ersticken. Alles läuft nach Plan.«

Ihr dümmliches »Hä?« machte mich krank. Beim Vorbeigehen packte ich ihre Haare, riss sie hoch und stieß das Weib wieder hinab.

»Meine Nase blutet!« Sie erhob ihre Stimme nur kurz.

Ich bedachte sie mit einem entsprechenden Blick und sie senkte ihr Haupt.

»Und doch, gierig nach Macht und Vergeltung, wie du bist, beugst du dich mir.« Selbstverständlich antwortete sie nicht darauf. Jede Aussage würde sie noch mehr entwürdigen.

»Was ist dein Plan?«

War das nicht offensichtlich?

»Die Schneefrau soll sich in Sicherheit wiegen.«

Wie durch Jalousien kämpfte sich Licht durch die winzige Öffnung im schwarzen Loch. Ganz schließen konnten wir es nicht. Wir würden hier drinnen sterben. Die Öffnung war dennoch zu klein, um von außen erkannt zu werden. Wir waren eine Mücke im Wind. Ein winziger Rabe am Himmel.

Smog von der Stadt quoll herein und verpestete die Luft.

»So blöd ist sie nicht.«

Wie lange hatte die Dummheit auf zwei Beinen für diese Antwort gebraucht?

»Das ist mein Ziel. Würde sie sich keine Hoffnungen machen, gäbe es keine, die ich zerstören könnte.«

Die Zeit voller Macht würde bald anbrechen und ich herrschte über alles und jeden, über die gesamte Existenz. Der Krieg hatte gerade erst begonnen.

Book-Hangover

Ausgelassen tanzte ich zu dem Burlesque-Soundtrack meiner Großmutter und spielte verführerisch mit ihrer pinken Federboa. Laut und schief sang ich den Songtext mit, zog die Konturen meines Körpers im Pulloverkleid meiner Oma nach und sprühte mir ihr altes Parfüm mit Parfümzerstäuber auf den Hals.

»Yeah!«, sang ich den Schluss mit und lehnte mich gegen ihren Kleiderschrank. Ich verbeugte mich zum Applaus, bis mir dämmerte, dass es doch keinen Applaus auf der CD gab. Meiner schlimmsten Befürchtung nachgehend, warf ich einen Blick zur Tür.

»Wyatt.«

»Stell die Frage, die jeder in solchen Momenten stellt.«

Hastig richtete ich mich auf, als wäre es mir nicht unangenehm, und hustete in die Faust.

»Wie lange stehst du schon da?«

»Sehr, wirklich *sehr* lange.«

Ich schürzte meine Lippen und ging an ihm vorbei.

»Wo gehst du hin?«

»Mich im Badezimmer erhängen.«

Er nahm meine Arme und schlang sie um sich.

»Das war doch scharf und niedlich.«

»Ja, ist klar.« Ich wartete auf meinen Walk-of-Shame. »Ich hätte nicht gedacht, dass du wiederkommst.«

»Cass. Ich habe dir gesagt, ich hole ein paar Klamotten und komme morgen wieder. Ta-da, hier bin ich!«

»Aber alle verlassen mich.« Hatte ich das tatsächlich laut ausgesprochen?

Oh, Mann. Reiß dich zusammen, Caspara!

»Cass! Oh, Cass. Ich verlasse dich nicht.« Er drückte mich an sich. »Du bist doch die, die ständig sagt, ich bin zu aufdringlich und es geht dir zu schnell.«

Wyatt sprach die Wahrheit. Über die letzten Tage hinweg hatte er sich in mein Herz geschlichen und das hätte ich nie zu hoffen gewagt. Wir verstanden uns, hatten viel gemeinsam und die Kämpfe und Todesängste schweißten uns sowieso zusammen.

»Tut mir leid für meinen sentimentalen Ausbruch.« Zurück im Zimmer meiner Oma packte ich endlich die Federboa weg.

»Du musst dich nicht entschuldigen. Wie sollst du auch einfach so hinnehmen, dass Grace entführt wurde?«

Ich lachte, obwohl es mehr als unpassend war, als ich die pinke Feder an seiner Brust entdeckte. Seine Mimik verriet seine Verwirrtheit.

»Du hast da«, sagte ich, zeigte auf sein Shirt und hielt mir mit der anderen Hand selbst den Mund zu.

»Oh!« Ruckzuck zupfte er die Feder weg und sie glitt zu Boden.

»Was ich eigentlich sagen wollte, bevor du vor mir aufreizend getanzt hast: Gehen wir in die Bibliothek? Mich beruhigt dieser Ort, egal, wo auf der Welt.«

»Ja, ich will. Also, ich meine, du hattest mich schon bei: Gehen wir in die Bibliothek.« Ich zog das Kleid hinunter und stieg heraus.

»Soll ich mich gar nicht wegdrehen?«

»Bin ich eine Nonne?«

Ich warf meine Klamotten über und schwang die Umhängetasche über meine Schulter.

In der Marsh's Bibliothek Dublins angekommen, entwich Wyatt ein helles Quieken. »Wie mega geil ist diese Bibliothek? Die ist ja wie in all diesen Facebookposts mit den traumhaften Bibliotheken oder in diesen uralten Filmen. Ich sterbe.«

Zufrieden schlenderte ich mit ihm zum hintersten Tisch, damit wir alleine waren.

»Ein Bibliotheks-Date. Wie abgefahren, oder?«, schwärmte er noch immer. Es war erfrischend, wie direkt und ehrlich er war. Wyatt spielte keine Spielchen und zeigte einfach, dass er mich mochte, ohne Dramen.

Wir legten unsere Taschen und Jacken auf den Tisch und scharwenzelten um die Bücher in den Regalen herum.

»Warte kurz.« Wyatt blieb interessiert stehen, ich fischte mein Smartphone aus der Tasche und machte ein Foto von uns vor den Regalen.

Lange nichts von mir gehört. Mein Leben ist im Moment ein Fantasyroman, aber heute bin ich in der Bibliothek mit Wyatt. Ich würde sagen: Goals! Mein Herz schmilzt bei dem Anblick. Brauche neue Bücher! Eure Cass-TheBookMess. #Books #Bookstagram

Ein bisschen bearbeitet und Filter ausprobiert, dann war das Bild samt Text auch schon auf Instagram.

»Gibst du mit mir an?«

»Quatsch! Mit dir doch nicht. Mit den Büchern.« Dafür kassierte ich einen Knuff in die Seite. Es hätte alles so schön sein können ohne diese elenden Rauchviecher im Nacken. Doch mehr als abwarten, bis sie sich verrieten, konnten wir nicht.

Falls die Nekromanten tatsächlich in einer Dimension neben uns waren, wie in dem schwarzen Loch, fanden wir nicht irgendwo eine Kammer im Klo, die uns dort hinbrachte.

»Cass! Guck mal, hier.«

Ich warf einen Blick auf das Buch, das er mir entgegenhielt.

»Das Leben und Nekromantie von James Badwill«, las ich vor und verstand die Bedeutung dahinter erst danach.

»Pack das auf jeden Fall auf unseren Stapel.«

Wyatt salutierte und drückte das Buch an sich. Das hätte ich jeden Tag machen können.

Die Bibliothek roch nach altem Papier, Möbelpolitur, Ledereinbänden und Klebstoff und bis auf das Rascheln der Blätter und dem knarrenden Boden war es vollkommen still. Während ich noch die

Atmosphäre genoss, blickte ich über meine Schulter und sah Wyatts Gesicht vor lauter Büchern nicht mehr.

»Wann hast du die denn alle genommen?«

»Sie kamen zu mir!«

Sein Protestieren heiterte mich auf. »Das erklärt natürlich alles, Wyatt.«

»Eben! Nervige Nekromanten – und wo sie zu finden sind. Band eins von drei, fünfte überarbeitete Auflage.«

Nachdem wir einige Reihen abgeklappert hatten, saßen wir an dem Tisch, an dem wir unsere Sachen gelassen hatten, und stöberten die Bücher durch.

»Hast du etwas Interessantes im Nekromanten-Buch?«

»Nicht viel. Wusstest du, dass es einen Unterschied gibt zwischen Scyomantie, dem Beschwören vom Abbild eines Toten, und Nekyomantie, dem Wiederbeleben eines Toten?« Ich staunte nicht schlecht über seine Detektivfähigkeiten.

»Nein, hatte keine Ahnung, aber klingt spannend. Noch etwas?« Ich stützte mich an meinem Buch ab.

»Nichts, was uns weiterbringt, leider, aber wir haben ja eine starke Schneefrau, die uns beschützt.« Wyatt schlug das Buch zu und wie als Retourkutsche für diese Grobheit, stieg ihm eine Ladung Staub ins Gesicht.

»Nicht zu vergessen den Nekromanten mit dem Waschbrettbauch«, raunte ich ihm zu. Mein Blick fiel dabei auf eine umgeknickte Seite. Hatte ich den Knick hineingemacht? Schuldbewusst öffnete ich es an der Stelle, machte das Eselsohr weg und blätterte eine Seite weiter. Man sah es zwar noch, aber ich war beruhigt. Ich überflog die Seite.

»Hey! Hier steht doch was.« Ich legte meinen Finger auf den Absatz und las genauer. »Wenn das stimmt, dann können Geister, also Nekromanten, vom Licht absorbiert werden. Dabei muss das Licht nur größer sein als der Anteil ihrer Dunkelheit.«

Selbstverständlich bemerkte ich sofort, dass er mir nicht folgen konnte. »Ich denke, damals waren so viele Schneefrauen nötig, die alle starben, weil es auch richtig viele Nekromanten gab. Vielleicht komme ich mit unserem Problem alleine klar, ohne so viel Kraft aufzuwenden, dass ich sterbe.«

Hektisch schüttelte er den Kopf. »Na klar. Dann hast du zufällig doch zu wenig Schneeherzlicht in dir und verreckst. Ich soll dann danebenstehen, mit den Schultern zucken und sagen: Na ja, einen Versuch war es wert, oder wie? Diese Diskussion hatten wir schon. Wir benutzen dich nicht als Schwarznebelköder. Dazu wissen wir nicht, wieso sich bei mir ausgerechnet in dem Moment ein Nekromanten-Upgrade installiert, als ich dir begegnet bin. Da könnte alles Mögliche dahinterstecken.«

Ich bemerkte die Anspannung in seinem Gesicht. Ade, du knisternde Stimmung.

»Aber wir können morgen ins Sprachzentrum der Uni gehen. Vielleicht haben sie Bücher darüber in anderen Sprachen?«

»Abgemacht, dann behalten wir das im Hinterkopf!«, schlug ich vor. Widerwillig nickte Wyatt, obwohl ich ahnte, dass er niemals zustimmen würde.

Eisige Wiederkehr

»Ich hätte mir nie gedacht, dass es Magie gibt.«

Woher kam das denn? Unsicher beäugte ich die Menschen um uns, aber sie waren außer Hörweite.

»Wie kommst du darauf?« Kurz vor der Universität klammerte ich mich an den Träger meiner Umhängetasche und wartete seine Antwort ab.

»Das kam mir gerade in den Sinn. Ich kann dir nicht sagen warum. Findest du das nicht merkwürdig? Warum gibt es dich, also die Schneefrau in dir, überhaupt?« Fragen über Fragen. Natürlich konnte ich das nachvollziehen. Jedes Mal, wenn wir in Gefahr waren, musste er die gesamte magische Welt hinnehmen, ohne nachzudenken. Wie ein naives Bübchen mir Folge leisten oder sterben.

»Mir ging es als Kind so. Auch als Jugendliche habe ich Nächte damit verbracht, Death Cab For Cutie zu hören oder andere Emo-Musik und zu heulen. Mittlerweile ist es Normalität geworden. Warum es Schneefrauen gibt? Keine Ahnung. Warum gibt es Krebs?«

Der sonnige Tag heute störte mich. Es fühlte sich falsch an, meine Oma entführt zu wissen, während die Einwohner Dublins einen schönen Wintertag genossen.

»Gibt es noch andere Wesen?«, wollte er wissen.

Damit beschäftigte ich mich selbst oft. Mit meiner Großmutter hatte ich Nachmittage im Park verbracht und mit ihr gerätselt, wer welches mystische Wesen sein könnte.

»Ich denke ja, bin aber noch keinem begegnet.«

Wyatt verstummte, obwohl ich an seinem Blick erkannte, dass er noch unendlich viele Fragen parat hatte.

Am Universitätsgelände angekommen, durchquerten wir das Hauptgebäude und ich holte an der Parkbank vor dem angelegten See eine Flasche heraus. »Ich bin froh …« Hastig trank ich einen Schluck. »… dass wir keine Anwesenheitspflicht mehr haben. Du sowieso nicht und ich muss nur noch meine Arbeit abgeben.«

Ohne mir zuzuhören, starrte er auf das Sprachzentrumsgebäude. »Schneefrau an Amateurnekromant?« Ertappt schüttelte er den Schleier der Unaufmerksamkeit ab.

»Wie bitte?«

»Ich habe vorgeschlagen, es auf der Toilette zu tun, aber jetzt habe ich keine Lust mehr. Gehen wir hinein?«

»Was? Nein, warte. Ich bin startklar«, stammelte er und suchte ein passendes Versteck.

»Ist klar, Wyatt.« Ich schnappte mir seine Hand und zog ihn zum Gebäude. »Chance vertan.«

»Hey, Caspara. Na, hast du dir den Neuling geangelt?«

Ich wandte mich der Männerstimme zu.

»Ja, also, nein. Ich wollte ihn nur zum Sprachzentrum bringen. Was geht dich das überhaupt an?« Neugierig verschränkte ich meine Arme und wartete ab. Wyatt wankte von einen Fuß auf den anderen, wirkte angespannt.

»Ich bin es, Tony?«

Bitte, wer? Ich soll ihn kennen?

»Ah!« Schlecht schauspielernd hob ich meinen Zeigefinger, schaute zu Wyatt und Tony und nickte scheinbar wissend. »Tony! Tony Mahony, Peppony, genau.« Ich lachte übertrieben laut und schmiss meine Haare zurück.

»Du hast keine Ahnung, wer ich bin, richtig?«

Rasch checkte ich ihn noch mal: *blonde Haare, kurz, braune Augen, schlank, groß, riecht nach Rosenwasser und Zimt.*

»Überhaupt keine«, gab ich zu.

»Wir waren in dem TouristInnen vs. Fremde Seminar. Ein ganzes Semester, und damals hast du mich gemobbt, weil ich mir die Austauschschülerin geangelt hatte.« Jetzt klingelte etwas.

»Stimmt, die Damenbart-Berta. Mit dem Glücksbärchen-Shirt. Was dich da geritten hat. Wie lange ist sie bei uns gewesen? Nur dieses eine Semester, oder?«

Wyatt merkte anscheinend vor mir, dass Tonys Miene sich zusehends verfinsterte und tippte mir unauffällig mehrmals auf den Rücken.

»Sie hat aufgehört, weil sie schwanger wurde von mir. Wir sind verlobt.«

Wyatt beherrschte es perfekt, sich nicht einzumischen und mir zu helfen. Er war beinahe unsichtbar. Stöhnend klatschte ich einmal laut in die Hände.

»Also da kann ich mich beim besten Willen nicht mehr retten. Wenn ihr glücklich seid, dann freut mich das, aber Freunde werden wir wohl keine mehr. Sorry wegen des Damenbart-Dings.«

Tony schnalzte mit der Zunge und machte sich dann aus dem Staub.

»Du hast nicht sehr viele Freunde«, analysierte Wyatt.

»Freunde sind wie Donuts, isst man sie, sterben sie.«

Ein Lächeln huschte über sein Gesicht.

»Ich bin sehr beliebt in Bar Harbour. Wenn du meine Familie besuchst, wirst du mit meiner Truppe abhängen müssen«, erzählte er mir stolz. Nach dieser Nachricht legte ich eine Hand auf mein Herz und setzte mich auf die Steinbank vor dem See.

»Das klingt ja schrecklich! Ihr seid sicher so ein Haufen, der grillt, und dann sitzen alle zusammen und erzählen schlechte Dorfwitze, bei denen jeder gezwungen mitlacht. Danach geht ihr auf eine coole«, das Wort *coole* setzte ich unter Anführungszeichen, »Straßenfeier und jeder grüßt jeden.«

»Stalkst du mich heimlich und ich bin hier in einem abgedrehten Psycho-Thriller?«

Die Tatsache, dass ich der Pub-Typ war, der lieber im Zwielicht herumhing und trank, ohne dass man sein Gegenüber erkannte, verschwieg ich heute noch. Der See hinter mir duftete nach Moos und Gras und am liebsten hätte ich mich darin ertränkt.

»Solange ihr nicht Chicken-Wings essend vor dem Fernseher sitzt und den Super Bowl guckt.« Das war mein letztes Wort und ich ging zum Sprachzentrum voraus.

»Äh, Cass!«, rief er mir nach und folgte mir.

»Behalt es für dich!«

Wyatt lachte und hielt mir seinen angewinkelten Ellbogen hin und ich hing mich ein. »Miesepeter«, flüsterte er mir ins Ohr.

»Teletubbie«, erwiderte ich und betrat das Gebäude.

Was ich dort erspähte, machte mich sprachlos. Lange, knallrote Haare, schwarzer Ansatz, Smokey Eyes und Gothic-Kleid.

»Amy?«, fragte ich ungläubig in den Raum, als stünde Harry Potter in vollem Ornat vor uns.

»Zwanzig Beef-Steaks mit Kartoffeln, Caspara!« Sie war es tatsächlich und sie hatte noch immer nicht damit aufgehört, ihre Freude in Essensportionen zu messen.

Wie kleine Mädchen kreischten wir beide los und fielen uns in die Arme. Manchmal waren Klischees auch zu herrlich.

»Was machst du schon hier?«, brüllte ich ihr ins Ohr.

»Ach, ich bin durch alle Prüfungen gerasselt, wie du es prophezeit hast, aber wen kümmert es. New York war der Hammer!«

Tränen schossen in meine Augen. Es tat so unglaublich gut, sich ein bisschen Normalität zurückzuholen. Schweren Herzens bemerkte ich, dass ich das Leben erst anfing zu schätzen, als ich kurz davor war, es zu verlieren.

»Wer ist der Klischee-Ire?« Amy reckte ihr Kinn zu Wyatt.

»Oh, das. Das ist Wyatt. Mein … meine Begleitung für das Sprachzentrum.«

»Wer ist der Grufti mit roten Haaren?«

»Uuuhh! Buuurn!« Amy prustete laut los.

Warum, Wyatt? Warum benutzt du das alte Menschen-Wort?

Sie hatte ihn bereits gefressen.

»Wer sagt denn heute noch Grufti?«

Jetzt tat er mir auch noch leid.

»Wyatt. Das ist meine stinkreiche, beste Freundin, Amy. Sie macht überall auf der Welt Auslandssemester, die sie nie besteht, bis sie das Bierunternehmen ihrer Eltern übernimmt.«

Die Hals- und Armkettchen meiner besten Freundin klimperten, als sie sich verbeugte.

»Ich muss noch ein paar Formulare ausfüllen, damit mir wenigstens einige Punkte für meine Anwesenheit angerechnet werden. Sehen wir uns später?«

Energisch bejahte ich ihre Frage. Ein kleines Stück Familie kehrte zurück zu mir.

»Bis später, Cass.« Amy ging an mir vorbei und blieb neben Wyatt stehen. »Wyatt.« Mit einem Nicken in seine Richtung, in dem das ganze Selbstbewusstsein der Upper Class lag, stöckelte sie aus dem Gebäude.

Die Hände ineinander verschlungen sauste ich zu Wyatt. »Es tut mir so leid. Ich habe nicht geahnt, dass sie heute kommt.«

Grob schlug er meine Arme weg. »Was sollte das? Ich bin doch nicht mehr im Kindergarten? Wir machen so viel durch und geschlafen haben wir auch miteinander und dann bin ich nur ein Begleiter?«

Er war verletzt und ich verstand es. Amys Auftauchen hatte mich überrumpelt. Die anderen Studenten beobachteten uns, weswegen ich mir Wyatt schnappte und ihn in den Nebenflur zerrte.

»Es tut mir leid, wirklich. Aber wir haben noch nie darüber geredet, was wir sind.« Die Zornesfalte auf seiner Stirn konnte ich nicht übersehen. Amy hatte ihn bloßgestellt und ich hatte nicht zu ihm gestanden.

Ich lehnte mich an die kühle Wand und überlegte, wie ich es wiedergutmachen sollte.

»Treffen wir uns heute Abend im Phoenix Park am Wellington Monument?«

Wyatt schien mit sich zu ringen.

»Bitte.« Damit erweichte ich ihn ein wenig.

»Okay. Aber was ist, wenn du angegriffen wirst?«

»Ruhe dich aus und dann komm in den Park. Ich bleibe noch und recherchiere alleine, damit du die Tage sacken lassen kannst. Okay?«

Wyatt stimmte zu meiner Überraschung zu und haute ab. Ich musste ihn sehr gekränkt haben und das bereute ich. Das musste geklärt werden, sonst würde ich mir das niemals verzeihen.

Ich ließ die Recherchen Recherchen sein und machte mich auf den Weg zum Hauptgebäude. Dort musste sich auch Amy rumtreiben und ihre Formulare ausfüllen.

Der graue Gang im Hauptgebäude kam mir vor, als verenge er sich mit jedem Schritt. Die stickige Luft und der schimmelige Geruch taten ihr Übriges. Nach der nächsten Ecke entdeckte ich Amy. Sie saß auf einem Tisch vor den Büroräumen der Angestellten und füllte Papierkram aus.

Als ich mich samtpfotengleich anpirschte und mich setzte, zuckte sie kurz zusammen, lächelte aber sofort wieder.

»Cass! Konntest du es nicht abwarten, mich zu treffen?« Ihre dünnen Augenbrauen wackelten.

»Doch, ich meine, nein, also …« Warum passierte mir das ständig? »Ich muss mit dir reden.«

»Was gibt's, Große?« Ihre Mundwinkel wanderten talwärts und sie legte ihre Hand auf meine. Das liebte ich an ihr. Sobald ich ihre Hilfe brauchte, holte sie ihre weiche Seite heraus.

»Der Typ vorhin.« Wie sollte ich es ihr erklären, obwohl Wyatt und ich es noch nicht geklärt hatten?

»Der seelenlose Hipster?«

Ich verdrehte die Augen, grinste aber trotzdem. Unser Humor war zu ähnlich.

»Wir sind so was wie zusammen«, druckste ich herum und klimperte unschuldig mit den Wimpern.

»Wie? Du und er?« Amy rümpfte die Nase und biss von ihrem Schoko-Erdnussbutter-Riegel ab.

»Er weiß von der ganzen Schneefrauen-Sache.« Damit war alles gesagt.

»So ernst ist es dir mit ihm? Wie hat er reagiert?« Aufgeregt verschlang sie gesamte Süßigkeit und schleckte sich laut die Finger ab.

»Er verarbeitet es noch. Kannst du bitte nicht so fies zu ihm sein?« Zum Schluss hin wurde ich immer leiser und bewegte den Stuhl, damit er knarrte und Amy es eventuell nicht verstand.

»Ich bin doch nicht fies!« Sie hatte es verstanden.

»Amy, bitte!« Mit ihren abgeknabberten schwarzen Fingernägel kratzte sie sich an ihrer Stirn.

»Du magst ihn wirklich, richtig?«

Als ich den Kopf auf und ab bewegte, gestand ich es mir zum ersten Mal selbst. Ich mochte Wyatt Chris Atkins.

»Hach, Caspara. Das ist so niedlich! Ich freue mich für dich. Ich muss ja gestehen, dass er heiß ist. Mit den Typen in New York kann er definitiv konkurrieren.«

Stolz reckte ich meine Brust hervor und unterdrückte ein Lächeln.

»Ich werde mich entschuldigen und ihn besser kennenlernen.« Amy klackte einige Male mit dem Kugelschreiber, ehe sie ihn ablegte.

»Also: Wie groß ist *er?*«

Belustigt schüttelte ich den Kopf. Ich hielt meine Hände parallel zueinander und entfernte sie weiter voneinander, bis ich die ungefähre Größe von Wyatts Teil erreicht hatte.

»Nicht schlecht, Herr Specht. Ist akzeptiert. Was sagt Grace dazu? Also zu Wyatt, nicht zu seinem Penis.«

Bei dem Namen meiner Oma wurde mir ganz schlecht.

»Ich glaub, sie mag ihn.«

»Das hätte sie dir doch gesagt, wenn sie ihn nicht mögen würde.« Amy kannte meine Großmutter nur zu gut.

Eine der Türen öffnete sich, aber nur einen Spalt. Rauch qualmte aus dem Zimmer. Es stank bestialisch nach Zigarette, obwohl es im Gebäude verboten war, zu rauchen.

»Sind Sie fertig? Dann kommen Sie bitte wieder, ich mache dann Schluss.« Ihr stand die Peinlichkeit ins Gesicht geschrieben. Niemand sollte ihr kleines Zigaretten-Geheimnis erfahren. Dabei waren die gelockten, grauen Haare schlimmer.

»Bin fertig. Wir sehen uns, Cass.«

Dunkelfrost

Dort, wo das Böse wohnt …

Meine Gehilfin schlief, träumte von ihrer Rache und ich versank in meiner. Interessiert stellte ich mich vor die Öffnung des schwarzen Lochs und lugte hinaus. Bald würde das Chaos der Stille über sie fallen. Ich freute mich wie ein kleines Kind.

Abgase standen in der Luft. Ich fühlte nichts unter mir und doch stand ich, fand Halt. Dieses unendliche Verlies machte mich kaputt. Bald würde ich nicht mehr hier schmoren. Jetzt, mit der Macht der Nekromanten in mir.

Leichtsinnig liefen sie in meine Falle, klaubten die Bonbons vom Boden wie Geschenke, die sie dankend von mir annahmen. Ich machte mich klein, so klein, dass es schmerzte, aber ich übertrumpfte sie.

Leichtsinnig schenkten sie meiner Demut Glauben und griffen frontal an. Ihre Macht gehörte mir und bald würde ich sie vervielfachen.

»Wie hast du dieses Versteck eigentlich gefunden?«, säuselte sie schlaftrunken. Ich drehte mich zu ihr.

»Versteck? Wir hausen hier in einer Blase, die über Dublin schwebt und von außen nicht sichtbar ist. Hier drinnen herrscht nur Dunkelheit. Eine Art schwarzes Loch, das Nekromanten als Unterschlupf dient.«

»Wir hätten uns von Anfang an, vor Jahren, zusammentun sollen.«

Ein Schauer huschte über meinen Rücken. Sie widerte mich an. Aber sie war mein Mittel zum Zweck und ich nutzte sie aus.

Bald, bald, bald, bald.

Kleeblatt

Ich schlenderte durch eine Allee und bestaunte das satte Grün der Umgebung. Die andauernden Niederschläge bekamen der Natur natürlich gut, aber in Dublin fühlte man sich, als würde man durch eine gephotoshopte Landschaft laufen. Ich stoppte an einem eingezäunten Baum, nahm meine Wasserflasche aus der Tasche und trank beinahe alles aus.

Wodka wäre mir lieber gewesen, wenn ich an das Zusammentreffen mit Wyatt dachte, aber da musste ich durch. Mein Weg führte mich durch die grüne Lunge Dublins, so nannte meine Großmutter den Phoenix Park.

Tausende Male legte ich mir die Worte zurecht, verschob sie, fügte andere ein, strich viele wieder hinaus, bis ich entschied, mein Herz sprechen zu lassen.

Ich entdeckte das Wellington Monument und Wyatt saß davor an der obersten Stufe. Als er mich erblickte, stand er auf und ich näherte mich zögerlich. Ich stieg die Steintreppe hoch und stellte mich neben ihn.

»Hey«, sagte er schüchtern.

»Hey.«

Wir wagten es kaum, uns in die Augen zu sehen. Ich schaute hastig in eine andere Richtung. Hitze breitete sich in mir aus. Der frische Duft und die kühle Brise machten mir Mut.

»Also, Wyatt.« Ich nahm seine Hand.

»Die letzte Zeit und die Todesängste haben uns schnell zusammengebracht. Vielleicht zu schnell.«

An dieser Stelle unterbrach er mich.

»Ich fühle mich bei dir zu Hause. Wenn ich dich sehe, blüht alles in mir auf. Du bringst das Beste in mir hervor, Cass.« Er blickte zu Boden. »Dennoch verschwende ich meine Zeit nicht mit jemanden, der mich nicht will, sich schämt.«

»Nein!« Ein Pärchen unter uns blickte hoch bei meinem heftigen Widerspruch. »Nein.«

»Du bist nicht mein erster Freund, aber Nähe zulassen ist für mich ein Problem. Ich habe in meiner Kindheit Freunden unabsichtlich wehgetan, meine Mutter habe ich mit meiner Geburt umgebracht, mein Dad ist abgehauen und mein Opa ist gestorben. Alle verlassen mich, jetzt meine Oma.

Selbst Amy ist immer nur kurz in Dublin. Ich will nicht mehr verlassen werden.« Angestrengt blickte ich zu Boden, auf meine grünen Schuhe. Ich hasste es, mich zu öffnen. Meine Ängste zu teilen, sie wahrwerden zu lassen.

»Ich würde dich nie …«

Ich legte meinen Finger auf seine weichen Lippen.

»Das sagen sie alle am Anfang. Du hast eine riesige Familie. Viele Freunde, aber ich bin alleine, wenn du gehst.« Als würde ich mir Unmögliches zusammenspinnen, sah er mich verdutzt an.

»Klar, wir kennen uns nicht lange. Vielleicht nerven wir uns, wenn der Alltag einkehrt, passen nicht zusammen, leben uns auseinander oder irgendjemand lernt einen neuen Partner kennen. Das kann passieren, aber wenn du es nie zulässt, kann dir auch nie die lebenslange Liebe widerfahren, Cass.«

Selbstverständlich hatte er recht, aber Ängste überwinden war niemals leicht.

Wyatt ließ mich los und kramte aus seinem schwarzen Mantel ein kleines, grünes Etwas hervor.

»Ein Kleeblatt?«

»Ein vierblättriges Kleeblatt! Das bringt Glück, und es erinnert mich an dich.«

»Weil ich so ein optimistischer Sonnenschein bin?«, hakte ich nach, womit ich Wyatt ein Grinsen entlockte.

»Du bringst mir Glück. Da ich aber kein vierblättriges Kleeblatt auf die Schnelle auftreiben konnte, habe ich eines mit drei Blättern genommen und …« Wyatt drehte es um. »… und ein viertes hinzugeklebt, weil es rasch gehen musste. Wie bei uns, Cass. Es symbolisiert die Schnelllebigkeit unserer Beziehung, aber deswegen ist es nicht weniger ein Kleeblatt. Du bist das Blatt, das mir noch gefehlt hat, um glücklich zu sein. Selbst wenn unsere Begegnung hektisch war und unsere Treffen, eins ans andere angeklebt, ist es nicht weniger wert.«

Seine Ansprache rührte mich zu Tränen. Hunderte Male hatte ich in meinem Blog über solche Bookboyfriends aus Büchern geschrieben, geschmachtet und geschwärmt. Jetzt hatte ich ihn. Diese vollkommene Liebeserklärung, ohne Bedingungen, brach all meine Dämme.

»War das so schlecht?«, hakte er nach.

Ich lachte einen Schluchzer weg. Wyatt strich mein Haare hinters Ohr und klemmte das Kleeblatt dazwischen.

Da fiel mir wieder ein, dass ich auch etwas für ihn hatte. Tollpatschig griff ich fünfmal neben die Tasche meines cremefarbenen Mantels, bis ich eine Postkarte herausholte, die ich auf dem Weg hierher gekauft hatte. Mit meinen Fingern umschlang ich den Ärmel meines Mantels und wischte mir die Tränen weg.

»Hier«, wisperte ich und gab ihm die Karte. Wyatt nahm sie entgegen und strahlte.

»Und?«, erkundigte ich mich.

»Will you be mine? Yes! Double Yes!«, las er laut vor.

»Ich habe gar keinen Stift.«

Panisch tastete ich meine Jacke ab, überlegte, was in meiner Tasche war, bis Wyatt die Karte wegsteckte und wieder meine Hände packte.

»Frag mich.«

»Bist du jetzt mein Freund?«

»Ja und ja!«

Endlich küssten wir uns, auch wenn es ein ziemlich salziger Kuss war. Wyatt verdrückte eine Träne. Mein Herz war kurz vorm explodieren. Seit Ewigkeiten hatte ich mich nicht mehr so glücklich gefühlt. Als würde ich vor Freude sterben.

»Die Show ist vorbei«, sagte ich schmunzelnd. Einige Menschen, die uns beobachtet hatten, zogen von dannen.

»Die haben wohl auf den Heiratsantrag gewartet«, sagte Wyatt. Wir kicherten wie kleine Kinder.

»Was nicht ist, kann ja …« Ich legte ihm vier Finger auf den Mund, um ihn zu stoppen, die er dann küsste. Mein erster Gedanke, das meiner Oma erzählen zu wollen, stimmte mich traurig.

Trauer und Freude lagen so nah beieinander, dass es mir schwerfiel, meine Gefühle zu sortieren. Von himmelhoch jauchzend bis zu Tode betrübt bediente mein Leben im Moment die volle Gefühlspalette.

»Grace?« Wyatt ahnte, warum ich ruhig wurde.

»Ja.«

Er umarmte mich, bettete seinen Kopf auf die Seite, an der nicht das Kleeblatt war.

»Wir retten sie. Das verspreche ich dir.«

Die Sonne ging hinter uns unter und ich hoffte, irgendwo würde auch meine Oma den Sonnenuntergang sehen. Selbst am dunkelsten Ort musste es irgendwo Licht geben. Ein roter, menschlicher Blitz sauste durch die Bäume hindurch. Nervosität keimte in mir auf. Es gab kein Zurück mehr.

»Weißt du, ich habe Amy von uns erzählt, sie will dich kennenlernen und es tut ihr leid, aber das erzählt Amy dir besser selbst, weil sie gleich da ist.« Mein Geplapper überrollte ihn, sodass er zunächst nicht begriff, was ich meinte. Bis ich mich bei ihm einhängte und wir uns gemeinsam zu Amy wandten.

»Du hast ihr von uns erzählt, bevor du mir von uns erzählt hast?«

Ich winkte Amy zu und sie grüßte zurück.»Stell dich nicht so an.«

Ihre roten Haare machten sie unverkennbar. Die Rothaarigen in meinem Leben nahmen langsam Überhand. Ihr Lippenpiercing glänzte im Licht des Sonnenuntergangs. Ihre Absätze klackerten auf dem Steinboden.

»Hey, schön, euch zu sehen.« Überschwänglich breitete sie ihre Arme aus und umarmte Wyatt. »Sorry für den Roast vorhin, Cass hat mir schon erzählt, dass du eine Pussy bist.«

Um Wyatts Blick vorsorglich auszuweichen, schwenkte ich meinen Kopf in eine andere Richtung.

»Ähm, danke? Freut mich auch, dich kennenzulernen.«

Mir graute es davor, Wyatts Freunde zu treffen. Er würde es extra furchtbar für mich machen.

»Ernsthaft: Wenn Cass dich mag, bist du bestimmt ein guter Typ. Nimm mich nicht so ernst. Durch meine Reisen und viele Geschwister musste ich früh lernen, meinen Mund eben nicht zu halten, wenn ich etwas haben will.« Während sie redete, zog sie eine Zigarette aus einem goldenen Etui, steckte sie in den Mund und zündete sie an. Der Geruch von Rauch erinnerte mich an die Kämpfe mit den Nekromanten. Meine Hand funktionierte ich als Fächer um und wedelte den Rauch weg.

»Ich quassle wie ein Wasserfall, daher würde ich vorschlagen, dass wir fett essen gehen und mein Daddy bezahlt.« Amy überlegte anscheinend selbst, was sie da gerade gesagt hatte.

»Also mein richtiger Daddy, nicht mein Sugar-Daddy. Den habe ich abserviert.« Wild gestikulierend klärte sie uns ungefragt über ihre Welt auf. Genau dafür liebte ich sie. Amy war schräg, aber sie selbst. Nicht geschauspielert, sondern Amy.

Wyatts Mundwinkel, die nach oben zeigten, bestätigten mir, dass er und Amy Freunde werden würden. Amy hängte sich bei Wyatts anderem Arm ein und leitete uns zur Straße. Sie war das geborene Alphatier.

»An der Haltestelle parkt noch mein Chauffeur. Wollt ihr in ein bestimmtes Restaurant oder soll ich aussuchen?«

In meinem Kopf herrschte Leere. Mir fiel nichts ein und Wyatt wirkte peinlich berührt darüber, dass er zum Essen eingeladen wurde.

»Entscheide du.«

Ehe sie antwortete, klopfte sie Wyatt auf die Brust. »Was isst du denn gerne, dann kann ich ausschließen. Wenn du sagst, du isst alles, kaufe ich dir Hundefutter.«

Ich liebte es, wie sie die Menschen aus der Reserve zwang.

»Ich mag Steak?« Wäre er nicht zwischen uns eingehakt wie ein Verbrecher zwischen zwei Polizisten, wäre Wyatt garantiert weggelaufen. Es kam mir vor, als würden wir ihn abführen.

»Ist das eine Frage? Woher soll ich wissen, ob du Steak magst?«

Er tat mir leid, gleichzeitig genoss ich es, ihn leiden zu sehen.

»Ich hätte gern Steak.«

»Oh, ha. Auch noch Forderungen stellen, wenn ich bezahle.« Sie zog ihre Augenbrauen hoch und Wyatt stotterte eine Erklärung, bis Amy losgrunzte. »Nur ein Spaß. Mach dich locker, Wyatt. Steak klingt gut. Wie wär es mit dem Fire Restaurant?«

»In der Dawson Street? Davon hat mir meine Oma erzählt. Klingt gut.« Wie teuer es war, verbarg ich vor Wyatt. Er würde es früh genug merken.

»Wie geht es überhaupt Grace?«

Wyatts Blick fiel auf mich. Ich erwiderte seinen Blickkontakt. Die Erkenntnis kam rasch. Noch hatte ich Amy nichts davon erzählt. Grace war auch für Amy wie eine Großmutter gewesen.

»Ich erzähl es dir im Auto, okay?«

Sie öffnete kurz ihren Mund, merkte aber, dass ich jetzt nicht reden wollte. Meine Schuldgefühle stiegen ins Unermessliche. Ich feierte in einem Luxusrestaurant und meine Oma hing entführt in einem schwarzen Loch.

Der Oscar für die beste Enkelin geht an Caspara O'Mahony! Nicht. Und egal, wie sehr ich mich anstrengte, es ergab sich kein Anhaltspunkt, keine Spur, die ich verfolgen konnte.

Mir waren die Hände gebunden und ich musste warten, bis die Nekromanten sich zeigten.

»Da sind wir schon.«

Mit ihrer Aussage holte sie mich aus meinen Gedanken. Die pompöse Limousine war unmöglich zu übersehen. Die Passanten staunten und tuschelten, als wir einstiegen. Die Zeit mit Amy war jedes Mal aufs Neue ein Highlight.

Dennoch hatte ich Angst um sie.

Abendmahl

Wir betraten den monströsen Saal. Sofort roch ich das Essen, schmeckte die saftigen Speisen, Kartoffeln, Karotten und Saucen bereits auf meiner Zunge. Der Duft der Köstlichkeiten brachte mich um den Verstand. Das Wasser lief mir im Mund zusammen und ich wimmerte leise.

»Wenn du es im Bett schaffst, dass sie so klingt, machst du alles richtig«, sagte Amy an Wyatt gewandt.

Ich knuffte sie in die Seite.

»Dann mach ich anscheinend alles richtig!« Seinen Mund zu seinem breiten Lachen geformt, drehte er sich um und ging rückwärts in den Saal.

»Wyatt!«

Er tat so, als würde er mich überhören und zeigte mit beiden Daumen hinter sich. »Ihr habt den Mann am Eingang gehört, unser Tisch wartet in der Ecke auf uns.«

»Ich mag ihn.« So rasch hatte Amy noch nie jemanden ins Herz geschlossen.

»Wie kommt's?« Das interessierte mich.

»Er macht dich glücklich. Das sehe ich. Außerdem brauche ich dann kein schlechtes Gewissen mehr haben, wenn ich dich mal wieder alleine lasse. Vor allem jetzt …« Eine rote Strähne, die Amy nicht richtig hochgesteckt hatte, fiel ihr ins Gesicht und ich steckte sie ihr hinters Ohr.

»Ich habe dir gesagt, du hast die Möglichkeit, dein Leben in vollen Zügen zu genießen, und das gönne ich dir. Kein einziges Mal war ich dir böse, Amy.« Nachdem ich sie angestupst hatte, gingen wir beide zu Wyatt und unserem Tisch.

»Du bist meine Familie, Cass. In meiner finde ich Wohlstand, aber du bist meine Heimat. Pass bitte auf dich auf. Ich kann noch nicht fassen, was hier los gewesen ist, als ich in New York gewohnt habe.«

Dazu sagte ich nichts. Mir war es lieber, dass sie nicht vor Ort gewesen war. Noch mehr Sorgen um einen Menschen hätte ich nicht verkraftet. Umso mehr beunruhigte mich ihre übereilte Wiederkehr.

Für einen Augenblick überlegte ich sogar, sie mit dem Fleischmesser präventiv zu erstechen. Damit wäre sie sofort tot und ich müsste nicht zusehen, wie sie irgendjemand in der Zukunft umbrachte oder in ein schwarzes Loch saugte.

»Ein Wahnsinn, Amy! Diese Location ist atemberaubend.« Wyatt sah aus wie das WhatsApp-Emoticon mit den Herzchen-Augen. Wie ein kleiner Welpe, der aufgeregt auf und ab lief.

Zwar kannte ich diese Art von Luxus von Amy, aber dennoch musste ich zugeben, dass ich mich wie in einem Film fühlte. Der dunkle Boden, die gewölbten Durchgänge, die orangefarbene Beleuchtung und die Vorhänge, die von der Decke hingen. Nicht zu vergessen die drei silbernen und unterschiedlich großen Kegel. Ein absoluter Blickfang, wenngleich ich die Bedeutung dahinter nicht verstand.

Die Erwachsenen waren gut gekleidet, ein Junge neben mir roch nach Altmännerparfüm und selbst eines der wenigen Staubkörner am Boden wirkte erlesen und teuer.

»Ich will mir die blöde Karte nicht durchlesen, stört es euch, wenn ich einfach die Empfehlung des Kochs bestelle?«

»Ich wollte schon immer mal die Empfehlung des Hauses bestellen«, schwärmte Wyatt. Jetzt fehlte nur noch, dass er mit seinem Schwanz wedelte.

Als ich ihn so betrachtete, fiel es mir schwer zu glauben, dass dieser Typ mein Freund war. »Bin mit dabei.«

Zufrieden lächelte Amy und suchte Blickkontakt mit einem Kellner, der anmutigen Schrittes zu uns eilte. Ein kleines Härchen am Hinterkopf trotzte seiner schmalzigen Frisur und stand ab. Nichts auf der Welt war perfekt, suchte man nur genau genug, hatte alles und jeder seine Fehler.

»Wir nehmen die Empfehlung des Hauses, Ihres Kochs, Ihrer Katze, wie auch immer!« Ein wenig zu laut und schrill, aber typisch Amy, teilte sie sich ungeniert mit.

Etwas verdutzt bedeutete der Kellner ihr, alles verstanden zu haben.

»Was trinken wir?« Amy schaute in die Runde.

»Ähm, Co…« Zu spät. Mir war klar, dass Amy uns nicht entscheiden ließ.

»Euren besten Wein, dekadent serviert.«

Innerlich schien der arme Mann mit dem abstehenden Haar, der nach süßem Wodka roch, zu beben. Er bewahrte aber seine Contenance und verschwand.

»Danke für das alles hier, Amy.« Wyatt lächelte versöhnlich.

Sie hielt inne, als sie das Glas ansetzte, das schon zuvor mit einem Krug Wasser auf dem Tisch gestanden hatte. Wyatts Höflichkeit schien sie zu überraschen. Behutsam setzte sie das Glas ab.

»Ich danke dir, Wyatt. Pass gut auf meine Cass auf. Meine Familie ist eher eine Zusammensetzung aus Geschäftspartnern. Cass ist meine Familie und wer weiß, vielleicht werden wir eine kleine Familie zu dritt. Für dich mag ich frech wirken, aber ich habe nichts, außer all das hier. Die Show des schönen Lebens. Ein einsames Dasein im seidenen Kleid.« Sie faltete die violette Serviette vor sich minimal zusammen.

»Das verstehe ich, nein.« Wyatt berichtigte sich. »Ich verstehe es nicht und es tut mir leid, aber wenn Cass dich in ihre Nähe lässt, kannst du kein schlechter Mensch sein. Wir wollen uns beide miteinander verstehen, für Caspara, und bisher läuft es doch ganz gut, oder?« Wyatt gewann im Laufe des Abends wieder viel mehr an Selbstsicherheit und endlich verstand ich seine Zurückhaltung bei Amy. Er wollte, dass sie ihn mochte. Mir zuliebe. Und ich hatte nichts Besseres zu tun, als seine Freunde schlecht zu reden. *Good Job, Cass.*

»Da wir alle normale Menschen sind, hat natürlich jeder hier am Tisch sitzende Harry Potter gelesen. Meine Frage: Welcher Bösewicht ist der böseste?« Mit einer Augenbraue in der Höhe guckte ich in die Runde. Amy und Wyatt scharrten metaphorisch mit den Hufen. »Diskutiert!«

Nach etlichen verbalen Gefechten, die sich ins Unermessliche gesteigert hatten, erlöste uns die Vorspeise.

»Rote Rüben an Birnen-Salat mit Cashel-Käse, karamellisierte Pekannüsse und Himbeer-Vinaigrette mit Balsamico.« So der ungefähre Wortlaut des Kellners. Komische Kombination, schmeckte aber himmlisch. Würzige Süße mit nussigem Abgang.

Die Hauptspeise hatte uns ebenfalls beeindruckt. Ein irisches Hereford-Premium-Filet-Steak mit Pont-Neuf-Chips – Pommes nach einer Brücke benannt, okay? –, Tabascozwiebeln, einem Salat und Sauce.

Doch als ich zusah, wie der Kellner das Dessert servierte, verlor ich jeglichen Anstand. Frischer traditioneller Apfelkuchen mit getoasteten Mandeln, Vanilleeis und Butterscotch-Sauce. Genau wie es meine Oma zubereitete!

Ich verlor mich im Kuchen, mein Blick wurde trüb und ich nahm die goldene Gabel und stach in die weiche Köstlichkeit. Dampf stieg auf und Vanille-, Zimt-, Scotch-, Apfel- und Mandelduft umhüllte mich.

»Weinst du?« Wyatt beugte sich zu mir, um sich zu vergewissern, als Amy ihn zurückhielt.

»Das ist exakt der Apfelkuchen von Grace.«

Wyatt formte ein stummes: »Oh!« Ich drückte seine Hand, er konnte es nicht ahnen. Amy liebte diesen Kuchen ebenfalls. Ich schloss meine Augen, ließ den Geschmack auf meiner Zunge zergehen und dachte an all die Momente in meinem Leben, die ich mit diesem Aroma verband.

Sie hatte diesen Kuchen gemacht, wenn ich in der Schule gehänselt wurde. Nach meinem ersten Test, den ich verhauen hatte. Der Kuchen war da, wenn es mir schlecht ging oder meine Oma mir eine Freude hatte bereiten wollen.

»Grace?«, mischte sich der Kellner ein. »Grace O'Mahony?«

Mit der Gabel im Mund bejahte ich seine Frage. »Wicho?« Niemals mit einem Gegenstand zwischen den Lippen reden.

»Grace O'Mahony hat unserem alten Küchenchef von damals dieses Rezept gegeben. Er kam von einem anderen Restaurant zu uns. Er schlug dieses Dessert vor. Der Kuchen hat Geschichte geschrieben in unserem Restaurant. Jeder hier kennt Grace O'Mahony. Sie ist eine lebende Legende und lebt mit dem Restaurant auf ewig mit.«

Es schepperte ohrenbetäubend, sodass wir die Aufmerksamkeit der Gäste gewiss hatten, als meine Gabel auf den Teller knallte. Der Kellner zuckte, obwohl er sie mir aus den Mund fallen sah.

Sie würde auf ewig mit diesem Restaurant fortbestehen. Dieser Gedanke war irgendwie tröstlich. So tröstlich in all seiner Traurigkeit. So irrelevant, dass es wehtat.

»Oh, tut mir leid. Ist Ihre Großmutter verstorben?«

Amy und Wyatt starrten mich erst an, senkten dann ihre Häupter und sagten nichts. Komischerweise entflammte gerade jetzt in mir das Feuer der Zuversicht. »Nein, ihr geht es gut.«

Sofort schnellten ihre Köpfe hoch. Ein Lächeln huschte über ihre Gesichter.

»Das freut mich.« Den Kellner hatten wir für heute genug verstört.

»Auf Grace O'Mahony!«, verkündete Amy und hob ihr Weinglas.

»Auf Grace!« Wyatt tat es ihr gleich.

»Auf meine Oma!« Zusammen, wie eine kleine Familie, ließen wir den Abend gemeinsam ausklingen. Unsere Gläser klirrten beim Zusammenstoß und im selben Moment explodierten die Scherben der Fenstergläser und Schreie verdrängten die fröhliche Stimmung, erfüllten den Raum mit Panik und Todesangst.

Operation am offenen Herzen

In einem Hurrikan aus Glassplittern lebte es sich schwer. Aus diesem Grund beobachteten Wyatt, Amy und ich unter dem Tisch, wie neunzig Prozent aller Menschen im Restaurant starben. Der Anblick konnte an Grausamkeit kaum übertroffen werden.

Schwarzer Rauch führte die Scherben, ließ sie tanzen. Das Glas sauste in hohem Bogen in die Augen einiger Menschen. Mit größeren Stücken wurde anderen der Kopf fast vollständig abgetrennt. Längere, spitzere Splitter dienten als Speer.

Getrieben von wilder Panik und ihrem Überlebensinstinkt beschützten sie ihre Kinder oder saßen wie verängstigte Tiere in einer Ecke und bedeckten ihre Köpfe mit ihren Händen. Unter den Tischen suchten sie hilflos die Blicke der anderen.

In diesem Moment des Schreckens geschah alles blitzschnell. Einige Menschen krochen wimmernd am Boden und fanden Schutz unter den Tischen bei scheinbar Fremden, die sich in dieser Situation verbündeten.

Es roch nach Sand und Blut, vermischt mit dem Duft von Parfüm und Fleisch. Wobei ich bei Letzterem nicht sagen konnte, ob es das Fleisch der Tiere oder der Menschen war.

Der Kellner von vorhin raste orientierungslos quer durch den Saal, seine abstehende Haarlocke wippte mit. Bis sein Blick völlig unvorbereitet auf uns traf. Wir winkten ihn zu uns. Ein Schimmer der Hoffnung blitzte in seinem Gesicht auf. Geduckt lief er zu unserem Tisch, bückte sich, um in die vermeintliche Sicherheit zu kriechen, bis uns statt einem erleichterten Lächeln ein Glasspeer aus seinem Mund entgegenblickte. Lautlos brach der junge Mann neben uns zusammen. Es kam mir fast vor wie ein schlechtes Theaterstück oder wie das Leben, das einen so richtig verarschen wollte. Eben noch hatte er neben uns gestanden und über Grace geredet. Mir ein letztes Geheimnis von ihr anvertraut. Von dieser Sache mit dem Rezept hatte sie nie etwas erzählt. Ich spürte, dass ich innerlich abdriftete, dachte an Rezepte und meine Oma, während um mich herum ein beispielloses Gemetzel stattfand.

Der beheizte Steinboden schaffte es nicht, mein Zittern zu stoppen. Wyatt nahm meine und Amys Hand, während sich meine Freundin nach dem Anblick des Kellners neben ihm erbrach. Ich hätte sie schnell erstechen sollen, als ich den Gedanken gehabt hatte. Ihr wäre so viel erspart geblieben.

Die letzte Dame mit dem viel zu engen magentafarbenen Kleid brach vor uns zusammen. Beim Aufschlag platzte ihre ebenfalls zu kleine Perlenkette um ihren Hals auf. Die Kügelchen rollten unter unseren Tisch.

Ich konnte nicht weinen. Diesen Tag hatte ich zu lange erwartet. Selbst meine Albträume empfand ich als Erholungsurlaub, verglich ich sie mit der Furcht vor diesem Angriff am Tage.

Hastig wand ich mich aus Wyatts Griff und robbte vorwärts. Es war offensichtlich, dass sie uns verschonten. Andere Menschen unter den Tischen hatten sie auch gefunden.

»Cass!«

Unter meiner Achsel hindurchschauend traf mich sein verständnisloser Blick. »Sie wollen nur mich, bleibt hier.« Wyatt schüttelte den Kopf, wollte etwas sagen, doch ich kam ihm zuvor. »Du musst auf Amy aufpassen.«

Das war sein Stichwort. Er wusste, wie wichtig sie mir war. »Cass, bitte nicht.« Amys Smokey Eyes lösten sich in einer Kaskade von dicker, schwarzer Flüssigkeit auf, die ihre Wangen herablief. Ihr Gesicht wirkte wie eine hässliche Halloweenfratze. Der Lippenstift zum Lächeln des Jokers verzerrt.

»Keine Angst. Ich werde nicht sterben.« Die beiden glaubten mir nicht, aber wie sollten sie auch, wenn ich mir selbst nicht glaubte?

Die Tischdecke streichelte meinen Kopf, während ich mich hindurchzwang und aufstand. Fest entschlossen stand ich breitbeinig, meine Freunde, meine Familie beschützend, vor dem Tisch.

Der Rauch ließ das Glas, seine Munition, abrupt los. Die Splitter regneten wie glitzernde Diamanten von der Decke und klingelten in meinen Ohren, als sie am Boden aufkamen. Der Nebel fügte sich aus allen Ecken des Saales zusammen, formte sich einige Meter vor mir zu einer Kugel. Aus der Wolke trat wie selbstverständlich ein Fuß, gefolgt von einem Körper. Ein Körper mit nur einem Arm.

Meinem Gehirn ging das alles zu schnell. Die Sinneseindrücke verarbeitend, verstand ich, dass ich das Gesicht kannte, konnte es aber nicht zuordnen. Der erste Nekromant in der Gestalt eines Menschen. Doch woher kannte ich dieses Gesicht?

Zurückgegelte schwarze Haare, braune Augen, in denen das Erkennen aufblitzte. Doch die Bartstoppeln, die sein unangebrachtes Grinsen zierten, sie lösten die Bilderflut in meinem Kopf aus, brachten die Erinnerungen zurück.

»Nein.« Ich hatte das Gefühl, dass sich mein Sichtfeld einschränkte, eine seltsame Vignette, wie Rauch, in deren Mitte er übrig blieb, als einziges Bild.

»Bitte nicht.« Zitternd legte sich meine Hand über meinen Mund. Mein Kopf übernahm das Verneinen. Meine Knie wackelten, meine Füße verloren den Halt.

»Oh, doch, mein Schatz.« Er nickte, in seinen Augen ein irres Flackern.

»Dad?« Meine Stimme drang schwer durch meine vorgehaltene Hand, doch es genügte und er hörte es.

»Ja, ich bin es, meine Kleine. Dein Daddy.« Er wackelte mit den Augenbrauen.

Als das auch zu Wyatt und Amy durchdrang, war es meine beste Freundin, die hervorstürmte, gefolgt von Wyatt. Mit zerzausten Haaren rannte sie zu mir, hielt sich an meinem Oberarm fest, um sich selbst zu stoppen, und schluckte nochmals bei dem Anblick der toten Menschen.

»Du miese Drecksau! Wie konntest du das nur tun?« Amy las meine Gedanken und fungierte als mein Sprachrohr. Erstarrt vor Schock bemerkte ich meine Tränen erst, als sie vor mir auf den Boden tropften.

»Zu viele Zeugen.« Ich hörte Polizeisirenen. Nein, nicht das auch noch.

»Keine Angst. Die Polizei und die Feuerwehr kommen nicht schnell in den Saal. Ich habe die Eingänge versperrt.« Er hatte an alles gedacht.

Amy stampfte vor mich. Ihre Impulsivität schaltete wohl jegliche Angst aus.

»Wo warst du all die Jahre?« Meine beste Freundin wusste, wie sehr ich darunter litt, dass mein Vater mich im Stich gelassen hatte. »Sie hätte einen Vater gebraucht«, spie sie ihm entgegen. Amy brachte sich in Lebensgefahr, doch ich war zu verstört, um mich auch nur zu bewegen. Als meine Kehle sich zuschnürte, bemerkte ich erst, dass ich gar nicht mehr atmete. Das holte ich nach und sog die Luft tief in meine Brust. Wyatt griff meine Hand.

Das Lächeln im Gesicht meines Vaters erlosch. Er riss seinen Arm nach vorn, ein Sturm aus Rauch schleuderte alle Leichen, Tische und Stühle gegen die Wände.

»Und ich hätte meine Frau gebraucht!«, brüllte er zurück. »Dieses egoistische Miststück hat sie umgebracht. Nur deinetwegen ist Peggy tot und dafür wirst du bezahlen.« Spucke tropfte von seiner Lippe. Er blickte an Amy vorbei, direkt zu mir.

»Als könnte sie etwas dafür!« Sie schrie so laut, dass ihre Stimme piepste und in meinen Ohren klingelte. Ich roch das Salz meiner Tränen. Mein Leben war ihm egal.

»Ohne dieses vermaledeite Ungeheuer würde Peggy noch leben.« Keine Spur von Skrupel schwang in seiner Stimme mit.

»Sie war ein Baby!«, verteidigte mich Wyatt. Obwohl er neben mir stand, wirkte sein Gebrüll unendlich weit weg. Unfassbar, wie ähnlich mein Vater der Person auf den Bildern sah, die meine Großmutter mir gezeigt hatte. Dort vorne stand tatsächlich mein Vater. Mein Papa.

Logan. Der Mann auf den Bildern. Und er wollte mich töten. Aber warum fehlte ihm ein Arm?

Ein Kronleuchter, der nur noch an einem einzigen zerfaserten Kabel hing, löste sich und fiel auf die drei silbernen Türme, die nach hinten umkippten. Amy und Wyatt wichen zurück. Mein Vater und ich blieben regungslos stehen und starrten uns weiter an.

Der Mann, der sich als mein Vater herausgestellt hatte, schlug sich mit dem einen Arm, den er noch hatte, auf den Oberschenkel. Rauch umgab uns wie eine Barriere, blendete die Toten um uns aus. Es gab nur noch ihn und mich.

Dann kam Leben in mich, wie von selbst schritt ich auf ihn zu, schlug im Gehen eine Hand beiseite, die mich zurückhalten wollte. Dann baute ich mich vor meinem Erzeuger auf, nahm ihn ins Visier.

»Denkst du, ich habe mir niemals Vorwürfe gemacht? Meine Mutter musste wegen mir …« Bevor ich mich erklären konnte, schlug er mir auf die Wange. Mit der Faust. Nicht eine Sekunde hatte er gezögert. Die Wucht seines Zorns traf mich so unvorbereitet, dass ich eine Sekunde später benommen am Boden lag.

»Du hast nicht das Recht, über sie zu sprechen.« Seine Lippe bebte.

»Cass!« Im Chor schrien sie meinen Namen und eilten zu mir. »Es geht schon, danke.« Ohne mir eine weitere Blöße zu geben, nahm ich Wyatts Hilfe an, um wieder auf die Beine zu kommen. Sofort schmeckte ich metallisches Blut, gepaart mit Tränen und Schweiß.

»Wie bist du zu dem geworden, was du bist?« Amy reichte mir eine Serviette vom Boden, um mich abzuwischen, die ich dankend annahm.

»Mein gesamtes Leben war ich auf der Suche nach Glück. Nach viel Alkohol, Drogen und Anti-Depressiva beschloss ich, dich zu töten.« Logan kicherte. Dieses Gespräch verlief bizarr. Seine geballten Fäuste blieben mir nicht verborgen. Selbst Amy schüttelte nur noch den Kopf.

»Wie bist du an diese Kräfte gekommen?«, hakte ich nach. Mein Vater grinste breiter, als er merkte, dass ich Angst vor einem weiteren Schlag hatte, sodass er erneut einen andeutete.

»Antworte ihr!« Amy platzte der Kragen.

»Ich bin diesem Mörder-Miststück zwar keine Antwort schuldig, aber ich sage gern was dazu, sehr gern sogar.« Er grinste wie ein Raubtier mit Lust auf Menschenfleisch. »Da ich von deiner Mutter und Großmutter alles weiß, habe ich über ein Jahrzehnt nach einer Schneefrau gesucht und Berichte über vermehrte Schneestürme zu unpassenden Zeiten, vereiste Gehwege im Sommer und so weiter gelesen. Bis ich ein Mädchen fand. Sie hat auf dem Spielplatz gespielt und hat einen kleinen Jungen vereist.«

Mein Vater erzählte das in einem so gleichbleibend monotonen Tempo, dass mir schlecht wurde.

»Du hast sie getötet?«, wollte Wyatt wissen.

»Oh, klar. Ich habe sie erstochen, mehrmals auf sie eingestochen, und …«

»Überspring das doch«, stoppte ich diese Erläuterung.

Verständnislos zog er beide Mundwinkel nach unten. Durch seinen jahrelangen, rachegetriebenen Hass schien ihm jede Verhältnismäßigkeit abhandengekommen zu sein.

»Na gut. Mit ihrem Herz bin ich nach Irland gereist und habe mit dem Herz, leider schwach, weil sie nicht mehr lebte, die Nekromanten gerufen. Wie ihr gesehen habt, kamen sie nur gebündelt in einer schwarzen Wolke zurück. Das war gar nicht schlimm. Ich wollte natürlich, dass du sie besiegst, damit ich ihre Kraft in mich aufnehmen konnte. Das ging leichter als gedacht, weil sie mir vertrauten, meine Informationen über dich brauchten. Meinen Arm musste ich opfern, aber ich mach es mir sowieso mit der anderen Hand.«

Angewidert wandte ich mich von ihm ab. Mein Magen drehte sich um. Mein Vater verursachte mir Brechreiz. Meinen inneren Impuls, ihn anzuschreien, zu schlagen und zu beschimpfen, schluckte ich hinunter.

»Du hast das alles in Kauf genommen, nur um Rache zu üben?«

Er lachte. »Du bist ja doch nicht so saublöd, wie ich dachte.«

»Hör nicht hin, Cass. Er ist irre«, flüsterte mir Wyatt ins Ohr. Das tat so weh. Auch wenn ich wusste, dass er verschwunden war, weil er mir die Schuld am Tod meiner Mutter gab, konnte man das nicht damit vergleichen, diese Worte aus seinem Mund zu hören.

»Warum tötest du mich nicht einfach? Du hast so viel mehr Macht als ich.«

Amy stöhnte genervt. »Bring ihn nur auf dumme Gedanken, Caspara. Recht hast du.«

Ich brauchte ihn nicht auf die Idee bringen, mich zu töten. Wenn er es hätte tun wollen, wäre ich längst gestorben.

»Wie du bestimmt weißt, bringt mir dein totes Herz nichts. Deswegen nehme ich dir jeglichen Lebenswillen.« Seelenruhig kratzte er sich den Rücken.

Das passte für mich noch nicht zusammen. Irgendwas fehlte. »Und wenn es dich umbringt?« Dagegen hatte ich persönlich übrigens nichts.

»Wird es nicht. In mir ist die gesamte Kraft der Dunkelheit konzentriert.«

Rache schön und gut. Auch seine Verbitterung mir gegenüber konnte ich nachvollziehen, aber das? Das war krank.

»Niemals schenke ich dir meine Kraft und lasse dich Unheil über die Menschen bringen.« Meine Furcht verwandelte sich in Entschlossenheit. Ich würde diesen Irren aufhalten. Ein Auge meines Vaters zuckte.

»Noch hast du etwas, wofür es sich zu kämpfen lohnt, aber das werde ich dir nehmen.«

Endlich fiel der Groschen. Grace!

»Du wirst Amy und Wyatt nichts antun. Dafür sorge ich. Und meine Großmutter werde ich auch retten.«

Er krümmte sich, hielt sich den Bauch. Seine Lippen fest aneinander gepresst, platzte Luft daraus. Speichel benetzte mein Gesicht, ehe er lauthals losprustete.

»Grace?« Mein Vater schnippte mit dem Finger und eine weitere Rauchwolke puffte neben ihm auf. Der Nebel lichtete sich und da stand sie. Meine Großmutter. Erleichterung brandete über mich wie eine kühlende Meereswelle. Sie lebte. Ich setzte an, zu ihr zu sprinten, ihr in die Arme zu fallen. Den Geruch ihres süßlichen Parfüms in mich aufzunehmen. Den weichen Stoff ihres weinroten Pulloverkleides zu spüren. Doch Wyatt hielt mich zurück.

»Cass.«

Was war los? Amy faltete ihre Hände vor ihrem Herzen. Mein Blick huschte zwischen meinem Vater, meiner Oma, Wyatt und Amy hin und her. Dann endlich erkannte ich, was sie vor mir bereits gesehen hatten. Sie lächelte und lehnte sich gegen Logan.

»Was hast du mit ihr gemacht?« Mein Herz klopfte so laut, dass ich Angst hatte, die Antwort zu überhören.

»Als dein Vater mich nach seiner Ankunft in Dublin aufgesucht hatte, war ich Feuer und Flamme für seine Idee, die Mörderin meiner Tochter zur Strecke zu bringen.«

Wie ein kleines Kind presste ich meine Hände gegen meine Ohren. Der Boden drehte sich. Meine Augenlider flackerten. Mein gesamter Körper fühlte sich taub an. Nein, nein, nein. Das war nur wieder einer der miesen Tricks meines Dads. Er wollte mich fertigmachen. »Du stehst unter seinem Einfluss.« Vielleicht konnte ich Grace irgendwie erreichen, sie seiner Gehirnwäsche entziehen.

»Oh nein, mein Schatz. Das hat damit gar nichts zu tun. Du hast meine Tochter umgebracht, mein Leben damit eingenommen, dich großzuziehen. Jetzt erntest du, was du mit deiner Geburt gesät hast.«

Ich starrte sie an. Suchte in ihrem Gesicht nach einem Zeichen. Einem verzweifelten Ausdruck, der mit zeigte, dass hinter dieser hämischen Maske meine Oma steckte, die von Logan benutzt und als Waffe umfunktioniert wurde. Aber da war nichts. Gar nichts. Noch schlimmer: Ich fühlte, dass meine Oma Herr ihrer Sinne war. Keine Hypnose, kein Nekromantenzauber. Sie grinste mich an, und dieses Grinsen war das Schlimmste, was ich je in meinem Leben gesehen hatte. Es zerstörte etwas, von dem ich nicht mal wusste, wie es hieß.

»Ihr miesen Schweine!« Wyatt meldete sich zu Wort, doch sein Spruch verhallte im Universum der Bedeutungslosigkeit. Selbst Amy kapitulierte.

»Grace«, flüsterte sie.

Meine Großmutter rollte mit den Augen. »Bitte, ich habe dich nur deines Geldes wegen ausgehalten. Verzogenes Balg.«

Das war die Wahrheit? Sie hatte mir jahrelang etwas vorgespielt?

»Jetzt holen wir uns noch die anderen beiden, dann sprechen wir nochmals darüber, ob du noch so viel Lebenswillen hast, um gegen uns zu kämpfen.«

Ohne Umschweife stellte ich mich zwischen Amy und Wyatt.

»Geht!«, zischte ich. Mein Herz brannte vor Kälte. Eine enorme Energie durchzog meinen Körper, drängte sich in meine Adern und floss in jeden Winkel meines Inneren.

»Wir lassen dich nicht alleine.« Wyatt näherte sich mir. »Zusammen oder gar nicht«, fügte Amy hinzu. Ich wollte das nicht hören.

»Geht!« Ich schrie nicht, dennoch füllte meine Stimme den Raum aus bis in den letzten Winkel, durchdrang die Nebelschwaden, die uns umgaben. Ein gewaltiger Schneesturm platzte aus meinen Handflächen, löste den Rauch um uns auf und schob Amy und Wyatt durch verschiedene Ausgänge aus dem Saal. Hastig riss ich meine Hände wieder an mich. Der Schneesturm preschte zurück, schloss gleichzeitig die Türen und versperrte sie mit Bergen von Schnee.

Der Rauch sammelte sich wieder um meinen Vater, meine Großmutter und mich.

»Nicht schlecht.«

Meine Mordlust steigerte sich ins Unermessliche, wenn ich sein überhebliches Grinsen sah.

»Habe ich zu viel versprochen? Sie ist mächtig!«

Ihre Worte schmerzten mich am meisten.

»Du hattest recht, aber für heute hauen wir ab.« Mein Vater zwinkerte mir zu. Für nächstes Mal versprach ich mir, ihm ins Auge zu spucken.

»Wieso denn?«, jammerte meine Oma. Ihr Verrat fühlte sich an wie eine Operation am offenen Herzen bei Bewusstsein.

»Sie muss leiden und sich selbst aufgeben. Außerdem habe ich jetzt bemerkt, wo die Schwachstelle meiner Tochter liegt. Meine ist meine Frau gewesen. Ihre ist ihr Freund. Ich nehme ihr, was sie mir genommen hat.«

Ich wollte etwas erwidern, doch meine Worte steckten in meinem Hals fest. Mir hatte es die Sprache verschlagen. Die Türen wurden wieder aufgerissen. Sie hatten die Sperren, die mein Vater an den Toren zum Restaurant angebracht hatte, überwunden. Die Polizei stürmte mitsamt Wyatt und Amy den Saal. Ehe sie den Schneehaufen davor durchbrochen hatten, lösten sich meine Angehörigen in Luft auf und verschwanden.

Wyatt und Amy stürzten zu mir. Mein Freund nahm mich in den Arm. Der vertraute Geruch versprach mir Sicherheit und ich presste mein Gesicht an seinen Hals, wollte auf ewig so stehen bleiben. Amy streichelte meine Schulter.

»Wir schaffen das«, sprach sie mir Mut zu, aber ich glaubte an nichts mehr. Ja, mein Vater und meine Oma wollten mich am Boden sehen. Aber in diesem Moment fehlte mir einfach die Kraft, mich wieder aufzurichten.

Polizisten hechteten in alle Ecken, durchsuchten die Räume und eilten von Leiche zu Leiche. Sanitäter sprinteten routiniert herein, suchten nach Lebenszeichen bei den reglos umherliegenden Menschen.

Die Uniformen vermischten sich zu einem zweifarbigen Brei, den ich nur noch schwach wahrnahm. Es hatte mich einen Haufen Kraft gekostet, meine Kräfte einzusetzen. Glücklicherweise schaffte ich es, bei Bewusstsein zu bleiben. Meine Selbstkontrolle wuchs mit meinen Kräften. Er würde Wyatt nicht bekommen!

Dunkelschnee

Dort, wo das Böse wohnt …

»Warum haben wir sie nicht sofort erledigt?«

Wie ein Wirbelwind brauste Grace umher. Sie schien nichts zu verstehen. Konnte ich es ihr verübeln? Plante ich doch diesen ganzen Hinterhalt. Meine Tochter, ihre Enkelin und unsere gemeinsame Feindin.

»Wir müssen ihren Willen brechen. Tot nützt sie uns nichts. Wie oft soll ich dir das noch erklären? Caspara muss des Lebens müde werden und uns ihre Kräfte freiwillig überlassen. Dazu nutzen wir jetzt ihre Angst um Wyatt. Langsam frage ich mich, ob meine Entscheidung richtig gewesen ist, dir einen Teil meiner Kräfte zu übertragen, um an meiner Seite kämpfen zu können.« In meinem Magen rumorte es, als ich den Namen meiner Tochter aussprach. Die Natur war hartnäckig, so hallte der Vaterinstinkt immer noch leicht nach.

»Also treiben wir sie in den Selbstmord?« Nur eine Sekunde, aber lange genug, um für mich sichtbar zu werden, verlor sich der Blick von Grace.

»Zweifelst du?« Ich stürmte zu ihr und packte sie mit meiner noch vorhandenen Hand am Hals. »Sollte von dir noch die Gefahr ausgehen, dass du mir in den Rücken fällst, schlitze ich dich von oben bis unten auf. Bist du eine Gefahr?«

Krächzend verneinte Grace.

Die Knochen und Adern, die ich unter ihrer Haut spürte, verführten mich dazu, zuzudrücken, aber ich beherrschte mich und ließ sie los.

»Will ich dir auch geraten haben.« Rasch wandte ich mich von ihr ab und überlegte die nächsten Schritte. Würde sie sich fangen können? War meine Tochter so stark?

Vor mir erschien ein blasser Farbklecks. Grace' Stimme hinter mir verlor sich in der Weite und ich nahm nichts mehr wahr, starrte nur noch auf das Muster, dessen Kontur sich langsam scharfzeichnete. Endlich erkannte ich das Bild. Braune Haare, grüne Augen, ein Lächeln, das alle Männer in die Knie zwang.

»Peggy.« Meine Fingerkuppen streckten sich nach ihr aus, wollten ihre seidige Haut ein letztes Mal ertasten. Ich griff ins Leere. Fühlte nichts. Phasenweise galt mein Zorn ihr, weil sie mich verlassen hatte. Bis ich merkte, dass es nicht ihr Wunsch gewesen war, sondern die Schuld meiner Tochter. Das Produkt und Resultat unserer Liebe war Peggy zum Verhängnis geworden.

Nach all den Jahrzehnten roch ich noch den blumigen Duft, der sie stets umgeben hatte. Die leichten Wellen, die ihre Haare geschlagen hatten. Den Klang ihrer lieblichen Stimme, glockenhell und unbefleckt.

Es war ein Tag wie dieser gewesen, an dem wir uns beide krankgemeldet und die Stunden im Bett verbracht hatten. Nach all dieser Zeit war keine dieser Erinnerungen vergangen. Niemals würden sie das tun.

Caspara glich ihr nur in einem. Ein weiterer Grund, ihr die Freude am Leben zu nehmen. Ihr Lächeln. Meine Tochter kam ganz nach mir. Manch anderer Vater wäre mit stolz geschwellter Brust durch die Gassen gerannt und hätte es jedem erzählt. Nicht ich. Mich schmerzte es, meinem größten Feind in die Augen zu blicken und mich selbst dabei zu sehen.

Peggy verschwamm vor mir, verlor wieder an Farbe und erlosch. Grace, die Peggy ähnlich sah, schwelgte selbst in ihren Gedanken, teilte dasselbe Leid. Bald würde all der Schmerz nachlassen.

Kein freudiges Weihnachtsfest, das ich feiern durfte. Keine Zimtgerüche, die mich einnahmen nach der Arbeit. Das sollte es auch für Caspara nicht mehr geben.

Der Weihnachtsmann würde dieses Mal Unheil verschenken.

Apfel, Zimt und Eisenstangen

»Mach das aus!« Abermals ließ ich meine Stimmungsschwankungen an meiner besten Freundin aus.

»Tut mir leid.«

So handzahm erlebte ich Amy selten. Hektisch hämmerte sie auf der Tastatur herum. Der Fernseher verhöhnte mich ebenfalls.

»Vor zwei Tagen erlebten wir eine der schrecklichsten Tragödien in der Geschichte Dublins. Im Fire Restaurant überlebte bis auf zwei Frauen und ein Mann niemand den Angriff. Handelte es sich dabei um einen Terroranschlag?«

Terror war es, aber er galt mir und ging von meinem Dad aus. Der Stoff für meine Biografie wurde von Tag zu Tag interessanter. Die Reporterin stand vor dem Gebäude. Strengen Blickes schaute sie in die Kamera. Hinter ihr erkannte man die zersplitterte Glasfront.

»Bisher ist das Motiv hinter dem grausamen Anschlag unbekannt. Abermals fanden wir Schnee und Eis am Tatort. Wie auch damals in der Wohnung der jungen Japanerin. Steckt dahinter ein Muster? In einer halben Stunde mehr dazu.« Die Worte der Reporterin trieben mich zur Weißglut. Das Bild wurde schwarz.

»Danke.« Ruhelos klackerten meine Stiefeletten in Amys Wohnzimmer mit der zartgrünen, geblümten Tapete. Nach diesem Vorfall hatten wir bei der Polizei ausgesagt und verschanzten uns seitdem in einer der Villen von Amys Familie. Die Interviewanfragen überschlugen sich natürlich. Daher hatten wir uns darauf geeinigt, dass wir eine annehmen und damit der Presse Futter für die nächsten Tage geben würden. Dieses eine Interview hatte Wyatt übernommen. Deshalb warteten wir krampfhaft auf seine Rückkehr. Jetzt, da Wyatt ihr neues Ziel war, hatte ich mehr Angst denn je.

Da wir nicht mehr in Dublin, sondern in der Nähe von Ballyvoureen in County Limerick waren, dauerte es umso länger. In einer Nacht-und-Nebel-Aktion hatten Amy und Wyatt diesen Plan ausgeheckt. Mit mir war sowieso nicht mehr viel anzufangen gewesen.

Amys bester Freund, ihr Chauffeur, hatte uns hierhergebracht. Zweieinhalb Stunden von Dublin entfernt. Das Anwesen brachte mich zum Staunen. Ein gigantischer weißer Palast mit schwarzem Dach und einem Garten, der beinahe so groß wie ganz Dublin zu sein schien und einem Natur-Reservat ähnelte. Überall duftete es nach frischem Gras, Blumen, die vor Schönheit platzten, und Regenschauern.

»Es war ein blöder Scheißplan.« Das wiederholte ich zum hundertsten Mal. Amy saß auf der weißen Blumencouch und stützte ihren Ellbogen an der Lehne ab.

»Wyatt ist bestimmt gleich da.« Ebenso oft gab Amy mir diese Antwort.

»Wir werden von meinem Vater verfolgt, der euch töten will, und wir trennen uns. Dabei lernt man aus jedem Buch, dass man genau das nicht machen soll. Aber nein, wir teilen uns auf.«

Meine beste Freundin erhob sich wie ferngesteuert, rutschte mit ihren gelben Plüschsocken zu mir und scheuerte mir eine, sodass der Schlag meines Vaters erneut zu brennen begann.

»Halt endlich deinen Mund!«

Mit einer Hand auf der Wange blinzelte ich sie an. »Danke.« Erst guckte sie ebenso geschockt wie ich, bis sie meinen Dank hörte.

»Bitte.«

Ein Tor quietschte. Autoreifen scharrten die Steine in der Einfahrt beiseite.

»Wyatt!«

Ich stieß Amy zur Seite, die beinah hinfiel dank ihrer Socken und dem gebohnerten Boden. »Du tust ja so, als würde Jamie Dornan angaloppiert kommen. Obwohl … er sieht ihm ähnlich, nur als seelenloser Rothaariger«, sagte die Rothaarige und stolperte mir hinterher.

Die Tür öffnete sich. Wyatt und Amys Chauffeur Mike traten ein. Ohne zu zögern, sprang ich ihm an den Hals. Verlustängste setzte ich gedanklich auf meine Liste von Problemen, für die ich mir langsam mal professionelle Hilfe suchen sollte.

Mike trug etwas unter dem Arm, das nach Tanne roch, aber aussah wie eine Leiche, eingerollt in einem Netz.

»Habt ihr meinen Vater umgebracht?«

Mike zog die Augenbrauen zusammen. Seine perfekt gegelten grauen Haare erinnerten mich tatsächlich an meinen Vater, einziger Unterschied: seine dunkelblauen Augen.

»Ein Insider«, griff Amy ein.

»Verstehe, Amy.«

»Was soll der Baum hier? Soll ich mich gleich erhängen?«

Wyatt verdrehte die Augen. »In einem Monat ist Weihnachten. Wer weiß, wie lange wir uns hier verstecken müssen.« Er hielt meine Hände fest, seine waren heiß von der Heizung in der Limousine.

»Denkt ihr wirklich, dass …« Ich musterte Mike.

»Mike, alles gut, du kannst gehen. Nimm dir ein Zimmer in der Innenstadt, danke dir. Danke für alles.« Amy sprach, als würde sie sich von ihm verabschieden.

Ihr Chauffeur verengte seine Augen, als merkte er etwas, nickte aber lediglich, legte den Baum ab und verschwand. »Eine schöne Nacht noch euch allen. Weckt mich morgen, wenn ihr mich braucht.«

»Gute Nacht«, wünschten wir ihm im Chor. Wir grinsten breit, um ihm das Misstrauen zu nehmen, doch die dicke Luft erklärte alles. Nachdem die Tür zugefallen war, ging es in die zweite Runde.

»Denkt ihr wirklich, dass sie uns hier nicht finden? Wir verstecken uns nicht vor gewöhnlichen Mördern!«

Wyatt und Amy starrten auf den Marmorboden und antworteten nichts. Mit den hochgesteckten Haaren und dem smaragdgrünen Pullover glich meine beste Freundin sogar einem Weihnachtself. »Ich weiß, aber willst du die Hoffnung aufgeben?«

Wyatt erinnerte mich eher an einen Einbrecher, komplett in hautenges Schwarz gehüllt.

»Ich dachte, es wäre nett«, nuschelte er und wandte sich ab wie ein Junge, der etwas Böses getan hatte.

Ich war ein Scheusal. »Es tut mir leid. Habt ihr gehört? Ihr beide.« Hilflos zog ich an meinem Doctor Who XXL-Shirt. Ein ungewolltes Lächeln huschte über mein Gesicht. »Ihr seid so doof, aber ich liebe euch.«

»Hast du uns noch lieb?« Amy umarmte mich und drückte meinen Körper fest zusammen.

»Wir wollen dir nur beistehen.« Wyatt kam auf mich zu, strich mein Haar hinters Ohr und ich legte meinen Kopf in seine Hand.

»Ich weiß, und natürlich liebe ich euch beide«, bestätigte ich und drehte mich von den beiden weg. »Das mit Grace und meinem Dad macht mich fertig.« Natürlich brauchte ich das meinem Freund und meiner besten Freundin nicht zu erklären. Sie standen offensichtlich auch auf der Liste des selbst ernannten Todes und seiner Gehilfin. Vor allem Wyatt!

Bei dem Gedanken an die Menschen im Restaurant, meinen Vater, seine Worte, meine Großmutter und ihren Blick stieg in mir das Grauen auf.

Wyatt und Amy verdreifachten sich vor mir. Schnell wollte ich mich auf den Deko-Stuhl neben der Eingangstür fallen lassen. Da ich auch den zweimal sah, nahm ich daneben Platz und landete am Boden.

»Cass!« Sofort waren sie an meiner Seite.

Verschwommen erspähte ich Rauch hinter ihnen. Fata Morgana oder Realität? Zittrig zeigte ich hinter die beiden. Rauch stieg in meine Nase und alarmierte Wyatt und Amy gleichermaßen. Jemand zog ruckartig an mir. Amys knallroter Dutt löste sich. Hinter mir zerbrach eine Vase. Tonscherben klimperten auf dem Marmor.

»Reiß dich zusammen, sonst verrecken wir hier jämmerlich! Das Haus ist zu schön, um darin zu sterben«, fluchte Amy und verpasste mir die zweite Ohrfeige. Ich blinzelte mehrfach, doch als ich Wyatts

Schrei hörte, als er gegen die Wand geschleudert wurde, war ich wieder hellwach.

Ich stürmte nach vorn, baute mich vor ihm auf, wurde zu seinem Schutzschild. Amy stellte sich neben mich. Verstecken brachte nichts. Mein Vater leckte sich über seine Lippen und meine Großmutter stemmte überlegen ihre Hände in die Hüfte. Ihr hinterhältiger Blick traf mein Herz wie ein Pfeil.

»Ich bringe euch beide um.« Bei Logan hatte ich keine Gewissensbisse. Bei meiner Oma jedoch hoffte ich bis zuletzt, dass sie nur manipuliert wurde.

Ungläubig kam Logan einige Schritte auf uns zu.

»Du würdest doch nicht deine Omi töten, mit der du Liköre gemacht und Josh Dallas angeschmachtet hast«, säuselte sie im Hintergrund. Ich blinzelte überrascht, hatte aber keine Zeit, weiter nachzudenken.

»Das werden wir ja sehen«, sagte mein Vater und löste sich in Rauch auf. Dann herrschte Stille. Meine Oma grinste. Wo würde er wieder auftauchen? Mein Blick schweifte von meiner Großmutter ab, durchsuchte den Raum. Wyatt wich zurück, stand mit dem Rücken zur Wand, um in keinen Hinterhalt zu tappen. Mein Blick blieb an Wyatt hängen. Ich musste ihn beschützen. Er war ihr Ziel!

Amy hielt angespannt nach meinem Vater Ausschau, rechts und links von sich und auf der Treppe, die an beiden Seiten schwungvoll hinunter reichten und den zweiten Stock und das Erdgeschoss verbanden.

Ich hörte das Ticken der Uhr. Das Klopfen eines Asts auf das Dach. Selbst das laute Schlucken von Wyatt nahm ich wahr. Die Stimmung war zum Zerreißen gespannt. So viel zum Thema Weihnachten feiern. Feuergeruch hing in der Luft.

Mein Vater tauchte neben Amy auf, schleuderte sie in den Nebenraum, der sich noch in der Renovierungsphase befand. Lautstark knallte sie gegen eine Leiter, die umflog und scheppernd auf den Fliesen aufschlug. Mein Vater folgte ihr.

»Amy!«, kreischte ich und rannte in ihre Richtung.

Meine Oma stoppte mich mit einem: »Ah! Ah! Ah! Lieber nicht.«

Ehe Wyatt sich versah, drückte Grace ihn gegen die Wand, schnürte ihm die Kehle zu.

Mein Blick flog zu Amy. Logan hob sie auf und stellte sie hin. Einige Sekunden wirkte sie benommen, taumelte, bis die Realität auf sie einprasselte und ihre Mimik schockiert einfror.

Ich stand zwischen meinem Freund und meiner besten Freundin. Innerlich teilte ich mich entzwei, hatte keine Ahnung, zu wem ich mich wenden sollte.

Amy griff nach einem Hammer, der ihr jedoch aus den Händen glitt und am Boden aufschlug. Die Eingangshalle war riesig und durch die hohe Decke hallte es ewig.

»Ein Hammer?«, fragte mein Vater, bückte sich und hob ihn auf. »Ich hätte mir einen eindrucksvolleren, spannenderen Tod vorgestellt.« Er wirkte wirklich beleidigt, zog die Mundwinkel nach unten. »Du weißt schon. Von dem man spricht. Etwas Grausames, das seinesgleichen sucht, aber okay.« Er zuckte mit den Schultern. Amy bebte vor Angst, als würde sie auf einer Waschmaschine sitzen.

»Tu ihr nichts«, warnte ich ihn und ballte meine Hände zu Fäusten. Was sollte ich nur machen?

»Keine dummen Gedanken«, mahnte meine Großmutter. Sie kannte mich zu gut und das schmerzte. Das Wissen über mich nutzte sie nun gegen mich aus.

»Wie habt ihr uns überhaupt gefunden?« Ich lenkte sie ab.

»Wir können uns in Rauch verwandeln und dich in ein schwarzes Loch zerren. Jetzt fragst du uns, wie wir euch gefunden haben?« Er redete mit mir wie mit einem dummen Kindergartenkind.

Alles in mir spannte sich an. Ich musste handeln. Mein Gehirn vernebelte sich und ich konnte keinen klaren Gedanken fassen. Die innere Verzweiflung brachte mich um den Verstand.

»Wyatt«, rief ich zu ihm, doch er schüttelte den Kopf. Was auch der Grund war, er konnte sich nicht in Luft auslösen und meiner Oma entrinnen.

»Bitte. Bitte, tut ihnen nichts«, wimmerte ich.

»Schon blöd, wenn man einfach zusehen muss, wie jemand stirbt. Damals bei deiner Geburt konnte ich auch nichts machen. Ich musste zusehen, wie du Peggy getötet hast.«

Dieses leidige Thema schürte die Wut in mir. »Wie oft noch? Was hätte ich machen sollen? Mir während meiner Geburt denken: Juhu, ich löse mich jetzt in Schnee auf und schmelze aus meiner Mutter, um sie nicht zu töten? Denkst du nicht, ich hätte nicht auch gerne eine Mutter gehabt?« Entrüstet fuchtelte ich mit meinen Händen. Wie sollte ich ihm das nur einbläuen?

»Du konntest es nicht verhindern, das weiß ich. Trotzdem kann ich kein schönes Leben führen, ohne dich am Leben zu wissen, also.« Er drehte sich zu Amy, hob den Hammer und schlug ihn ihr auf die Schädeldecke. Ohne Zurückhaltung. Ohne Zögern. Ohne jegliches Mitleid.

Amy Gesicht fror ein. Eine Maske aus Schock, mitten im Schmerz erstarrt. Logan blickte ihr ohne Scheu ins Gesicht. Blut bahnte sich seinen Weg durch ihre Haare, floss die Stirn und dann die Wange hinab. Bis sie in sich zusammensackte.

»Nein!« Es gab keine Worte, die beschreiben konnten, was in diesem Moment in mir vorging. Ich wusste nicht, wie mir geschah. Mein Herz explodierte in mir, der Schmerz, die Wut und die Ungläubigkeit strengten mich so sehr an, dass sich mein ganzer Körper verkrampfte.

Aus meinen Händen platzte ein gigantischer Schneesturm. Ehe er Logan erreichte, löste er sich auf, doch meine Oma wurde ungebremst erwischt und eingehüllt. Ich lenkte sie hoch in die Mitte der Eingangshalle.

Meine Großmutter schwebte, gefesselt vom Schnee. Wyatt kroch zu mir.

»Cass!«

Blind vor Wut ließ ich sie zu Boden fallen. Als Wyatt wieder auf den Beinen war, sprang er zu mir und riss mich nieder.

Leere

Ich saß in der Dusche und stützte meine Füße an der gefliesten Wand ab. Wasser färbte meine Haut rot. Meine Augen starrten direkt auf den riesigen Duschkopf über mir. Ich fühlte nichts. Roch Kälte und Wasser. Mindestens zwei Stunden verbrachte ich hier bereits, nach den drei Stunden, die ich im Badezimmer ausgerastet war und geheult hatte.

Meine Schrammen und Verletzungen brannten, mein Kopf pulsierte an den Stellen, an denen mir die Haare ausgerissen worden waren, und meine Fingerknöchel bluteten noch.

Dumpf im Hintergrund hörte ich Wyatt gegen die Tür schlagen. Das Klopfen vermischte sich mit seiner Stimme, doch das Gesagte dahinter verstand ich nicht.

In dem Raum unter dem Badezimmer lag meine tote beste Freundin. In der Halle daneben hatte meine Großmutter gelegen, ehe Logan sie geholt hatte. Logan, mein Vater, der beabsichtigte, mich in den Selbstmord zu treiben, und vor der Tür stand mein Freund, der als Nächstes verrecken sollte.

Er würde bekommen, was er verlangte: Meine Kapitulation. Selbst ein Therapeut besaß zu wenig Anti-Depressiva, um mir ein Lächeln abzuringen.

Wenn deine ganze Familie tot war oder dich umbringen wollte, konntest du dich nicht einfach zusammenreißen.

Die Glastür der Dusche öffnete sich, ich zuckte zusammen, reagierte sonst nicht weiter darauf. Wyatt kam herein. Wahrscheinlich durch seine Rauchkräfte. Nur in Unterwäsche kniete er sich neben mich und nahm mich in den Arm. Mein Kopf fiel in den Nacken und ich betrachtete weiterhin den Duschkopf, der Ruhe und Beständigkeit ausstrahle. Fortwährend tropfte Wasser aus ihm, ohne Ende, ohne sich zu bewegen, ohne plötzlich auftretende Überraschung.

Aus meinem offenen Mund floss Wasser, das sich in mir gesammelt hatte und nun wieder hinausquoll. Die Wärme seiner Haut nahm rapide ab, wurde frostig wie das Wasser um uns herum. Seine Hand an meinem Hinterkopf zog mich hoch. Plötzlich änderte sich mein Zustand. Ich wurde nervös. Wo war der Duschkopf, wo war meine beständige Komponente?

Ich wand mich heftig aus seinem Griff und heulte. Unbeholfen starrte Wyatt mich an, hatte wohl keine Ahnung, was er tun konnte. Ehe ich meine vorherige Position eingenommen hatte, beruhigte ich mich nicht. Da erblickte ich ihn wieder: Mr Duschkopf. Andere ließen ihn unter sich verschwinden, ich ließ ihn nicht aus den Augen.

»Cass, bitte! Sieh mich an.«

Sollte ich meine Idee aufgreifen und ihn kurz und schmerzlos umbringen, so wie ich es bei Amy hätte machen sollen?

»Ich kann mir nicht vorstellen, was in dir vorgeht, aber ich glaube an deinen tief sitzenden Schmerz. Trotzdem brauche ich dich. Nur zusammen haben wir hier noch eine Chance, Amy zu rächen.«

Das klang irgendwie überzeugend und berührte etwas in mir.

»Hat sie das nicht verdient? Wir wissen auch noch nicht, ob deine Großmutter nicht manipuliert wurde. Willst du deinen Vater gewinnen lassen?«

Grace, Amy, Logan, all diese Namen explodierten in meinem Kopf. Ich schützte ihn, indem ich meine Hände auf die Ohren presste. Jetzt war Wyatt an der Reihe! Das durfte nicht passieren. Seine Stimme war wie Balsam für die Seele. Ich wollte ihn nicht verlieren.

»Du kannst dich nicht verschließen. Weißt du noch, dein schlechtes Gewissen, als der Jugendliche angegriffen wurde auf der Straße? Wenn du kampflos aufgibst, hast du den Untergang der Menschen besiegelt.«

Ich lachte auf. Meine Psyche durchlebte so viele Emotionen, dass sie gar keine Steigerung mehr kannte und mich verzweifelt lachen ließ.

»Als würde ich mich darum noch kümmern. Mir doch scheißegal, was passiert, wenn ich tot bin. Und meine Oma habe ich so oft gegen den Boden und die Decke geschleudert, es würde mich wundern, wenn sie noch leben würde.«

Gerade als ich mich dem Duschkopf zuwenden wollte, legte er seine Hand auf meine Wange. Mit der anderen öffnete er die Glastür und holte etwas herein.

»Siehst du das?« Das Kleeblatt, das er mir geschenkt hatte. Sofort rief es mir den Geruch des Parks, die Sonne auf meiner Haut und das satte Grün in Erinnerung.

Wasser tröpfelte darauf, sodass sich das angeklebte Blatt löste, auf die Fliesen fiel und in den Abfluss gezogen wurde, noch ehe Wyatt es retten konnte. Ich blickte auf zu Wyatt und lächelte.

»Siehst du. Alles für den Arsch. Nicht mal das hält.«

Wütend schmiss er die Pflanze zu Boden, packte mich und presste seine Lippen auf meine. Unter all den kalten Tropfen spürte ich Wärme. Eine Träne. Meine oder Wyatts? Oder unsere?

Als er sich von mir entfernte, ließ er mich trotzdem nicht los.

»Du lässt uns beide nicht fallen, Caspara. Ich liebe dich! Und wenn es sein muss, übernehme ich alleine den Platz deiner gesamten Familie, arbeite achtzig Stunden die Woche, um dich glücklich zu machen, aber ich will, nein, ich verlange von dir, dass du mit mir zusammen kämpfst!«

Es dauerte, bis ich registrierte, dass er mit mir sprach.

»Er ist zu stark.« Wasser blubberte an meinen Lippen bei meiner Antwort.

»Unsere Liebe ist stärker.« Seine Haare waren nass und dunkelrot.

»Unsere Liebe ist ihm scheißegal.« Ein Tropfen ließ mein Lid zucken. Ich spürte wieder etwas.

»Mir aber nicht, dir?«

Ich verneinte.

»Wenn wir so oder so sterben werden, dann gehen wir gemeinsam mit einem Knall.«

»Okay.« Dieses eine Wort, so klein und unbedeutend, eine Schwingung im Universum, die niemand wahrnahm, brachte Wyatt zum Strahlen. Meinen Wyatt, den Optimisten, den Sonnenschein, den breit grinsenden Casanova.

»Du blöder Emo«, flüsterte er mir ins Ohr und drückte mich fest an sich. Meine Brüste klebten mit dem Wasser an seinem Oberkörper.

Mein gesamter Körper füllte sich wieder mit Leben. Im Schneckentempo schlich es sich wieder in meine Hülle. Von den Zehen bis zur Haarspitze überkam es mich, wärmte mich, ließ mich wieder zu mir kommen.

»Was machen wir mit Amy? Wie sagen wir es Mike? Sie braucht doch eine angemessene Beerdi…« Ich konnte es nicht aussprechen.

Zuerst druckste Wyatt herum, antwortete dann doch. »Ich habe Mike alles erzählt, er kümmert sich um alles.«

Ein kalter Schauer sauste über meinen Rücken. Das wurde mir wieder zu viel, weswegen ich es dabei beließ und nicht weiter nachhakte.

»Unser Kleeblatt ist weg«, hauchte ich.

»Ich finde dir ein neues und mach es zu unserem. Auch wenn dieses weg ist, bin ich da. Du musst wissen, dass es Menschen gibt, die dich niemals verlassen werden, Cass.«

Ich schlang meine Arme um ihn und drückte ihn auch. »Du bist der gigantischste Schleimer in der Galaxie, aber du bist meiner.«

Wir prusteten beide los, sahen uns an, strichen uns gegenseitig die Haare zurück, worauf ein Kuss folgte.

»Lass mich wieder etwas spüren, dich fühlen und der Leere entrinnen.« Seine grünen Augen erkundeten jeden Millimeter meines Gesichts, als suchten sie nach Zweifel oder Unsicherheit.

Sie fanden nichts. Noch nie in meinem Leben hatte ich derartige Sicherheit empfunden. Ich schob den Regler der Dusche hoch. Das Wasser wurde heiß, dampfte um uns, Wyatts Miene zeigte Erleichterung und dann fand ich zurück zu mir.

Dunkeleis

Dort, wo das Böse wohnt …

»Was hast du dir dabei gedacht, zu verschwinden? Ich wäre beinahe gestorben! Diese kleine Ratte hat mir was weiß ich alles gebrochen.«

Grace hörte nicht mit ihrem Gejammer auf, obwohl ich Unmengen an Kraft dafür geopfert hatte, sie zu heilen. Nach Caspara musste ich mir überlegen, ob ich sie nicht auch töten wollte.

»Schon gut, du lebst ja noch.« Meine schlichte Antwort nahm ihr den Wind aus den Segeln und sie sagte nichts mehr. Im Schneidersitz saß ich am Boden und überlegte, wie wir weiter vorgehen sollten. Casparas Kraft hatte mich nachhaltig überrascht. Dabei hatte sie ihre wahre Magie noch nicht entfaltet.

»Wann greifen wir wieder an? Sie ist sehr verletzlich im Moment!« Der gierige Blick in Grace' Augen war unübersehbar, dennoch verstand sie es nicht.

»Wir dürfen nicht voreilig handeln. Wie oft denn noch? Sie soll sich wieder ein bisschen erholen, bis wir uns ihren Lover schnappen und töten, um Casparas Willen endlich zu brechen. Er war unser Ziel. Von Anfang an!«

Grace brummte ungehalten. »Haben wir sie nicht längst erledigt?«

Ihr Umherwandern strengte mich an, weswegen ich mich erhob.

»Das ständige Schwanken zwischen Hoffnung und Aufgeben rafft sie dahin und der Tod ihres Freundes wird ihr Ende sein.«

Grace kicherte.

»Ich schicke die Überraschung los.«

»Und wann beenden wir dieses Katz-und-Maus-Spiel?«

»Ich mache das nicht aus Jux und Tollerei! Wenn wir sie nur töten müssten, wäre meine Tochter bereits Geschichte. Sie muss sich aufgeben und so lange attackieren wir sie. Bis Caspara des Lebens müde wird und aufgibt. Und wenn dazu ein Katz-und-Maus-Spiel nötig ist, werde ich das machen.«

Sie nestelte an ihren großen Ohrringen, die hin und her wippten. »Gefährdest du unsere Mission auch nicht mit deinem Rachefeldzug?«

»Ich habe das alles nicht geplant, um mich von einer Emotion leiten zu lassen, die alles vernichtet. Ich weiß, was ich mache, habe alles geplant – und jetzt zu meinem neuen Plan, unserer Überraschung.« Feierlich räusperte ich mich und machte eine große Geste.

»Kennst du Hochzeits-Crasher?«, erkundigte ich mich. Kannte sie nicht. »Menschen, die Hochzeiten anderer stürmen und sie ordentlich aufmischen. Zum Spaß, meist im Fernsehen. Ich finde, es wäre doch witzig, wenn es Beerdigungs-Crasher gäbe, nicht? Das Fernsehen wird sich als nettes Gimmick bestimmt auch dafür interessieren.«

Diabolisches Grinsen schmeichelte unseren Gesichtern und mit einem Fingerschnipsen stand eine alte Bekannte vor uns. Bunt gekleidet würde sie nicht nur wegen ihrer Taten bei der Bestattung auffallen.

»Enttäusche uns nicht«, bläute ich ihr ein.

»Natürlich nicht.«

Wurmloch

Die Stimmung bedrückte nicht nur mich, sondern jeden der Angehörigen und Gäste auf Amys Beerdigung. In einer kleinen Kapelle stand ich vor ihrem Sarg und betrachtete ihr Bild, das nicht die Amy war, die ich kannte. Selbst hier achtete ihre Familie noch auf ihr Ansehen.

Amy mit vierzehn, lange, gelockte und dunkelbraune Haare umrahmten ein Zahnspangenlachen und eine rosa Brille mit einem Marienkäfer an der Seite.

Dennoch dröhnte die Angespanntheit von der Decke und die Trauer triefte von den Wänden. Zwar presste ich meine Lippen krampfhaft aufeinander und meine Zunge gegen meinen Gaumen, trotzdem platzten die Tränen aus ihrem Versteck. Das Blut schoss in meine Wangen. Amy verlor ihre menschliche Hülle und starb. All das, was sie ausgemacht hatte, war verschwunden. Für mich fand ich an dieser Stelle keinen Trost. Es erinnerte mich umso mehr daran, wie der Hammer ihre Schädeldecke gespaltet hatte.

Für einen neuen Aufreger kam ihre Story perfekt. Gefundenes Fressen für die Pressegeier. Reiches Gör überlebt Anschlag im Restaurant und wird in ihrer Residenz außerhalb Dublins erschlagen. Ein von Geld motiviertes Verbrechen. Zumindest blieb die Magie geheim.

Die. Magie. Geheim. Bei diesen Worten klingelte es in meinem Kopf. Ob die drei Brüder mir helfen würden? Ich segnete Amy anstandshalber für ihre Familie, die die Presse vor der Kapelle genoss und sich mehr um ihr Make-up kümmerte als um ihre verstorbene Tochter.

Diese Welt mitsamt ihren Bewohnern erschöpfte mich. Neben ihrer Schwester Luisa nahm ich Platz, Wyatt folgte mir mit Tränen in den Augen. Meinen Kopf bettete ich auf die weichen gepolsterten Schultern seines Anzuges. Dann entdeckte ich Mike. Er war wie ein Vater für sie, nicht nur ein Angestellter. Es gab noch gute Menschen.

Als Amys Vater vor den Sarg trat, erspähte ich ihn nur von der Seite. Die kahlen Stellen am Kopf, die durch den Stress der Arbeitswelt an Haaren verloren hatten. Sein Blick wurde starr, geweitet und ungläubig. Als würde er hier an dieser Stelle erst realisieren, dass seine Tochter gestorben war.

Er drückte seine hageren Finger unter der Brille durch und rieb sich die Augen. Das schien erst der Auslöser aller Gefühle zu sein. Gawin, ihr Vater, weinte bittere Tränen, schluchzte laut auf, vergaß die Trauergemeinde hinter ihm. Selbst seine Frau, Veronica, wirkte überrascht.

»Es tut mir so leid«, wimmerte er und schluchzte wieder, sodass es nach einer Frauenstimme klang. Seine Trauer trieb auch mich zurück in die dunkle Ecke des Verlustes.

Die bunten Kränze um den Sarg, angeordnet wie die Kerzen einer Menora, übertrafen sich gegenseitig. Wobei ich bezweifelte, dass es ihnen um Ehrdarbietung ging, als mehr um zu zeigen, wer mehr Geld ausgegeben hatte.

Ein Lied spielte sich ab, ein Lied, bei dem Amy sich übergeben hätte, könnte sie es hören. Dann ruckelte der Sarg und tauchte unter in die Tiefen der kleinen Kapelle. Amy selbst würde erst später verbrannt werden und die Urne bekämen wir in zehn bis vierzehn Tagen. Dies in Kombination mit Amy zu denken, veranschaulichte mir, wie kurz und endlich unser Leben war.

Den Anblick ihres verschwindenden Sarges ertrug ich nicht, weshalb ich mit Wyatt rausging und den Friedhof hinter der Kapelle erkundete. Wir setzten uns auf einen geschliffenen Stein.

»Wie geht es dir?« Blöde Frage nach einem Begräbnis, aber Wyatt wollte mich ablenken.

»Nicht so besonders, aber im Moment verdränge ich meine Trauer. Dafür habe ich noch Zeit, sobald wir Amy gerächt haben.« Hastig rieb ich meine Handflächen an meiner schwarzen Jeans, um sie zu wärmen.

Ich fischte mein Smartphone samt Kopfhörer aus der Hosentasche. »Ich brauche kurz Zeit für mich alleine.« Mit *Snowstorm* von *Jennie Abrahamson* wanderte ich zwischen den Gräbern umher. Irgendwie musste ich es schaffen, diesem Gedanken, Amy von nun an hier zu besuchen, etwas Friedliches abzugewinnen.

Der rote Wirbelwind fehlte mir jetzt schon. Ihre Sprüche und ihr Humor. Ich vermisste sie in jedem Semester, in dem ich sie nicht bei mir gehabt hatte. Dennoch hatte meine beste Freundin etwas von ihrem Leben gehabt, war gereist und hatte Spaß gehabt. Das machte es weder besser noch tröstete es mich, aber es war irgendwas.

Irgendjemand tippte mich von hinten an. Ich nahm die Kopfhörer aus dem Ohr und drehte mich um. »Ich bin so weit, Wyatt, aber ich …« Die Wörter bissen sich in meinem Hals fest. Rote Haare. Amy? Wyatt?

»Naoko?« Sie sah aus wie damals in der Wohnung. Selbst die pinke Mütze bedeckte ihr Haupt. Bevor ich nachhaken konnte, hob sie ihre Hand und eine Rauchwelle schleuderte mich über den Friedhof gegen die Mauer einer Gruft.

Sofort materialisierte sich Wyatt neben mir. »Ich habe dich gerufen, aber du hast Musik gehört.« Es bedurfte keiner Erklärung. Mit einem Angriff mussten wir jederzeit rechnen. Naoko kam zwischen zwei grauen Grabsteinen hindurch, an denen Kerzen brannten.

»Hallo, Caspara«, begrüßte sie uns niedlich winkend, mit schräg gelegtem Kopf. Ihr gelber Regenmantel war die Krönung allen Übels.

»Bitte nicht hier. Nicht hier auf dem Friedhof. Amys Familie ist da und ihr Sarg«, flehte ich. »Wie hast du uns gefunden?« Naoko näherte sich uns. »Nekromanten sind auf dich eingestellt. Wir fühlen dein goldenes, pochendes Herz.«

Wyatt sprang wie ein Schutzwall vor mich.

»Jetzt wird es aber lächerlich, aber gut, dass du dich stellst. Du bist mein Ziel!« Sie meinte Wyatt. Mit einer Handbewegung formte sie Nebel um mich und ihn. Ich sah, wie Wyatt sich aus diesem Rauchwirbel beamte. Der Nebel umschloss mich hingegen wie ein gieriges Lebewesen.

»Wie kannst du wieder hier sein?«

»Dein Daddy.«

Wie auch sonst. Jetzt stellte er mir auch noch meinen Irrglauben vor Augen. Die Freundin, die mich nie gemocht hatte: Naoko.

Ihr gelber Regenmantel quietschte, als sie die Arme zurück- und dann nach vorne warf. Rauch schoss wie Schaum aus einem Feuerlöscher auf Wyatt zu. Er parierte den Angriff mit seinem schwarzen Loch.

»Gib auf! Wir kriegen dich ja doch. Bisher haben wir alles bekommen!«

Wyatt überhörte sie.

»Ihre Großmutter.«

Warum tat sie das?

»Die Gäste im Fire Restaurant«, zählte sie auf. »Ihre beste Freundin, Amy.« Die Liste ging weiter.

»Hör nicht auf sie, Wyatt! Dich bekommen sie nicht!« Meine Stimme holte ihn anscheinend aus dem Teufelskreis hinaus. Er war mein Anker, mein Fels – sie durfte ihn nicht auch noch erwischen. Dann wäre es aus mit mir. Die Angst um ihn war wie ein Faustschlag in den Magen und ich konnte nichts tun.

»Und genau für all diese Menschen werde ich kämpfen, du farbenfrohes Regenbogen-Miststück!«, schrie Wyatt. Er stellte sich breitbeinig hin und sog die Finsternis in sich auf.

Es fühlte sich an, als zöge jemand an meinen Haaren. Ich schaute an mir herab und sah, wie sie sich in schwarzen Wellen um meine Füße legten. Sie wuchsen ins Unermessliche. Die Schneefrau in mir ließ mich meine neue Augenfarbe fühlen. Eisblau. Die Wut auf meine Feinde und die Angst um Wyatt verwandelte mich in sie.

Wyatt gab nicht auf und kämpfte gegen ihre Attacke an.

Sie war erfahrener. Ich bemerkte den Schweiß auf Wyatts Stirn. Er schaffte es nicht und ich musste hilflos zusehen, wie sie ihn mir wegnahm. Naoko fütterte sein schwarzes Loch mit immer mehr dunkler Energie. Das war zu viel für ihn. So weit war er mit dem Umgang seiner Kraft noch nicht. Sein Arm zuckte zurück. Bald umhüllte ihn ihr Nebel vollkommen.

»Wyatt! Es gibt Menschen, die verlassen einen nicht!« Meine Erinnerung an seine Worte gab ihm neue Kraft.

Funken sprühten. Ritzten Kerben in die Gräber.

Das Licht siegte über die Dunkelheit. Der Mut über die Gier. Die Liebe über das Böse.

Naokos Kraft schwand, mein Nebelgefängnis ebenso. Ich gesellte mich zu ihm und bekämpfte Naoko mit meinem Eisstrahl. Wyatt stoppte sein schwarzes Loch und schoss ein Nebelmeer auf sie. Attackierte sie mit ihrer eigenen Waffe. Wir überrollten sie einfach mit unserem gnadenlosen Rückschlag.

Naoko kreischte auf, Menschen näherten sich uns, hatten uns längst bemerkt, aber waren vermutlich verängstigt. Mein Freund und ich hasteten neben unsere Feindin.

»Du hast mich erwischt, Wyatt.« Blut sprudelte zwischen ihren Lippen hervor. »Für den letzten Kampf erwartet Logan dich am Wurmloch.«

Als der Staub des Bösen aus ihr wich wie eine Wolke, wurde ihr Blick glasig. »Caspara, Caspara!« Stockend atmete sie tief ein. Ihre Brust hob sich. »Es tut mir so leid. Ich wünschte, wir hätten wirklich Freundinnen werden können. Oh Gott.«

Es dauerte einige Sekunden, bis ich begriff.

»Was ist das für eine Masche?«, fragte Wyatt.

»Shhh. Alles gut. Ich verzeihe dir, Naoko.« Ich hoffte, es war keine Falle, aber sie tat mir leid.

»Wirklich?«

Ich putzte ihr den Dreck von der Wange. »Ja.«

Sie schloss ihre Lider. Naokos Glieder wurden schlaff.

»Wurde sie die ganze Zeit benutzt?« Wyatt teilte meine Vermutung.

»Dieses Schwein. Logan hat Naoko nur benutzt. Naoko litt darunter.« Ganz fest drückte ich sie an mich. Die junge Frau, die ich zweimal getötet hatte. Meine Trauer verschwand nicht, wurde aber von Wut und Zorn begraben.

»Was ist das Wurmloch?«, wollte er wissen.

»Ein natürliches, rechteckiges Becken unter einer Klippe. Auf den Aran-Inseln neben Irland.«

Amys Trauergemeinde hatte diesen Kampf bestimmt mitbekommen und würde bald hier ankommen, weswegen wir Naoko auf das Gras legten.

»Sie wird für tot gehalten, sie dürfen Naoko hier nicht finden.« Das war mir bewusst, aber es fiel mir schwer.

Eine Frau erkannte mich.

»Caspara?«

Veronica. Ohne nachzudenken, vereiste ich Naokos Leichnam und schlug mit einer Eisfaust darauf. Ehe sich dieser abscheuliche Anblick in mein Gedächtnis brennen konnte, zog mich Wyatt hinter die Mauer und verpuffte mit mir.

Meine Augen öffnete ich das nächste Mal in seiner Wohnung. »Wow, das klappt ja schon gut. Deine Kraft brauchen wir jetzt.« Wyatt wankte von rechts nach links und als er sich fing, drehte er sich zu mir.

Ich setzte mich auf einen der verschlossenen Kartons in seinem provisorischen Wohnzimmer. Während ich ein bisschen einsank, forschte Wyatt nach. »Was meinst du?«

»Du musst uns zum Wurmloch bringen. Eine andere Idee habe ich nicht.«

Wyatt hockte sich auf das Parkett. Staubkörner tanzten im Schein des Halbmondes. Es roch nach ungewaschener Wäsche und alter Pizza.

»Das ist doch ein Scherz, oder?«

Als ich mein Handy holen wollte, merkte ich, dass ich es vergessen hatte, also griff ich nach Wyatts in seiner Hose. »Hey, willst du das jetzt wirklich? Ich mein, klar, immer gerne, aber jetzt?« Ich warf ihm einen Echt-Jetzt-Blick zu und zog sein Handy heraus.

»Wir gucken uns einfach ganz viele Videos und Bilder an. Ich zeige dir alles auf Google-Maps und das muss reichen.«

Natürlich verstand er die Dringlichkeit. Das Display erhellte mein Gesicht. Mit einem Wischen öffnete ich die Sperre und drückte auf das Internet-Symbol.

»Warum gerade dieser Ort?« Er ging neben mir auf die Knie. »Sonst gehst du unter anderen Bedingungen auf die Knie«, witzelte ich, auch wenn es sich falsch anfühlte.

»Scherzkeks. Also?«

»Dort könnten wir kämpfen, ohne noch mehr Menschen mit hineinzuziehen. Wir müssen dieses Angebot annehmen. Logan ist es egal, kommen wir nicht, greifen sie uns so oder so mitten in der Stadt an.«

»Verstehe. Warum schwächen dich deine Kräfte eigentlich immer weniger? Du wirkst gar nicht erschöpft nach dem Kampf mit Naoko.«

»Ich glaube, ich habe mich daran gewöhnt und meine Fähigkeiten angenommen. Genauso wie du. Du warst großartig gerade!« Seine Hand auf meinem Unterarm war wie eine elektrisierende Spannung. Unser junges Glück kosteten wir zu wenig aus. Wyatt hatte recht, ich hätte ihm früher eine Chance geben sollen. Vielleicht lief uns jetzt die Zeit davon und es gab keine Zukunft für uns. Doch genau dafür kämpfte ich. Für die Chance auf eine Zukunft für unsere Liebe. Harry hatte seinen Erzfeind überlebt, also warum wir nicht?

»So, hier. Präge dir alles genau ein.« Mein Gesicht hüllte sich wieder in Dunkelheit, dafür erhellte sich nun Wyatts.

»Und was machst du?« Das erste Video spielte er lautlos ab.

»Ich esse die alte Pizza, nach der es hier riecht. Vielleicht bekomme ich eine Lebensmittelvergiftung, aber yolo.« Der Karton knarrte beim Aufstehen. Wyatt nahm darauf Platz.

Ich überquerte den Parcours durch seine Umzugskartons und kämpfte mich zur Küche durch. Weiße Retro-Schränke mit silbernen Griffen und einer orangefarbenen Arbeitsplatte erwarteten mich.

Der Pizzakarton schleuderte mir einen ekelhaften Geruch entgegen, als ich den Deckel hob. Sofort fror ich alles rundum ein.

Blöde Idee, ganz blöde Idee, Caspara.

»Deine Küche ist beängstigender als der Genre-Wechsel von Stephenie Meyer.« Dieser Moment war Balsam für die Seele. Ob ich gesetzt den Fall, wir überlebten, jemals wieder so unbeschwert wie früher werden konnte?

»Und deine Vergleiche kommen immer unerwarteter als das Ende der Divergent-Trilogie«, rief er, vertieft in das Video. Ich beobachtete ihn vom Türrahmen aus. Denselben Humor zu teilen, bedeutete mir unheimlich viel in einer Beziehung.

»Ich liebe dich.«

Ja, ich liebte Wyatt.

Dunkelkühl

Dort, wo das Böse wartet …

Gewaltige Wellen schlugen an die Klippe, wuschen sich mit der Geduld von Jahrhunderten in das Gestein. Unermüdlich, ausdauernd und ohne aufzugeben. Wasser benetzte mein Gesicht. Wind brauste durch meine Kleider und ließ mich frösteln.

Ebenso unerbittlich wie das Meer kämpfte auch ich mich an mein Ziel. Unabhängig davon, wie lange es dauern möge. Wer mir auch im Weg stand, irgendwann besiegte ich ihn.

Der Himmel war grau. Das Meer schäumte, die Wellen bäumten sich auf. Wolken zogen sich zu, nahmen mir die Sicht. Als würde die Welt wissen, dass heute ihr Schicksal sie ereilte.

»Weißt du, was uns von den Guten unterschiedet, Grace?« In ihrem Pulloverkleid legte sie ihren Arm auf meine Schulter und lehnte sich an mich.

»Wir bringen Menschen um und die Guten nicht?«

Ich ging zur Seite. Grace stolperte mir nach.

»Nichts. Das Gute tarnt sich lediglich besser. Das Böse ist pur, rein, direkt und nimmt sich, was es begehrt. Das Gute leidet unter dem Scheffel der Hoffnung, eines Tages dafür belohnt zu werden. Heucheln, bis sie sterben, alleine am Totenbett, an dem es einem niemand dankt, für wen auch immer gelitten und sich benommen zu haben.« Ich erwartete nicht, dass Grace verstand. Sie beließ es auch dabei, mich schmachtend von hinten zu begutachten.

»Was ist, wenn sie nicht kommen?«

»Sie werden kommen. Meine Tochter weiß, dass ich sonst zu ihr komme, und das endet in einem Blutbad. Wenn sie da ist, töten wir ihren Freund und dann wird sie nicht mehr lange leben wollen.« Wieder antwortete sie nicht.

»Hast du Gewissensbisse?«

»Ich bin ganz bei dir, Logan«, entgegnete sie ausweichend.

Ich verpasste ihr eine Ohrfeige. Im selben Moment schoss eine Welle gegen die Steinwand. Grace stöhnte leise und hielt sich ihre Hand an die Wange. Ihr roter, kugelförmiger Ohrring wackelte nachhaltig.

»Antworte auf meine Frage«, beharrte ich.

»Habe ich nicht, Logan. Ich werde alles in meiner Macht Stehende tun, um unser Ziel zu erreichen.«

Sie langweilte mich. So berechenbar. So gefügig.

»Was machen wir mit ihrem Herz, wenn wir es besitzen?«

Das fragte sie mich ausgerechnet jetzt?

»Wir brauchen die Energie, um unsere Kräfte weiterhin aufrechtzuerhalten«, erklärte ich.

»Aber an dich habe ich noch eine Bitte«, fügte ich hinzu.

»Die wäre?«

»Meine Tochter wird sich Hilfe holen wollen. Du wirst diese Hilfe umbringen. Sieh es als Test, damit ich dir vertraue«, verkündete ich.

Grace nickte und schwieg.

Die Steine knirschten unter mir, während ich mich von ihr entfernte. Ich roch Salz und Fisch.

An dieser Stelle hatte ich vor Jahren Peggy kennengelernt. Es schmerzte, hier zu sein. Seit ihrem Tod war ich nicht mehr hier gewesen. Eine Menge Erinnerungen umhüllten diesen Ort wie ein Tuch aus Bildern meiner Vergangenheit.

Rief ich mir ihr Lächeln ins Gedächtnis, versetzte es meinem Herzen einen Stich. An dem Felsen an der Küste unter mir, den das Meer rundgeformt hatte, war damals ihre weiße Mütze, die die Ohren bedeckt hatte, gelandet.

Links von mir hatten wir heiße Schokolade getrunken, zubereitet von einer alten Frau, die uns beschworen hatte, den Sonnenaufgang nicht zu verpassen.

Rechts hatten wir uns geliebt, während uns die Wellen überrollten. Nach all den Jahren kitzelten ihre Nackenhärchen immer noch an meinen Fingerspitzen. Ihre Lockenmähne, mit der der Wind gespielt hatte.

»Alles okay, Logan?«

»Selbstverständlich! Was soll nicht okay sein? Spätestens zum Morgengrauen töte ich meine Tochter.«

Grace spürte wohl meine Gereiztheit und ließ mich allein. Indessen gab ich mich den Erinnerungen an meine Frau hin. Ich war mir sicher, dass sie stolz auf mich war und sich selbst den Tod ihrer Tochter wünschte. Hundertprozentig. Bestimmt. Oder?

Phoenix aus dem Schnee

Den Moment, bevor die Sonne aufging, nahm ich intensiver wahr als jemals zuvor. Am heutigen Tag ließ mich diese Morgendämmerung spüren, wie essentiell jeder neue Tag für uns war. Er spiegelte die Hoffnung wider, die wir in uns trugen. Den Mut, unsere eigene Vorstellung vom Leben zu definieren und zu nutzen. In diesem Augenblick fühlte ich die Endlichkeit des Seins. Womöglich starb ich in wenigen Stunden. Komisches Gefühl. Als würde sich das nervöse Kribbeln vor einer Prüfung in ein fleischfressendes Monster verwandeln, das sich nun durch meine gesamten Organe fraß. So fühlte sich der Gedanke an, eventuell zu sterben. Multipliziert mit einer Milliarde.

Im Phoenix Park vor dem Wellington Monument hielt Wyatt meine Hand. Seine warme, trockene Haut auf meiner kühlen, feuchten. Zwei wie Feuer und Schnee.

»Denkst du, sie kommen?«

Diese Frage hatte er mir den ganzen Weg bis hierher gestellt. Hellseherische Fähigkeiten wären mir in diesem Moment lieber gewesen als meine Eismagie. Dafür bemerkte ich, dass keine Menschenseele sich in unserer Nähe aufhielt. Zu früh? Wo waren die Jogger? Selbst wenn, störte es mich nicht.

»Wir rufen euch, Desillusionaten. Die Wächter der Magie und so weiter. Hier Spruch einfügen, damit ihr euch gebauchpinselt fühlt. Bewegt eure Ärsche hierher!«

Wyatt massierte sich seine linke Schläfe. »Das haben wir aber anders geplant.«

Bei Plänen verhielt ich mich wie bei Regeln. Sie waren da, um geändert zu werden.

»Wir können euch jetzt unnötig drohen und irgendeinen Menschen einfrieren oder ihr kommt einfach her. Ihr wisst doch sowieso, dass ich nicht abhaue«, nörgelte ich. Der Wind übermittelte uns die Botschaft der Stille. Niemand erschien.

»Also gut. Dann fange ich mit dem Monument hier an.« Mit der Zunge schnalzend drehte ich mich um und begann, es am Fundament mit einer Eisschicht zu überziehen.

»Halt.« Zuerst ganz leise. »Halt!«, hallte es dann durch den Park. Die Vögel schreckten von den Ästen und schwangen sich in den trüben Himmel. Mitten im Flug standen sie urplötzlich still, die Welt verlor an Farbe.

Schnell machte ich es rückgängig und erwartete die Krawattenträger. Ein Surren ging durch die Luft. Sofort erspähte ich den ersten Schlips. Oberkörper, Beine und Kopf.

»Was willst du, Schneefrau?«, sprachen sie gleichzeitig.

»So unfreundlich?« Gespielt beleidigt faltete ich meine Arme vor meiner Brust.

»Niemand hat uns jemals so oft gesehen wie du in den letzten Tagen. Was gibt es?« Sie verschränkten die Hände hinter ihrem Rücken. Gerunzelte Stirnen machten mich nervös, aber ich durfte es ihnen nicht zeigen.

»Helft uns bei dem Logan-Problem«, kam mir Wyatt zu Hilfe.

»Das geht nicht. Wie gesagt, sind wir neutral.«

Wenn ich dieses Wort noch einmal hören musste, würde ich im Strahl kotzen, aber keinen Regenbogen.

»Was ist mit den Menschen im Restaurant? Amy? Meine Großmutter? Gestern am Friedhof?« Unbemerkt biss ich mir auf die Zunge, um nicht auszurasten oder loszuweinen.

»Schrecklich, und das tut uns auch leid, aber wir kämpfen für ein höheres Wohl. Hier zählt das Leben eines Einzelnen nicht. Und es gibt hier keinen Zusammenhang mit Magie. Alles deutet auf Terroranschläge oder einen Massenmörder mit einem merkwürdigen Schneefetisch hin.« Die Sachlichkeit, mit der der Mittlere sprach, brachte mich zum Kochen wie einen Teekessel.

Ich zog meinen beigen Mantel enger um mich. So fest, dass es schmerzte, aber mich beruhigte.

»Denkt ihr nicht, dass ihr Vater die Welt ins Chaos stürzt, sobald wir tot sind? Präventivmaßnahme? Davon schon gehört?« Wyatts Unterstützung zeigte mir auf, dass ich nicht alleine war. Noch nicht.

»Dann werden wir handeln, vorher nicht.«

Ich öffnete meinen Mund, um etwas zu erwidern, als ich Rauch hinter ihnen sah. Noch bevor ich schaltete, brüllte Wyatt hinter mir.

»Verschwindet!«

Sein Schrei brachte mein Trommelfell beinahe zum Platzen. Die Desillusionaten machten auf der Stelle kehrt.

»Nein, nicht du.« Das schwarze Pulloverkleid erkannte ich sofort.

»Grace! Hau ab! Das bist nicht du«, lärmte Wyatt.

Die drei Brüder starteten ihre Auflösung, doch vergeblich. Meine Oma zückte zwei Athamen und warf sie auf sie. Die beiden Äußeren wurden getroffen. Die verfluchten Messer steckten in ihrer Brust. Zitternd schauten sie auf die Wunde. Goldenes Blut sickerte aus ihren Körpern. Die drei gab es ewig und noch länger. Die Todesangst stand ihnen ins Gesicht geschrieben.

»Nein!« Die Stimme des Mittleren dröhnte so laut, dass die Welt sich eine Sekunde lang wieder bewegte, ehe sie erneut einfror.

»Was hast du nur getan?« Um diesen Zorn hinunterzuschlucken, hätte ich mir die Zunge abbeißen müssen.

»Blöd gelaufen.« Meine Oma machte einen Knicks und kicherte. Das war's. Ich hob meine Arme und feuerte aus jeder Hand einen Eisstrahl wie Blitze auf sie. Der Schock meines Angriffs stand ihr ins Gesicht geschrieben, weswegen sie sich nicht auflöste.

Meine Attacke schleuderte sie gegen einen grünen Mülleimer. Verängstigt blickte sie zu mir auf und verpuffte dann.

Wyatt rannte zu den Brüdern. Nachdem die Rauchschwaden sich gelichtet hatten, lief ich hinterher. Die weißen Anzüge, das goldene Blut und das grüne Gras, jetzt ausgebleicht durch die angehaltene Zeit, ergaben ein bizarres Bild.

»Ihr dürft mich nicht verlassen, meine Brüder.« Die Tränen des Mittleren strahlten wie die Sonne. Wyatt hielt mich zurück, um ihn trauern zu lassen.

»Siehst du, was dieses Monster anrichtet?« Vorwürfe brachten ihm nichts, aber ihre geheuchelte Neutralität mir ebenso wenig. Er tat mir leid, aber ich mir auch. Meine Priorität beschränkte sich auf Wyatt und mich.

Seine beiden Brüder lösten sich in glitzernden Staub auf und sanken in den Erdboden.

»Ihr wisst nicht, was das bedeutet. Selbst wenn ich euch helfen wollen würde, ohne meine Brüder ist es ein Ding der Unmöglichkeit, die Magie jemals wieder zu retten. Weder heute noch in tausend Jahren.« Der stets in monotonem Weiß gehüllte Desillusionat beäugte uns mit hochrotem Kopf und verweinten Augen. Als hätte er das erste Mal in seinem Leben geweint.

»Was schlägst du vor?« Wyatt reichte ihm seine Hand und half ihm hoch. Grasflecken besudelten seinen weißen Anzug. Die Farbe der Hoffnung auf der Farbe der Reinheit.

»Es tut mir leid. Ihr seid auf euch gestellt.« Mehr hatte er nicht zu sagen. Der Desillusionat verschwand und ließ uns zurück.

»Das darf doch nicht wahr sein! Komm zurück!« Das Leben nahm an Geschwindigkeit und Kontrast zu. »Kämpf für deine Brüder!« Mein Rufen ging in Vogelgeflatter unter.

»Er kommt nicht wieder. Wir müssen alleine durch.« Die Desillusionaten waren meine letzte Hoffnung gewesen. Anscheinend würde der große Showdown zeigen, wer als Sieger aus diesem Kampf hervorging.

»Noch irgendwelche Ideen?«, erkundigte sich Wyatt.

Ich lehnte mich gegen seinen Oberkörper, meine Hände zwischen uns, und küsste ihn.

»Es gibt nur noch uns zwei.« Das ahnte er vermutlich die ganze Zeit schon.

»Ein Nekromant und eine Schneefrau. Das wäre ein toller Aufhänger für ein Buch, nicht?« Zwei Booknerds im Kampf gegen das Böse.

Wyatt, der fleischgewordene Optimismus, schaffte es immer, mich zum Lachen zu bringen.

»Wir sollten los. Sie erwarten uns.« Ich besann mich auf unsere Toten, erlaubte mir nicht, mich von der Trauer überwältigen zu lassen, aber holte all den Zorn aus ihrem Ableben. Gesund war es nicht, all das zu verdrängen, und in meiner Schockstarre nahm ich ihre Tode auch zu schnell hin, aber was blieb mir anderes übrig? Mich auf der Straße im Kreis drehen und »Warum?« schreien, bis ich von einem Auto überfahren wurde?

Langsam knöpfte ich meinen Mantel auf und Wyatt seinen schwarzen. Wir legten unsere Mützen ab und standen nun ganz in Schwarz vor dem Monument.

»Noch einen plötzlichen Einfall bekommen?«, informierte ich mich.

Wyatt schüttelte den Kopf und nahm meine Hand zwischen seine Hände.

»Nein, wir gehen unvorbereitet hinein. Dumm und naiv, aber kampflustig. Wir kämpfen für all die Menschen, die wir verloren haben. Gehst du, gehe auch ich. Stirbst du, sterbe auch ich.«

Einen Augenblick später löste er uns im Kuss in Staub auf, sog uns in einen Wirbel und verpuffte mit mir. Seine Lippen auf meinen war das letzte Gefühl, das ich mit Dublin verband.

Ich fand mich im Nichts wieder. Das Reisen mit dem Rauch dauerte dieses Mal beachtlich länger. Wir sausten umher. Vor mir sah ich lediglich schwarzen Nebel. Wyatt erkannte die Welt dahinter. Suchte krampfhaft den Weg. Eingehüllt von duftendem Rauch, spürte ich die Anstrengungen, die Wyatt aufbrachte, um uns zu unserem Ziel zu bringen.

Nie zuvor hatte er den Versuch unternommen, so weit zu reisen. Ich wollte sprechen, doch kein Ton verließ meine Lippen.

Wir waren der Rauch. Die schwarze Wolke seine Augen. Obwohl ich meinen Freund nicht erspähen konnte, fühlte ich mich ihm näher als jemals zuvor.

Und dann klärte sich meine Sicht.

Das große Geheimnis

Der Sonnenaufgang, die hohen Wellen, die gegen die Klippen donnerten und ihre salzigen Geruch verteilten, die Aussicht auf die weite Welt und die Felsen. Ein Anblick, in den ich mich zusammen mit Wyatt hätte verlieben können.

Wären da nicht mein Vater und meine Großmutter, die uns nach dem Leben trachteten. Wie wir in schwarz gehüllt, erwarteten sie uns. Eine Familie eben.

»Dad.«

»Töchterchen.«

»Grace.«

»Wyatt.«

Wir standen uns direkt gegenüber, doch niemand regte sich. Zu lange hatten beide Parteien auf diesen Tag gewartet. Den Tag der Abrechnung. Nur eine Seite würde diesen Kampf überleben.

Eine mächtige Welle brandete hoch und zog sich ins Meer zurück. Kalte Gischt spritzte auf mich, zeigte mir, dass ich nicht träumte.

»Ich bitte dich ein letztes Mal, Oma: Komm zur Vernunft, sonst muss ich …« Wie sollte ich sie töten, wenn ich es nicht einmal schaffte, es auszusprechen? Ihr roter Nagellack stach mir ins Auge, als sie sich mit ihrem Finger über ihr Kinn strich.

»Träum weiter, mein Schatz. Ich warte doch nicht mein ganzes Leben darauf, dich umzubringen, um jetzt einen Rückzieher zu machen.«

Die Grausamkeit in ihrer Stimme brachte mich um. Ein schleichender Tod, aber es half nichts, meine Scheuklappen weiter zwischen mich und die Realität zu schieben.

Meine Großmutter gab es nicht mehr. Zeit zur Trauer würde ich haben, nachdem Wyatt und ich den Kampf überstanden hatten. Und sollte ich sterben, hatte ich keine Zeit mehr, um zu weinen und den Sinn des Lebens zu hinterfragen.

»Wie ihr wollt, dann werden wir es mit euch aufnehmen. Zwei gegen zwei.« Wyatts fester Wille brachte auch mir neuen Schub an Zuversicht.

Die sich verabschiedete, als meine Oma und mein Vater zu lachen begannen. Dreckig und erniedrigend.

»So hübsch und doch so dumm.«

Was meinte meine Oma?

»Wovon sprecht ihr? Wyatt? Was meinen die beiden?«

Er hob die Schultern.

»Hast du dich nie gefragt, woher du deine Kräfte hast? Warum du dich nicht mehr daran erinnern kannst, infiltriert worden zu sein? Weshalb du auf Caspara fixiert bist?« Logans Fragen verunsicherten nicht nur Wyatt, sondern auch mich.

»Ja, er hat mich gefunden und weiß, wo ich bin, weil er ein Nekromant ist und weiter?« Wollten sie uns nur in die Irre führen?

»Erinnerst du dich noch an den Flugzeugabsturz vor ein paar Wochen, Caspara?« Plötzlich klang ihre Stimme wieder wie früher, aber das, was sie sagte, beunruhigte mich viel mehr.

»Ja. Von dem hat auch Naoko gesprochen damals.« Was wollten sie mir damit sagen?

»Caspara. Ich …«

Fiel es ihm ein? Ich drehte mich zu ihm, musterte ihn und beobachtete ihn dabei, wie er sich selbst begutachtete.

»Ich bin tot.«

Ein dickes, fettes Fragezeichen bildete sich auf meinem Gesicht. Was hatte das alles damit zu tun?

»Klärt mich bitte irgendjemand von euch auf? Sonst raste ich aus.« Ich spürte eine Welle auf mich zukommen. Keine vom Meer, sondern ein böses Unheil, das drauf und dran war, mich wegzuhauen. Ein Geheimnis, dessen Antwort mich erneut an den Rand des Wahnsinns bringen würde.

»Dein Freund hat recht, Caspara. Wyatt saß in diesem Flugzeug, auf dem Weg nach Dublin. Der Absturz betraf auch ihn.«

Das durfte nicht wahr sein. Wyatt berichtigte Logan nicht. Was ging hier vor sich? Die Steine unter mir wurden zu Treibsand. Ich sank ein, verlor jeglichen Halt.

»Doch die Nekromanten spürten seinen starken Geist zwischen Tod und Leben und beschlossen, ihn mit ihrer Kraft auszustatten und für ihre Zwecke zu nutzen. Programmierten ihn auf dich. Doch dann verselbstständigte er sich. Wie ein schlecht gebauter Roboter«, erklärte er, verbeugte sich und beobachtete genüsslich, wie ich noch mehr zerbrach. Wie er die Splitter meiner Seele nochmals zerdrückte.

»Das bedeutet …«, begann meine Oma.

»… töten wir euch, verbannen die Nekromanten, stirbt auch Wyatt«, beendete ich ihren Satz. Das warf alles um, was ich mir überlegt hatte, und das war nicht viel. Und noch etwas drängte sich in mein Bewusstsein. Etwas, das fast schrecklicher war als mein lächerlicher Erzeuger mit seinen verblendeten, wahnsinnigen Racheplänen. Wyatt – sie hatten ihn auf mich programmiert. Bei ihm lief ein Programm ab, mehr nicht. Keine Liebe, kein echtes Gefühl. Und ich hatte noch scherzhaft gesagt, er wäre auf mich geprägt. Ja, das war er, verfluchte Scheiße! Wie ein geprägtes Tierchen war er mir gefolgt. Meine Oma hatte mich nie wirklich geliebt und Wyatt – gut, er war wenigstens unschuldig, aber das machte für mich in diesem Moment kaum einen Unterschied. Unser ganzer Plan, die Hoffnung auf eine Liebe nach dem Desaster hier, zerfiel vor meinen Augen zu Staub. Ein jämmerliches Häufchen verbrannte Hoffnung, die ich in Gedanken auf eine Kehrschippe fegte und ins Meer streute.

Ich sah zu Wyatt und er erwiderte meinen Blick. So viel Liebe darin. Konnte das alles Fake sein?

In diesem Moment entschied ich, dass das keine Rolle mehr spielte. Ob er mich liebte, ob er eine Marionette oder ein unschuldiges Zufallsopfer oder alles zusammen war. Ich würde nicht zulassen, dass er vernichtet wurde.

»Du darfst keine Rücksicht nehmen, Cass.« Er sah mich fest an. Wahrscheinlich glaubte er selbst wirklich, auf meiner Seite zu sein. Vielleicht glaubte er auch, mich zu lieben. Wo war der Unterschied zu echter Liebe? Gab es denn einen?

Selbstgefällig grinste eine Hälfte meiner Familie mich an und das gefiel mir gar nicht. Sie warteten darauf, dass ich aufgab. In diesem Augenblick fällte ich eine folgenschwere Entscheidung.

»Steht dein Angebot noch, Wyatt?«, fragte ich. Das Meer vernebelte meine Sinne. Die Wellen, die sich in das Gestein bohrten, lenkten mich ab. Trotzdem besann ich mich auf meine Anfänge. Ich gegen alle.

»Welches?«, hakte Logan nach.

Ich stieg über einige Steine zu Wyatt und nahm seine Hände.

»Hey, was geht hier vor sich?«, mischte sich mein Vater weiter ein, doch ich beachtete ihn nicht. Wyatt schielte kurz zu ihm, bevor er sich wieder mir widmete.

»Wenn du gehst, geh ich auch?«

Er verstand, ohne nachzufragen. »Ja, natürlich. Du musst endlich lernen, dich auf andere Menschen verlassen zu können.« Er küsste meine Stirn.

»Dann kämpfen wir?«

Wyatt hob mein Kinn an und schaute mir tief in die Augen. Und da war Liebe in seinem Blick, die ich nicht anzweifeln würde. »Bis zum bitteren Ende.«

»Manche Menschen verlassen einen nicht«, erinnerte ich ihn und schaute dann wehmütig zu meiner Oma. Sie kratzte sich am Kinn.

Mein Vater knurrte wie ein tollwütiges Tier.

»Wir bringen euch um, auch wenn es unseren Tod bedeutet«, sagte ich ruhig an ihn gewandt.

Seinen Mund zu einer abscheulichen Fratze verzogen, zeigte er warnend auf mich.

»Du wirst mich nicht auch noch auf dem Gewissen haben. Deine Mutter reicht. Ich werde dich leiden lassen, bis du mir deine Macht gibst, dein Herz öffnest und deine Magie entweichen lässt.«

Ich ließ von Wyatt ab und wir stellten uns nebeneinander.

»Ach ja? Ich höre dich immer nur plappern und plappern. Du bist eine lächerliche, armselige Figur. Ich bin froh, dich nie kennengelernt zu haben. Du hast nichts von einem Vater und meine Mutter würde dich hassen, wenn sie dich so sehen könnte. Ein egoistisches Stück menschenähnlicher Dreck, das für sein Ego, für seine scheiß Rache alles opfert. Ein verzogenes Bübchen, das seinen Willen nicht bekommt und deshalb Amok läuft. Ich hoffe, ich habe von deinen Genen wenig abbekommen. Und wenn ich jetzt sterbe, dann ist das Beste daran, dass von deinen Genen sicher nichts weitergegeben wird. Und jetzt halt dein Maul und kämpfe endlich, *Daddy.*«

Mein Vater bebte am ganzen Körper vor Wut und dieser Anblick erfüllte mich mit Kraft. Der Showdown hatte begonnen.

Der Schrei der Kälte

Mein Vater sauste auf einer schwarzen Wolke auf mich zu, während meine Großmutter Wyatt mal wieder in einen Käfig aus Rauch und Nebel gesperrt hatte, als er mir zu Hilfe kommen wollte. Mein Magen verkrampfte sich.

»So viel dazu, wir kämpfen Seite an Seite«, begann mein Vater belustigt, »denn dieses Mal raubt der Käfig deines Freundes ihm die Lebenskraft.«

Mein Blick schweifte zu Wyatt. Er wand sich in seinem Gefängnis, schien zu leiden.

Logans Arm wurde zu wabbeliger Dunkelheit, formte sich zu einem Hammer.

Amy! Dass dieses Schwein es wagte, dieses Symbol wieder aufzugreifen.

Er holte aus, doch ich rollte mich ab. Der harte Untergrund drückte sich in meine Knochen.

»Tick, Tack, Töchterchen. Tick, Tack.«

»Na warte!« Aus meinen Handflächen und Füßen pulsierte Schnee, hob mich empor. Was er konnte, konnte ich schon lange. Auf einer Schneewelle folgte ich ihm gen Himmel, hechtete hinter ihm her.

»Du bist ja doch nicht so eine Niete«, rief er laut, ohne sich zu mir zu wenden. Die eisige Luft schnitt in mein Gesicht, meine Augen brannten, meine Haare tanzten ungebändigt um mich.

Weit über der Insel sah ich die Küste Dublins. Hier stoppte mein Vater.

»Was willst du hier?« Die Höhe machte mich nervös. Im Himmelsurfen auf Schnee war ich nicht erprobt. Leider gab es keine Akademie oder Schulen für Schneefrauen. Warum eigentlich nicht?

Selbst die Schneefrau in mir hatte Zweifel, ob sie hier im Vorteil war. Logan raste wieder auf mich zu und stieß mich von meiner Schneesäule.

Wie eine Rakete stürzte ich hinab. Der Himmel drehte und wirbelte um mich herum, ich wusste nicht mehr, wo oben und unten war.

Ich erschuf eine Barriere aus Schnee unter mir, die meinen Fall abfederte, aber dennoch schlug ich hart auf den Stein. Ich starb zwar nicht, aber blendend ging es mir auch nicht. Zum Glück hatten magische Wesen einen viel höhere Schmerzgrenze als normale Menschen. Unsere Knochen und Muskeln hielten mehr aus. Sicher hatte irgendein magisch Begabter die Comics von Coyote und Road Runner erfunden. Es musste so sein. Mühsam kam ich auf die Beine.

»Cass!«, hörte ich Wyatts Stimme. Seine Anwesenheit schaffte es als einzige Macht in diesem Universum noch, mir den Antrieb zu geben, weiterzukämpfen. Ich sah ihn, wie er da hing in dem verfluchten Nebelkäfig. Kreidebleich, schwitzend und mit tiefen Augenringen, die Hand auf sein Herz gepresst. Ich musste meine Strategie ändern.

Auch wenn die Schneefrau in mir meine Kräfte beherrschte, besaß ich zu wenig Kampferfahrung. Zu schnell stand auch Logan wieder vor mir.

»Lass ihn frei! Kämpft fair!«, rief ich zu meiner Oma.

Sie winkte ab.

»Ein fairer Kampf. Wo sind wir hier? Im Winx Club?« Darauf ging ich nicht mehr ein. Das war mein Witz gewesen.

»Also, so wird das nichts«, verhöhnte mein Vater mich.

Vor mir erschuf ich einen Eisspeer, der mindestens meine Größe aufwies. Ich ließ die tödliche Waffe nach oben schweben, über meinen Kopf.

»Daddy!«, rief ich laut. Er hielt mir sein Ohr entgegen, als hörte er mich nicht. »Stirb!« Mit meiner ganzen Wut jagte ich den Speer in seine Richtung.

Mein Vater erschuf einen Schild aus Rauch vor sich. Siegessicher wartete er meinen Angriff ab, machte keine Anstalten, auszuweichen.

Tatsächlich zersplitterte meine Waffe an seiner Barriere in Tausende Teile, die in alle Richtungen flogen.

Ich nutzte die Ablenkung und den Moment, in dem er sich überlegen fühlte, und hechtete hinter ihn. Selbst meine Oma hatte es nicht bemerkt, weil sie ihre Augen vor den umherfliegenden Splittern schützte.

Sofort feuerte ich einen Eisstrahl auf seinen ungeschützten Rücken.

Logan landete auf seinen Knien, dann auf seiner Hand. Er sah sich um, sichtlich überrascht und das Gesicht schmerzhaft verzerrt. Ich zwinkerte ihm zu, hob meine Hände nochmals über meinen Kopf und sammelte Eis in einer riesigen Kugel.

»So schnell kann es gehen, Väterchen«, sagte ich und ließ die Kugel auf ihn herabsausen. Im letzten Moment verpuffte er, wie Wyatt es immer tat. Der Aufprall meines Geschosses erschütterte den Boden unter uns und mein Vater materialisierte sich auf der Eiskugel wieder.

»Nicht schlecht.« Er tat, als ginge es ihm gut, aber ich erkannte die Schmerzen bei jeder Bewegung in seinem Gesicht. »Komm mit.« Meine Großmutter winkte und flog mit meinem Vater auf einer Rauchwolke zusammen wieder hoch zu den Wolken. Wyatt folgte ihnen gezwungenermaßen in seinem Käfig. Auf einer Welle aus Pulverschnee nahm ich die Verfolgung auf.

Die weite Landschaft Irlands erstreckte sich unter uns und mein Erzeuger hielt eine Athame vor Wyatts Nebelkäfig.

»Nicht eingreifen, Caspara. Sonst stirbt er einen ebenso unspektakulären Tod wie deine Freundin.« Er reichte das verzauberte Messer meiner Großmutter, dann erhob er seine Hand in Richtung Dublin.

»Was hast du vor?« Trotz der eisigen Kälte schwitzte ich.

Eine gigantische Explosion mitten im Stadtzentrum. Ein Pilz aus Feuer und Rauch schraubte sich in den Himmel.

Obwohl wir zu weit weg waren, konnte ich die Schreie und die Alarmanlagen in meinem innerlichen Ohr hören.

Ich bin so dumm gewesen, hierherzukommen.

Nichts hatte ich damit erreicht. Nichts. Ich hatte nicht mal die Bewohner von Dublin heraushalten können. Durch Zurückhaltung konnte ich genau genommen gar nichts aufhalten, nichts abwenden. Ich musste angreifen, nach vorn gehen.

Hubschrauber tauchten binnen Sekunden über dem Luftraum in Dublin auf. Wieder glitt Logans Arm zur Stadt.

»Nein!« Es reichte! Entschlossen feuerte ich aus meiner Hand unzählige Eiskristalle wie Wurfsterne auf den Käfig, mit der anderen pustete ich meinem Vater einen Sturm entgegen. Ich ließ scharfkantiges Eis um meine Oma sausen, lenkte die Eisscherben kreuz und quer durch den Nebel, der Wyatt gefangen hielt. Ich inszenierte ein heilloses Chaos, stellte mir vor, wie ich Wyatts Gefängnis in kleine Stücke zerschnitt, die Magie einfror, die ihn umgab. Ich schaffte es, den Nebel zu durchdringen, und dann hüllte ich Wyatt in einen schützenden Kokon aus weichem Schnee. Dann zerschlug und vernichtete ich rücksichtslos den Nebelkäfig und erst als nichts mehr davon übrig war, gab ich Wyatts Körper sanft wieder frei.

»Das kann man mit zwei Armen machen, Vater«, sagte ich kühl. Wyatt verpuffte und erschien neben mir.

»Pass auf Grace auf, Cass!«

Ich schüttelte den Kopf. Er drückte meinen Unterarm, doch ich beließ es dabei.

»Es tut mir leid, Dublin. Es geht nicht anders. Verzeiht mir, aber es ist besser als der grausame Tod durch ihn.« Ich warf meinem Vater einen Blick zu, in den ich meine ganze Verachtung legte.

»Pass auf, dass er uns nicht angreift.« Wyatt erschuf einen Rauchwall um uns.

Andächtig schloss ich meine Augen. Hörte die Luft, die Vögel, lauschte dem Meer und roch die Kälte, die allmählich den Geruch von Feuer und verbranntem Fleisch transportierte.

Meine Haare sprießten, wuchsen ins Endlose, tief hinab zum Meer. Obwohl meine Lider geschlossen blieben, spürte ich die Veränderung der Augenfarbe ins Eisblaue. Die Schneefrau in mir umarmte mich, die Kälte schrie, damit ich sie endlich annahm. Ich öffnete mein Herz für den Frost.

Eine Welle aus Eis breitete sich in mir aus.

Ich nahm mein zweites Ich an und endlich fühlte ich sie. Die Macht in mir, die jeder haben wollte. Die Magie, die jeder begehrte. Die Kraft, für die zu sterben es sich lohnte. Ich riss meine Augen weit auf.

Diese Erkenntnis half und ein gewaltiges blaues Licht explodierte aus meinem gesamten Körper, umhüllte mich und Wyatt, breitete sich dann weiter aus.

Logan wollte sich gerade in Luft auflösen, doch ich erkannte seine Absichten. Und eine Erkenntnis präsentierte sich auf einmal klar vor mir wie ein strahlender Kristall. Ich hatte es die ganze Zeit gewusst, aber nicht wirklich begriffen.

»Jetzt, Oma!«, brüllte ich.

Ein Messer bohrte sich in seinen Rücken, drahtige Arme umschlossen ihn und hielten ihn von der Flucht ab.

»Du miese Schlampe. Ich hätte dich töten sollen.«

Meine Großmutter sah zu mir auf. Ich spürte ihren Blick und drehte meinen Kopf zu ihr.

»Du schaffst das, Caspara.«

Tränen trübten meine Sicht. Sie hatte die ganze Zeit über zu mir gehalten. Meine Oma liebte mich noch, für immer. All das hatte sie nur getan, um dann einzuschreiten, sobald er ihr vertraute. Ich hatte es bereits in Amys Villa geahnt. Spätestens als sie mir vorhin ihren roten Nagellack zeigte und ihr Kinn streichelte, klopfte bei mir etwas an, versuchte sich ein Gedanke zu manifestieren. Dass sie ihr Kinn berührte, eine Geste, die sie stets tat, bevor sie ihren selbst gemachten Schnaps das erste Mal probierte.

Das Licht der Kälte sauste nicht nur über Dublin. Nein, es nahm ganz Irland für sich ein. Mein gesamtes Land, das Meer rundum und den Luftraum. Nach und nach fror alles ein, bedeckte sämtliches Leben mit Schnee. Allesamt fielen sie in einen tiefen Schlaf, der die gesamte irische Bevölkerung langsam umbringen würde.

Ein Gnadenstoß, um Logans Hölle zu entgehen. Das Licht preschte wie ein Blitz auf mich zurück. So hell, so gleißend grell. Meine letzte Erinnerungen: Ein Sturz. Dann Wyatt. Bei mir angekommen, nahm er mich in den Arm.

Frostiges Ende

Licht. Dunkelheit. Licht. Dunkelheit. Licht.

Als ich wieder zu Bewusstsein kam, bohrte ich meine Finger in die Erde und zog mich hoch.

»Ah, verdammt«, klagte ich.

Grashalme flogen umher, als ich nach vorne kroch, bis ich es entdeckte: ein vierblättriges Kleeblatt. Inmitten all dem Bösen wartete es auf mich. Erinnerte mich an das Gute in der Finsternis.

Angespornt robbte ich weiter und roch frische Erde. Bis ich es erreichte.

Ich riskierte einen Blick über den Hügel und da lag er.

»Cass, hey«, krächzte er. Meine Kräfte kehrten zurück, als verabreichte mir jemand einen Heiltrank.

Ich stürzte zu ihm und ging neben Wyatt auf die Knie. Stürmisch umarmte ich ihn, was ihm ein schmerzliches Stöhnen entlockte.

»Sorry. Kannst du aufstehen?« Er verneinte.

»Wie haben wir das überlebt?«

»Die Macht der Liebe«, säuselte er und ich verkniff mir eine Bemerkung. Wyatt glaubte, dass er mich wirklich mochte, und das war nicht der Moment für Grundsatzdiskussionen.

»Ich mein es ernst, Wyatt.«

Er lächelte.

»Ich habe uns spontan in Rauch aufgelöst, aber tauchte trotzdem noch zu weit über dem Boden wieder auf. Das ging viel zu schnell, aber wir leben.«

Das taten wir. Wir lebten. Dublin! Irland! Ich fühlte mich, als wäre ich am Beginn einer Dystopie. Einer schlimmen Zukunftsversion unserer Erde. Wie in den Büchern, die ich las und bei denen ich mich stets fragte, wo sie ihren Anfang fanden und warum? Die Welt aus Eis.

»Meine Oma?«, fragte ich hoffnungsvoll.

Wieder schüttelte er den Kopf. Sie hatte ihr Leben gelassen, um uns zu retten. Wie hatte ich nur eine Sekunde an ihr zweifeln können? Warum war Wyatt noch am Leben?

»Woher wusstest du, dass deine Oma auf unserer Seite ist?«, wollte er wissen. Ich lächelte.

»In Amys Villa. Wir haben nie Likör gemeinsam gemacht. Nur Schnaps. Außerdem schmachteten wir immer Llorenç González, nicht Josh Dallas an – google ihn lieber nicht«, erklärte ich.

»Ihr wart nicht nur Großmutter und Enkelin, ihr wart auch ein Herz und eine Seele«, kommentierte Wyatt meine Erläuterungen.

»Und vergiss nicht: Es gibt Menschen, die dich niemals verlassen werden!«, fügte er hinzu.

»Logan?«, hakte ich nach.

Wyatt öffnete gerade den Mund.

»Lebt«, dröhnte es hinter mir. Rasch hüpfte ich hoch und wandte mich der Stimme zu. Mein Vater stand dort, den Blick gesenkt, wie ein Tier vor dem Angriff.

Worte brauchten wir keine. Gleichzeitig stürzten wir uns aufeinander. Logan warf Rauchbomben auf mich, die ich mit Schnee abfing und wegschleuderte, ehe er sich auflöste, neben mir erschien und mich mit seinem Nebel angriff.

Schwarze Blitze züngelten hervor und trieben mich vor sich her bis an den Rand der Klippe.

Nach all diesen Opfern, nach all dem Leid, nach all den vergossenen Tränen durfte ich nicht verlieren. Jetzt nicht mehr. Eine riesige Welle tat sich hinter mir auf und diese nutzte ich.

Ich vereiste sie, ohne die Welle anzusehen, brach sie gedanklich entzwei und wollte sie auf meinen Vater werfen. Doch es gelang mir nicht. Zu schwach war die mentale Verbindung mit der Schneefrau in mir. Das Eis zerschellte an der Klippe und hagelte auf mich ein. Geduckt lief ich wieder zu Wyatt.

»Du kannst niemals mein Kind sein, so dumm und schwach wie du bist.«

»Du plapperst schon wieder. Schlechte Gewohnheiten legt man nicht so leicht ab, Dad!«, grölte ich ihm entgegen, erschuf meine Eisfingernägel und stürmte auf ihn zu. Logan erwartete mich mit einer Rauchschwade.

Mein Vater schlug zu, ich wich aus und erwischte ihn mit scharfen Eiskrallen, die sich in sein Fleisch bohrten. Es war ein merkwürdiges Gefühl. Die einzige Berührung zwischen Vater und Tochter.

Sein Brüllen raste wie elektrischer Strom durch mich. Schockierend und belebend zugleich. Spucke lief aus dem Mund. In seinen Augen erkannte ich Entschlossenheit.

Wir waren beide am Ende unserer Kräfte. Gebrochene Rippen, übersät von Blessuren, mit hängenden Augenlidern und verletztem Stolz. Ich machte einen Schritt zurück zu Wyatt und trat auf meine langen Haare, die über den Boden schleiften.

»Wenn ich nicht gewinnen kann, dann aber auch nicht du. Eigentlich wollte ich nicht so weit gehen, aber du lässt mir keinen Ausweg.« Er richtete seine Handfläche gegen mich. Was hatte er vor?

»Caspara! Lauf!«, schrie Wyatt, doch ich erkannte sein Vorhaben zu spät. Mein Vater erschuf ein gigantisches schwarzes Loch.

Wyatt hob vom Boden ab. Sein Körper drückte sich gegen meinen.

»Caspara, du weißt, was ich zu tun habe.«

Ich dachte an unsere Trainingsstunde.

»Nein, das darfst du nicht.«

Wyatt küsste mich in den Nacken. Wahrscheinlich tat er dies zum letzten Mal.

Er reckte seinen Arm vorwärts, noch immer an mich gepresst, und erschuf nun ebenfalls einen Schlund der Finsternis. Die Sogkräfte zogen sich gegenseitig an.

»Hast du vergessen, Wyatt? Wenn du gehst, gehe auch ich.«

»Nein, nicht! Du kannst fliehen.«

»Wenn du stirbst, sterbe ich auch. Es waren deine Worte, dein Versprechen. Du kannst es jetzt nicht zurücknehmen, nur weil ich es auch ernst nehme.« Ehe mein Freund antworten konnte, schoss ich meinen leuchtenden blauen Strahl in die Sphäre der Dunkelheit. Meine Haare schlangen sich um mich und Wyatt. Meine Augen strahlen das Licht der Kälte aus. Die Schneefrau brach aus meinem Schneeherzen aus und nahm mich vollkommen ein.

Felsen lösten sich, Erdkluppen preschten durch die Luft, Gras, kleine Tierchen, Wasser und Holz wurden entweder von Wyatts oder Logans Portal in die fremde Dimension des Todes gesaugt.

Ich blickte an mir hinab und sah meine Füße nicht mehr. Bis ich glitzerndes Eis von mir abfallen sah, das wie Staub in den Himmel stieg, unberührt von der Sogkraft. Langsam löste ich mich auf.

»Wyatt«, hauchte ich. Das Flüstern der Kälte, zu der ich wurde, brachte ihn dazu, es zu bemerken.

»Nein! Cass! Du hast deine Macht vollends eingesetzt? Du weißt doch, dass du …«

Ein Gefühl von Genugtuung und Gelassenheit nahm mich ein. »Ist nicht schlimm, Wyatt. Du hast mir gezeigt, dass es manchmal wichtiger ist, an andere zu denken als an sich selbst. Und im Moment bist du für mich der wichtigste Mensch.«

»Ich liebe dich, Caspara«, schluchzte er. Jede Träne, die er verdrückte, flog in den Strudel meines Vaters. Egal, was dieser Mistkerl behauptete: Wyatt hatte echte Gefühle für mich entwickelt.

»Ich dich auch, Wyatt.« Bis zu meinen Hüften hatte ich mich aufgelöst.

»Ich habe Angst«, wimmerte er.

»Ich bin bei dir.«

Logan und Wyatt zogen sich gegenseitig an. Mein Vater war nur noch wenige Schritte von uns entfernt. Die Macht der beiden schwarzen Löcher und die Magie meines Schneeherzens würden uns alle gemeinsam auslöschen. Eine gewaltige Explosion würde uns aus dieser

Welt pusten und wir hielten unser Versprechen: Wir gingen mit einem Knall.

»Wie könnt ihr nur so dumm sein und euch für die Menschheit opfern? Ihr bescheidenen Superhelden. Doch der Tod deiner Mutter wird mit deinem gesühnt.« Er konnte mich nicht mehr zur Weißglut bringen. Es war für uns alle gelaufen.

»Ich opfere mich nicht für die Menschen. Ich opfere mich, um dich tot zu sehen. Um meine Familie und Freunde sowie die Menschen gerächt zu haben. Ein Held würde dir vergeben, der Rache nicht nachgeben. Aber ich bin kein Held. Ich bin eine Schneefrau.« Die letzten Worte in meinem Leben.

Ich schloss meine Augen und nahm die Kälte an. Meine menschliche Hülle verging. Die letzte Barriere des Schnees. Nun waren sie vollkommen frei: die Kräfte meines Schneeherzens. Der blaue Energiestrahl gewann an Umfang, überstrahlte die Kraft beider schwarzen Löcher, nahm uns alle drei ein und von einer Sekunde auf die andere waren wir verschwunden.

Stille beherrschte den Fleck, an dem wir unseren Kampf ausgetragen hatten. Nur um dann wenige Augenblicke später durch eine Explosion erschüttert zu werden. Sie erstreckte sich unzählige Kilometer weit, nahm Schiffe, ganze Flotten, Flugzeuge und Jets in sich auf. Drängte das Meer zurück und schuf sich ihren eigenen Weg.

Ich fand mich inmitten dieser Explosion wieder. Ich war die Explosion.

Kalter Traum

Caspara.«

War mein Name die letzte Instanz, die zu mir widerhallte? Das Letzte, das mich ausmachte?

»Caspara.«

Rief mich der Tod?

»Verdammt, Caspara!«

Diese Stimme! Wie könnte ich sie vergessen? Ich öffnete meine Augen.

Moment! Ich habe noch Augen?

Umgeben von Schwarz, Braun, Rot, Orange und Gelb schwebte er. Der weiße Fleck der Vollkommenheit.

»Desillusionat! Was machst du hier?« Ich blickte an mir hinab und sah meinen nackten Körper. Was war geschehen?

»Ich habe die Zeit deines Körpers zurückgedreht und dann die Uhr mitten in der Explosion angehalten.« Der weiße Krawattenträger sprach eilig, sodass es mir schwerfiel, ihm zu folgen. Es war mir kaum möglich, zu begreifen, was das bedeutete.

»Gib mir deine Hand. Wenn wir uns beide verbinden, kann ich deine Kraft nutzen.«

Mein Schädel pochte und es verwunderte mich noch immer, dass ich noch lebte.

»Nutzen? Nutzen wofür? Die Zeit zurückzudrehen, um all dies erneut zu erleben? Und ich dachte, du kannst nicht noch mal helfen. Habt ihr das nicht groß angekündigt?« Ich hatte nicht die geringste Lust, all das noch mal zu erleben. Da blieb ich lieber egoistisch und mir selbst treu.

»Nein, ohne dich ist und bleibt es unmöglich, aber eventuell kann ich mit deiner Magie die Zeit so umkehren, dass nur dein Vater nicht mehr wiederkehrt«, quasselte er auf mich ein.

»Und meine Familie?«

»Ich kann dir nichts versprechen und viel weiter als bis heute Morgen wird unsere gemeinsame Kraft nicht reichen.«

Ich werde dich niemals in meinem Leben vergessen, Amy.

»Versuchen wir es!«

Er reichte mir seine Hand und ich packte sie.

»Du hast uns alle gerettet, Caspara O'Mahony. Die Schneefrau«, sagte er und grinste. Gefühlsregungen und ein Desillusionat. Dass ich das noch erleben durfte.

Um unsere Hände erschien eine Lichtkugel, die zunächst langsam an Größe gewann und dann schlagartig alles einnahm. Gefangen in der stillstehenden Explosion hüllte sich alles in Weiß. »Was passiert?«, brüllte ich, obwohl alles still war. Plötzlich übermannte mich das Gefühl, jemand lege eine weiche Decke um meine Schultern. Wärme durchzog meinen Körper.

»Wir bewahren die Magie davor, entdeckt zu werden.« Seine Stimme nahm ab. Das letzte Wort erahnte ich nur noch, ehe mich ein Schneesturm umkreiste wie einen Tornado.

»Hallo?« Meine Frage rauschte ins Leere.

»Desillusionat?« Wieder keine Regung. Hektisch drehte ich mich. Es war, als schwamm ich in einem Meer aus Weiß. Ich fuchtelte mit meinen Armen, fühlte keinen Schmerz mehr und tauchte hinauf.

Die Helligkeit verblasste, das Weiß nahm ab und ich begutachtete mich selbst mitten in dem Feuerinferno. Das Feuer bewegte sich wieder. Der Geruch des versengten Fleisches verging und die Zeit drehte sich rückwärts.

Erst sachte, als stellte man einen Ventilator an, dessen Propeller erst an Geschwindigkeit zunehmen musste. Immer schneller, sodass ich gar nicht mehr erkannte, wo ich gerade war. Ich stand mittendrin in dieser Zeitspule. Wie ein Insekt auf einer Diashow, die rasend schnell an ihm vorbeihuschte.

»Desillusionat? Wo bist du? Es funktioniert!« Wieder keine Antwort.

»Komm zurück!« Unsicherheit beschrieb meinen Zustand in dieser Situation sehr gut. Als wäre ich ein Kleinkind, das von seiner Mutter stehen gelassen wurde. Was ich auch irgendwie war.

Alles bewegte sich so rasant. Manchmal nahm ich Fetzen der Vergangenheit wahr. Bis alles stoppte, als hätte jemand eine Notbremse gezogen. Das abrupte Ende stieß mich zurück in die Bewusstlosigkeit.

Comeback

Panisch tief in meine Brust einatmend schreckte ich hoch.

»Wo bin ich?« Ich tastete alles ab, was mir unter die Finger kam. Meine abstehenden Haare, mein verschwitztes weißes Top, meine Brüste, meine Wangen und meine Beine über der Decke.

War ich tot? Oder funktionierte der Versuch des Desillusionaten? Aber warum war ich in einem Bett und nicht im Morgengrauen auf der Insel?

Das Zimmer war mir fremder als meine eigene Mutter. Ich schwang mich aus dem Bett und trottete benommen zum Fenster. »Was zur Hölle?« Weshalb brachte er mich hierher? Ich stürmte hinaus und dann erkannte ich es. Das Hotel, in dem Wyatt und ich uns während der Angriffe versteckt hatten. Das Fitzwilliams.

»Was machen Sie hier? Ist das Ihr Zimmer? Ich habe Sie hier noch nie gesehen.« Ich wirbelte um meine eigene Achse und riss meine Arme abwehrend hoch.

»Oh, Sie sind ein Angestellter.« Mein Körper war kontinuierlich in Alarmbereitschaft.

»Wer denn sonst? Die Person, der das Zimmer gehört und die Sie ausgeraubt haben?« Er kniff die Augen zusammen, wirkte aber jünger als ich.

»Ähm, nein, ich war zufällig in diesem Zimmer.« Räuspernd hoffte ich auf die einfachste Lösung.

»Wollen Sie mich veralbern? Wie ist Ihr Name?«

Dann nicht die einfache Lösung.

»Tut mir leid«, flüsterte ich und hob meine Arme, um ihn einzufrieren.

»Was soll das? Wollen Sie mich umarmen?« Warum funktionierte es nicht? Da bemerkte ich erst die Stille in mir. Nirgends, egal wo ich meinen Körper auch ergründete, fand ich eine Spur der Schneefrau. Hatte mich das all meine Macht gekostet?

»Nein, ich wollte mir nur meinen Nagellack ansehen.« Ich verschränkte die Hände hinter meinem Rücken.

»Sie tragen doch gar keinen.«

Das wurde mir zu blöd.

»Sie auch nicht!« Der Hotelangestellte hob die Augenbrauen, die so hell waren, dass man sie kaum sah. Die Uniform schmeichelte seiner weißen Haut kaum, selbst seine blonden Haare waren beinah grau.

»Wie ist Ihr Name?« Sein Blick huschte zum Alarmknopf. Okay, jetzt wurde es eng für mich.

»Okay, ich habe mit ihm da drinnen geschlafen. Ich wurde aufgegabelt, nachts. Bin nur ein One-Night-Stand. Sind Sie zufrieden? Sie haben mir die Peinlichkeit aus der Nase gezogen«, log ich und schaute bestürzt zum Teppich, der meine Zehen kitzelte.

»Da wohnt eine Frau.«

Ich schmiss empört meine Arme in die Höhe. »Ich bin eine Lesbe. Sie haben mich erwischt. Geht es Ihnen jetzt besser? Um Ihretwillen würde ich das vor der Dame, der dieses Zimmer gehört, geheim halten!«

Ehe er antworten konnte, tapste ich zu ihm und schaute ihm tief in die Augen. »Oder haben Sie ein Problem mit gleichgeschlechtlicher Liebe? Dann sollten Sie wohl einen anderen Berufsweg einschlagen«, zischte ich.

Er machte zwei Schritte zurück. Der Boden knarrte.

»Nein! Natürlich nicht. Es tut mir leid, Sie in solch eine Bedrängnis gebracht zu haben. Ich verspreche Ihnen meine vollste Verschwiegenheit«, schwor er.

Bestürzt – und das musste ich nicht vorspielen – ging ich an ihm vorbei und verließ das Hotel. Die Menschen sprachen miteinander, kein Funke von Aggressivität. Alles schien normal und niemand tot.

»Cass?«

Ich erstarrte. Meine Lippen zitterten wie ein Sprungbrett nach dem Absprung. Tränen kamen, ohne dass ich sie hätte aufhalten können. Langsam drehte ich mich in die Richtung der Stimme zum Park. Da stand er. Unversehrt und lebendig.

»Wyatt.« Einige Fußgänger beäugten uns skeptisch, doch das kümmerte mich nicht. Ich lief los, die Autos bremsten. Reifen quietschten. Der Geruch nach verbranntem Gummi stach in meine Nase. Das alles war mir vollkommen egal. Auf seiner Straßenseite sprang ich Wyatt in die Arme.

Er hob mich hoch, tanzte mit mir im Kreis und setzte mich ab. Wie zwei Magnete fuhren unsere Lippen zusammen, wir küssten uns ohne Rücksicht auf wen auch immer.

»Ich dachte …«

Wyatt küsste mich noch mal. »Ich auch, Cass.«

Wir lebten. Wahnsinn!

»Sehe ich das richtig, dass ich im Park aufgewacht bin und mich als Penner ausgeben musste, und du im Luxushotel?« Grinsend boxte ich ihm gegen die Schulter.

»Ich musste so tun, als hätte ich mit einer Frau geschlafen. Obwohl, du hast recht. Ich hab's eindeutig besser getroffen.« Verwirrt legte er seinen Kopf schief. Sein rotes Haar wirbelte im Wind.

»Erkläre ich dir ein anderes Mal. Hast du ein Handy mit?«

Er verneinte. Lebte Amy? Meine Großmutter?

»Da – ein Taxi!«

Wir sausten zur schwarzen Rettung und stiegen ein. »Braithwaite Street, Merchants Quay«, sagte ich, ohne ein *Hallo*. Der Fahrer fuhr auch ohne ein »Hallo« oder »Einverstanden« los.

Drei Stufen nahm ich auf einmal, während ich hochlief zu unserer Wohnung. Wyatt bemühte sich, hinter mir zu bleiben. Vor der Wohnung schlug ich gegen die Tür, wollte klingeln, als ich merkte, dass die Tür sich nach unserem Schlagabtausch öffnete.

Mein Herz schlug so heftig, dass ich Angst hatte, es durchbräche meinen Brustkorb.

»Komm schon. Trau dich. Es kann dich nichts Schlimmeres erwarten, als wir bereits erlebt haben«, munterte er mich auf Wyatt-Art auf.

Es knirschte beim Öffnen. Ich trat ein, Wyatt hinter mir. »Oma?« Keine Antwort. »Oma!« Auch mein Gebrüll änderte nichts. Der Desillusionat hatte mich darauf vorbereitet, dass die anderen nicht überleben würden. Oder er zählte meine Großmutter zu den Bösen wie meinen Vater.

»Tut mir leid.«

»Ja, mir auch.«

Zusammen drangen wir weiter vor und betraten das Wohn- und Esszimmer.

»Cass!«

Ich registrierte es auch, konnte es aber kaum glauben. Meine Großmutter stand in einem roséfarbenen Pulloverkleid auf dem Balkon. Neben ihr zwei Schnapsflaschen. Weinen konnte ich nicht mehr, dafür passierte das alles zu rasch.

Ich riss die Balkontür auf. Meine Oma kam auf mich zu, als erwartete sie mich bereits.

»Caspara. Ich kann mich gar nicht oft genug entschuldigen. Ich dachte, wenn Logan denkt, ich bin auf seiner Seite, dann …«

Mehr musste sie nicht erklären. Ich umarmte sie so heftig, dass eine Schnapsflasche von dem Vorsprung fiel und vor dem Wohnhaus auf den Boden knallte.

»Passt auf da oben, ihr Idioten!«, schrie eine alte Nachbarin von uns hinauf. Wir lachten, auch Wyatt, der im Türrahmen stand. Das fühlte sich viel zu wunderbar an. Ich wartete auf den nächsten Speer durch mein Auge. Ein Schwert durch den Magen meiner Oma. Eine Energiekugel, die Wyatts Gesicht versengte. Nichts. Nichts von alledem passierte. Bis es klingelte.

»Die Tür ist doch offen?«, fragte Wyatt unsicher nach.

»Das ist mein Telefon«, berichtigte ihn meine Oma.

Ich ging hinein und hob ab. »O'Mahony?«

»Hol mich von diesem verfickten Friedhof ab! Was mache ich hier eigentlich? Ich bin nackt! Das ist doch scheiße, Cass!« Amy! Ihr Name blinkte wie ein Sonderangebotsschild. Amy! Amy! Amy!

Sie hatte selbstverständlich keine Ahnung, was nach ihrem Tod passiert war.

»Wir holen dich und dann gehen wir fett essen, Schatz«, sang ich ins Telefon.

»Was ist überhaupt passiert?«

»Du bist gestorben und ich musste natürlich alleine Irland retten. Danke dafür! Ich erkläre dir dann alles«, sagte ich ins Telefon und legte auf, als ich sie nach Luft schnappen hörte.

»Amy lebt!«, rief ich durch die Runde, was mein Freund und meine Oma mitbekommen hatten.

»Sieht so aus, als wäre es für uns alle gut gegangen«, bemerkte Wyatt.

»Und Logan?«, sprach meine Oma aus, was wir beide uns verkniffen.

Die Stimmung schlug um und ich blickte auf das Parkett.

»Keine Ahnung.«

»Fragen wir doch nach! Ruf ihn«, schlug er vor.

Ich nickte und warf meine Haare nach hinten.

»Desillusionat, kommst du bitte? Ein letztes Mal, hoffentlich!« Als hätte er darauf gewartet, verblasste das Zimmer. Meine Großmutter guckte nervös in alle Richtungen, als sie die Krawatte sah, die sich vor ihr materialisierte.

»Grace, Wyatt, Caspara«, begrüßte er uns. Als ich drauf und dran war, loszuplappern, tauchten auch noch die beiden anderen Krawatten auf.

»Ihr lebt auch wieder?« Es klang ein bisschen vorwurfsvoll, aber es steigerte meine Angst, mein Vater könnte ebenfalls wieder leben.

»Das verdanken wir alleine dir und deinem Opfer«, sagte der Rechte. Ich hoffte, sie standen wieder in der richtigen Reihenfolge.

»Deinem Opfer?«, hakte Wyatt nach, doch ich ahnte, was sie meinten.

»Ich habe keine Kräfte mehr.« Die drei nickten.

»Dadurch, dass du mir deine Kräfte anvertraut und dich mit mir verbunden hast …« Der Mittlere schaute zu Wyatt. »… auf eine nicht sexuelle Art und Weise …« Wieder an mich gewandt, sprach er weiter. »… entwickelte sich eine unglaubliche Macht. Niemals hätte ich damit gerechnet, dass du so stark bist.« Er überlegte kurz. »Warst«, berichtigte er sich. Es war komisch, keine Magie mir in mir zu tragen.

»Das bedeutet?«, erkundigte sich meine Oma.

»Ich habe zu Caspara gesagt, ich versuche die Zeit bis zu dem Morgengrauen zurückzudrehen, ohne Logan wiederzubeleben. Ihn aus dieser Zeitschleife hinauszunehmen, erforderte die meiste Macht, doch es gelang und noch viel mehr. Die Kraft in Caspara ließ mir so viel Spielraum, auch noch Sie, Grace, und Amy in diese Zeitschleife zu holen.«

Das verwirrte mich mehr als Mathe, Physik und Chemie zusammen. Der Blick von Wyatt und meiner Oma verriet mir, dass sie ebenso nichts verstanden. Die Hauptsache: wir lebten.

»Warum lebe ich eigentlich noch oder wieder?«, wollte Wyatt wissen. Diese Frage brannte mir auch auf der Zunge.

»Wir haben die Regeln einfach ein bisschen gedehnt. Du hast dir das verdient, weil du unsere magische Welt mit deinem Leben verteidigt hast.« Damit gab er sich zufrieden.

»Ich danke euch von ganzem Herzen.« Um das zu verdeutlichen, legte ich meine Hände über mein Herz.

»Ihr habt uns gerettet«, kam es von meiner Oma und auch Wyatt bedankte sich.

»Ihr habt mir neue Zeit mit meiner Freundin gegeben.«

Meine Großmutter schmunzelte.

»Nein, wir müssen dir danken. Ohne dich wäre die Welt dem Chaos verfallen und die Magie aufgedeckt worden.«

Ich fühlte mich geschmeichelt.

»Und von mir ein besonderer Dank. Du hast mir meine Brüder zurückgebracht. Wir existieren, seit es Magie gibt, und nie habe ich mir ausgemalt, wie es ist, Leid und Tod zu spüren.«

»Darf ich euch umarmen, ihr kahlen Idioten?« Sie guckten sich gegenseitig an und ich ging zu ihnen und umarmte die drei, ohne auf eine Antwort zu warten.

Ihr Geruch von frisch gewaschener Wäsche stieg mir in die Nase. Der seidig weiße Anzug glitt über meine Finger, als ich sie losließ.

»Ich hoffe, wir sehen uns nicht mehr wieder«, witzelte ich und rang ihnen ein Lächeln ab. Als die Welt wieder an Farbe gewann, lösten sie sich in gleißendem Licht auf.

»Vielen Dank, Caspara O'Mahony.«

»Was machen wir jetzt? So lebendig.« Meine Oma knuffte Wyatt in die Seite. »Ihr erzählt mir erst mal, was bei euch beiden so lief, während ich weg war.«

Dem Impuls, meine Oma auf die Wange zu küssen, gab ich nach und nahm danach Wyatts Hand. »Auf dem Weg zu Amy. Die arme erfriert sonst noch.« Es war komisch, ein Eis-Witz, obwohl ich keine Kräfte mehr besaß. Ein Gefühl, als fehlte ein Teil von mir.

»Erst gibt's noch für jeden einen Schnaps!«

»Wurde auch Zeit, dass ihr endlich kommt«, jammerte Amy, während sie sich als letztes Kleidungsstück meinen Mantel überwarf. »Warum riechst du nach Alkohol?«

Hustend trat ich zurück. »Keine Ahnung, wovon du sprichst.«

»Wie hast du dich jetzt warm gehalten?«, fragte Wyatt nach, der ihr eine Wasserflasche reichte.

»Ich habe zu einem Gärtner gesagt, ich bin auferstanden und brauche seine Jacke, weil ich friere«, erzählte sie trocken und trank. Die Plastikflasche knatschte, als sie sie zusammendrückte.

»Und was hat er gesagt?« Meine Oma nahm die Flasche entgegen.

»Er dachte wahrscheinlich, ich bin eine Irre. Oder hat mir geglaubt. Jedenfalls habe ich die Jacke bekommen, Geld und ich dufte mich in die Kapelle setzen.« Unglaublich! Amy kam weltweit ohne Probleme zurecht.

»Und ihr sagt, es ist jetzt endgültig vorbei?« Wir hatten Amy alles berichtet in der Zwischenzeit, aber glauben konnte sie es immer noch nicht. Klar, wer wollte schon wahrhaben, gestorben und wiederauferstanden zu sein.

»Jap. Die Desillusionaten würden es wissen, wäre er wieder am Leben«, beruhigte Wyatt sie. Zu viert schlenderten wir aus dem Friedhof, in eine ungewisse Zukunft, aber mit der Gewissheit, das Leben in vollen Zügen zu genießen.

Schließlich wusste man nie, wann der nächste Irre kam und mit dem Herz einer Schneefrau die Nekromanten zurückholen würde.

Epilog

Wie eine Armee aus Elfen schritten wir die Henry Street entlang. Die Spitze bildeten Amy und ich, Hand in Hand. Dahinter schlenderten Wyatt und meine Großmutter. Am Kaufhaus Arnotts seilten sich unzählige Weihnachtsmänner herab. Die Laternen trugen Kränze und Lichterketten mit verschiedenen Motiven, die sich von einer Hauswand über die Straße zur nächsten zogen.

Eine Frau neben uns im Rentierkostüm verkaufte Kartoffeln, die gewürzt mit Pfeffer meine Aufmerksamkeit erregten. Wie fast alle Köstlichkeiten.

Amy zog an meinem rot-weiß gestreiften Schal.

»Cass, guck!«

Ich wickelte meinen tannenbaumgrünen Mantel enger um mich und folgte ihrem Zeigefinger.

»Nicht deren Ernst!«, kreischte ich und Amy kicherte los. Fünf gut gebaute Männer tanzten bei Minusgraden in einer Seitengasse. Nur bekleidet mit leuchtenden Tangas. Mit einem Rentiermotiv.

»Das ist nicht jugendfrei«, kam es von Wyatt. Ich drehte mich zu meinem Freund, ging aber rückwärts weiter und warf ihm einen Luftkuss zu.

»Eifersüchtig?«

Meine Oma hängte sich bei ihm ein.

»Er hat doch seine Schwiegergroßmutter.«

Belustigt schüttelte ich den Kopf.

»Cass!« Amys Warnung kam zu spät. Ich stolperte in einen Menschen im Eisbärenkostüm.

»Nicht so hastig, es ist genug für alle da.« Eine Männerstimme. Er drückte mir eine Zuckerstange in die Hand.

»Wie ein kleines Mädchen«, witzelte Amy und die anderen lachten. Dass er noch meinen Kopf tätschelte, betonte meine nicht vorhandene Autorität.

Alle in Rot, Grün und Weiß gehüllt, wanderten wir durch das Meer von Menschen hindurch. Ein neuer Abschnitt begann. Es reihten sich Lichterkettenformationen aneinander, die aussahen wie gigantische Kronleuchter.

»Wunderschön«, flüsterte ich.

»Wir fangen gerade erst an!«, rief Amy, nahm ihre pinken Ohrenschützer ab und tanzte in die Mitte der Straße, die gesperrt war. Denn dort befand sich ein kleiner Chor, der Weihnachtslieder sang.

Während alle anderen rundherum standen, Geld in den Sammelbehälter warfen oder filmten, tanzte Amy mit. Ihr Kopf hing nach unten, ihre Arme waren nach oben gerichtet und so schunkelte sie zur Musik. Ihre neu gefärbten violett-blonden Haare wackelten im Takt.

»Kommt schon, wir lassen sie doch nicht im Stich«, feuerte meine Oma uns an und gesellte sich dazu. Ihre Hände zu Fäusten geballt, drehte sie ihre Hüften. Wyatt trat vor mich und hielt mir seine Handfläche entgegen.

»Mylady.« Kurz verbeugte er sich, während der Geruch von Orange und Zimt in meine Nase kroch. Punsch! Darauf kam ich später zurück. Ich legte meine Hand in seine und er küsste den Handrücken. Wyatt ging vor und zog mich mit sich. Ein schnelleres Weihnachtslied startete und wieder überraschte mein Freund mich mit seinen Tanzkünsten.

Da ich die Tanzunfähigkeit in Person war, ließ ich mich gerne von ihm führen. Wir drückten uns schwungvoll voneinander weg, hielten uns aber fest, bis unsere Arme spannten, und zogen uns dann gegenseitig wieder an. Nach und nach kamen mehr Leute zu uns, keiner verspürte mehr die Angst, sich lächerlich zu machen. Dazu hatten wir zu gut vorgelegt und das Feld für andere Untalentierte bereitet.

Ich stolperte über einen herausstehenden Stein und Wyatt fing mich auf.

»Du bist auch immer zur Stelle, oder?« Er hob mich grinsend hoch und küsste mich auf die Nase.

»Immer. Vergiss nicht, es gibt Menschen, die verlassen einen nicht. Vertrau mir endlich, Cass.«

Ich grinste und nickte.

Ein Pantomime rannte mit einer Rentiernase auf uns zu, stellte einen Hocker daneben und ließ einen Mistelzweig über uns hängen. Bevor ich begriff, was los war, klatschten die Menschen um uns und die Musiker beschleunigten den Rhythmus.

»Küssen, Küssen!«, grölte Amy wie im Fußballstadion. Natürlich sie, wer sonst. Ich blitzte sie böse an, wandte mich dann aber wieder an Wyatt.

Langsam näherte ich mich seinen Lippen, als er mich mit seinem Zeigefinger stoppte. Skeptisch musterte ich ihn, als er etwas aus seiner Tasche fischte und dem Mann übergab. Dieser tauschte es gegen den Mistelzweig aus und erst jetzt erkannte ich es auch: ein vierblättriges Kleeblatt. Vor Rührung trübte sich meine Sicht, doch seine grünen Augen übersah ich nie.

Wie gewünscht küssten wir uns und befriedigten die Wünsche unseres Publikums, die uns mit Jubelgeschrei dankten. Dann floh ich mit Wyatt im Schlepptau durch die Menge.

»Spielverderber!«, rief Amy, gefolgt von meiner Oma, die ihr mit einem »Mhm!« zustimmte. Ich ging nicht näher darauf ein, sondern folgte dem Duft von Orange und Rum.

»Wer hat Lust auf Punsch?« Amy schien sofort alles andere zu vergessen. »Die ersten sieben Runden gehen auf mich!« Amy liebte Punsch mehr als Selena Gomez Skandale.

Meine Oma besetzte einen Tisch, während ich zu einem Stand ging, den eine ältere Frau betrieb.

»Haben Sie gebrannte Macadamianüsse?« Sie schenkte mir ein zahnloses Lächeln, ohne ein Wort zu sagen, und füllte die spitze Tüte.

Der süßliche Nussgeruch betörte meine Sinne.

»Wie viel?«

Sie hob ihre Hand, wobei ich ihre ewig langen grauen Haare bemerkte, und zeigte eine Vier. Meine Haare würden ab jetzt ihre Länge behalten. Wenn sie nicht irgendeinem Friseur-Azubi zum Opfer fielen. Ich bezahlte und schlenderte zurück zum Tisch.

»Probier die, Wyatt. Ich liebe diese Dinger!«

Er schnappte sich eines der klebrigen Gebilde, das ein wenig an seinem pelzigen Handschuh haftete, und steckte es sich in dem Mund.

»Wow!« Ziel erreicht.

»Geil, oder?«

Er nickte hastig und stopfte sich noch zwei in den Mund.

»Hier, eure Tassen. Extra heiß, extra viel Alkohol.« Jeder nahm eine und hielt sie hoch.

Zimt, Orange, sehr viel Rum und Minze nebelte uns ein.

»Auf uns, die Retter der Welt, auch wenn es niemand weiß und wir alle tot waren, aber yolo. Okay, das passt nicht. Wir leben schon öfter als einmal. Vor allem Wyatt und Cass, aber …« Meine Oma rollte mit den Augen.

»Lasst uns trinken!«

Das Porzellan schepperte beim Prosten. Das heiße Zeug floss wohltuend meinen Hals hinunter. Ich schloss die Augen, bis die wohlige Hitze meinen Magen erreichte, und starrte dann hinauf in den Sternenhimmel.

Wer hätte gedacht, dass wir noch ein Weihnachten feiern werden? Tja, Dad. Wenn es so etwas wie eine Hölle gibt, hoffe ich, du schmorst darin. Zum Wohl.

Etwas berührte mich von hinten. Blitzschnell drehte ich mich um, vermutete einen Angriff. Mein Körper war immer noch in Alarmbereitschaft. Skeptisch musterte ich den Mann vor mir mit seinem Hund. Wer war das?

»Ja, bitte?«, fragte ich nach. Die anderen warteten ebenso gespannt auf seine Antwort.

»Ich möchte mich bei euch bedanken. Ihr habt meinen Hund damals aus dem Fluss gerettet.« Sein Gehstock zitterte unter seiner Hand. Wie konnte er sich daran erinnern?

»Ähm«, ich war zu perplex.

»Wie können Sie sich –« Wyatt wurde unterbrochen von ihm.

»Erinnern? Ich weiß es nicht. Jeder scheint vergessen zu haben, was geschehen ist, aber ich nicht. Ich habe das Gefühl gehabt, dass ihr es ebenfalls nicht vergessen habt. Keine Angst, es bleibt unter uns. Danke, dass ich mit meinem Nugget Weihnachten verbringen darf.« Er verbeugte sich leicht vor uns und hob seinen Hut, ehe er uns verließ.

»Wow«, war meine Reaktion.

»Hach, wie schön«, sagte meine Oma und Amy nickte.

Dann fiel das Erste auf meine Nase. Was? Wie konnte das sein? Plötzlich wurden es immer mehr.

»Schnee!«, quietschte Amy. Warum? Es schneite so gut wie nie in Dublin. Sofort musste ich an meine Kräfte denken.

»Damit hast du nichts zu tun, oder?«, hakte Wyatt nach.

Ein wenig traurig lächelte ich. »Nein.«

Die Schneekristalle glitzerten und hatten einen leichten goldenen Schimmer.

»Die Desillusionaten«, wisperte ich, ohne dass es jemand wahrnahm.

Fröhliche Weihnachten, ihr drei Idioten.

Euch auch eine schöne, besinnliche Zeit, Caspara O'Mahony.

Ihr könnt mit mir telepathisch reden?

Wir können alles.

Dann bemerkte ich, wie die Verbindung gekappt wurde. Ich zog meine Mütze tiefer. Wie süß von ihnen. Vielleicht hatten sie nicht nur mir einiges beigebracht, sondern wir ihnen ein bisschen Menschlichkeit.

»Hey!«, brüllte Amy zu einem Mann hinter ihr. Nur meine beste Freundin konnte mich aus meinen Gedanken gerissen haben. »Wir wollen welche!«

Wovon sprach sie? Dann bemerkte ich den jungen Typen mit den schwarzen Haaren und der braun gebrannten Haut.

»Wir nehmen die acht Stück.«

Der Verkäufer stellte uns eine Pappschachtel auf den Tisch und goss Sauce darüber. Amy bezahlte und er haute ab.

»Amy!« Diese Dinger hatte ich schon ewig nicht mehr gegessen. Kleine Mini-Donuts mit Vanillesauce. Der Duft von Vanille und warmem Teig vermischte sich mit den Orangen, Zimt und Rum. Weihnachten lag in der Luft und man konnte es riechen, sehen, schmecken und fühlen.

Wir nahmen jeweils einen der vier Holzzahnstocher und piksten einen Donut auf.

»Eins, zwei, drei!«, zählte Wyatt runter, wobei wir alle, bis auf ihn, bei zwei den Donut verschlungen hatten.

»Was! Unfair!«, klagte Wyatt und aß dann seinen.

Die roten Backsteinhäuser um uns verliehen dem Ganzen noch einen ganz eigenen irischen Touch. Amy ging zur aufgebauten Hütte und holte Punschnachschub und meine Oma begleitete sie. Das nutzte Wyatt und zog ein winziges Päckchen aus seinem Mantel. Wie viel passte da noch hinein?

»Wir wollten uns zwar erst morgen die Geschenke geben, aber eines habe ich jetzt schon für dich.« Schüchtern überreichte er es mir.

»Keine Angst. Das wird kein Heiratsantrag. Ich weiß, dass du mich dann einfrieren und erschlagen würdest. Hättest du noch deine Kräfte.«

Ich nahm das Päckchen entgegen und grinste wegen seiner Aussage. Er kannte mich echt zu gut. Aufgeregt räusperte ich mich und öffnete die rote Schleife, als Amy und meine Großmutter zurückkamen.

»Und, hast du ihr schon die Flugtickets gegeben?«, erkundigte sich Amy und bekam als Rückmeldung ein genervtes Aufstöhnen von Wyatt. Direkt und geradeaus wie eh und je.

»Ja, aber ich habe das Paket noch nicht geöffnet.«

Amy kratzte sich an ihrem Hinterkopf. »Oh, na ja. Dafür wurde mir die Schädeldecke mit einem Hammer zertrümmert, also stell dich nicht so an, Wyatt.« Wir prusteten alle laut los und ich ließ das Päckchen zu, damit ich die Tickets nicht verlor, küsste ihn aber trotzdem auf die Wange.

»Flugtickets wohin?«, hakte ich nach.

Hibbelig wie ein kleiner Welpe verlagerte er sein Gewicht von einem Bein aufs das andere.

»Also … Ich lade euch alle ein, meine Eltern zu besuchen in Bar Harbour. Ihr seid zu meiner Familie geworden und jetzt will ich, dass ihr meine kennenlernt.«

Mein Mund öffnete sich so weit, bis mein Kiefer knackte und ich ihn unter Schmerzen schloss. Ich rieb meine Wange.

»Das ist ja absolut geil, Wyatt!« Ich warf mich sofort an ihn und drückte ihn. »Ich fasse es nicht! Amerika! Danke, Wyatt. Aber war das nicht teuer?«

»Als ob, Cass! Ich hab das natürlich bezahlt.« Amy konnte Wyatt wirklich kein Stück der Überraschung lassen. Er tat mir beinahe leid, wenn er nicht so niedlich gewesen wäre dabei. »Amy, Mann!«

Zuerst sprechen, dann denken. War schon immer Amys Devise gewesen.

»Tut mir leid, Wy!« Sie verzog ihren Mund zu einer peinlich berührten Fratze.

»Schon gut«, sagte er schmollend.

»Ist ja egal, ich hab genug Geld. Und meine Familie soll ruhig ein bisschen bluten. Wenn mein Tod sie schon nicht umwirft, an den sie sich nicht mehr erinnern können, dann wenigstens die Abrechnung der Kreditkarte. Spart ihr euer Geld lieber für sexy hexy Babys!« Den letzten Satz verbannte ich aus meiner Wahrnehmung.

»Wie haben deine Eltern das eigentlich aufgefasst? Die mussten doch denken, du bist tot, oder?«

Er schüttelte den Kopf. Wyatt hatte nie den Drang verspürt, seine Eltern von selbst anzurufen. Wahrscheinlich verdankte er es seinem Unterbewusstsein, das wusste, was geschehen war. Dennoch hatte er mit seiner Familie und Freunden Kontakt gehabt. Sie mussten doch von dem Absturz gehört haben.

»Die wussten von nichts. Dachten, ich saß in einem anderen Flugzeug. Jetzt verstehe ich auch die besorgten Nachrichten meiner Mum. Ich schiebe das unseren magischen Freunden zu. Die denken wohl an alles. Sind Meister des Vertuschens.«

»Es ist immerhin ihre Aufgabe, die Magie geheim zu halten. Ich hoffe, sie wissen, es tut mir leid, was ich ihnen angetan habe, aber es ist mir nichts anderes übrig geblieben. Ich habe Logans Vertrauen gebraucht«, erwiderte meine Oma und wir nickten.

»Sie wissen es bestimmt«, sagte ich.

»Dann würde ich sagen, wir verbringen Silvester in Bar Harbour. Wuhu!«, jubelte Amy, ehe sich ihre Miene verfinsterte. »Dort ist es doch nicht sterbenslangweilig, oder?«

Wyatt kicherte. »Es ist der coolste Ort.« Drei irische Frauen musterten ihn mit hochgezogener Augenbraue. »Neben Dublin selbstverständlich!«

»Gerade noch gerettet, Wyatt«, säuselte ich und küsste ihn. »Aber danach machst du dich an deine Abschlussarbeit!«, ermahnte mich meine Großmutter überflüssigerweise und dann hob sie wieder ihre Tasse. »Auf das Leben!«

»Auf das Leben!«, stimmten wir mit ein.

Wir standen wirklich alle hier an diesem Tisch, feierten Weihnachten und planten unsere Zukunft. Wyatt hatte es tatsächlich geschafft, mich zu einer kleinen Optimistin zu machen, und dafür hatte es nur eine Prise Liebe und ein Kleeblatt gebraucht.

Danksagung

Ich freue mich immer wieder darauf, die Danksagung in meinem Buch zu schreiben. Es ist ein schöner und runder Abschluss für ein Buch. Ich darf mich auf die Menschen besinnen, die mich während der Entstehung von SnowHeart unterstützt haben, und mit Dank um mich werfen.

Bine: Wie immer – Eine Million Dankeschöns würden nicht reichen, um mich für deine Unterstützung erkenntlich zu zeigen. Es bedeutet mir sehr viel, wie sehr du dich bemühst, wie sehr du dich auf jedes Buch freust, wie sehr du dich engagierst und wie sehr du an meine Bücher glaubst. Danke dafür, dass es dich gibt und ich auf dich zählen kann. #Jojojo #Sp

Anna: Auch bei SnowHeart hast du meine Jammer-Sprachnachrichten ausgehalten und hast mich aus Krisen gerettet! #Fancynigkeit

Isabell: Du warst eine wundervolle Lektorin. Stundenlang haben wir telefoniert und über SnowHeart gesprochen, gelacht und diskutiert. Ohne dich wäre SnowHeart nicht SnowHeart. Du hast so viel für die Geschichte getan und hattest die perfekten Einfälle, um die Geschichte abzurunden. Danke dafür, dass du immer für mich dagewesen bist. Ich bin so froh, dich kennengelernt zu haben. <3 #Gebauchpinselt

Astrid: Ich bräuchte ein ganzes Buch, um mich gebührend bei dir zu bedanken. Danke, Steif – äh – Astrid! Ich danke dir dafür, dass du mir die Chance gegeben hast, SnowHeart zu veröffentlichen. Ich LIEBE es, ein Drache zu sein. #duttern

Alexander: Niemand hätte ein besseres Cover für SnowHeart machen können. Es ist perfekt und ich bin froh, mich auf dich verlassen zu haben. FENK JU, Covergott! #Guuuurl

Lisa: Danke, dass du SnowHeart gelesen hast und mich bei meinem Weg unterstützt. #iiiiiii

Gordon: Danke dafür, dass du dir die Idee zu SnowHeart angehört hast und dann auch noch Testleser gewesen bist. #thatmustyoustraightlysaying

Ein Dankeschön auch an alle anderen Menschen, die an der Herstellung von SnowHeart beteiligt waren und dafür gesorgt haben, dass dieses Buch entstehen konnte.

Natürlich auch an die Zuschauer und Zuschauerinnen von meinem YouTube-Kanal *brividolibro.* Ihr begleitet mich seit über vier Jahren auf dieser Reise. Ohne euch wäre ich nicht hier und würde diese Danksagung schreiben!

Außerdem an all die Leute von Instagram, Facebook UND ein gigantisches Mega-Danke an meine Blogger und Bloggerinnen! Wahnsinn, was ihr euch immer wieder für meine Bücher einfallen lässt. Um nur ein paar zu nennen: Sunniy, Rebecca, Kyra, Ricarda, Hannah, Daniela, Michaela, Katja, Caroline, Luna, Corinna, Sandra, Susanne, Shelly, Debbie, Dana, Michelle, Anna, Jacqueline, Julia, Susanne, Luisa, Jennie, Jacquelin, Michéle, Anna, Nicci, Colleen, Leo, Timo, Ben, Eli, Kathi, Saskia, Nadine, Caro, Anni, Laura, und noch unendlich viele mehr!

Danke an alle Drachen und die Drachenmond WA Gruppe <3

DANKE!

Euer Andi, 2016

DRACHENMOND VERLAG

BÜCHER MIT HERZBLUT